기억

기억
1

베르나르 베르베르 장편소설
전미연 옮김

LA BOÎTE DE PANDORE
by BERNARD WERBER

이 책은 실로 꿰매어 제본하는 정통적인 사철 방식으로 만들어졌습니다.
사철 방식으로 제본된 책은 오랫동안 보관해도 손상되지 않습니다.

알리스를 위하여,
거울 이편에 온 것을 환영하며

우리는 우리 자신의 변신들을 망각한 채 살고 있다.
—폴 엘뤼아르

「그들이 우리가 하는 일에 대해 물으면, 이렇게 대답
하면 됩니다. 우리는 기억하는 중이라고.
그것을 통해 우리는 끝내 이기게 될 것입니다.」
—레이 브래드버리,『화씨 451』

제1막

히프노스

1

「당신이라고 믿는 게 당신의 전부가 아닙니다. 당신은 누구인가요. 당신이 진정 누구인지 기억할 수 있나요?」

최면사 오팔이 공연의 클라이맥스가 될 마지막 쇼로 넘어갈 준비를 하고 있다. 그녀가 검은 아이섀도를 칠한 커다란 초록색 눈으로 청중을 훑어보며 지원자를 찾기 시작한다.

「자신의 영혼 깊숙이 묻혀 있는 기억들을 발견해 보고 싶은 분 계신가요?」

관객석이 쥐 죽은 듯 조용하다. 다들 슬며시 고개를 숙인다. 그녀가 눈을 가리는 찰랑찰랑 긴 붉은색 머리카락을 뒤로 쓸어 넘긴다.

「아무도 안 계세요? 그렇다면 제 임의로 한 분을 지목해 보죠. 음, 누굴 고를까?」

제발 나는 아니길.

그녀가 완벽하게 매니큐어가 발린 검지를 들어 조준

하듯 객석을 가리키더니, 손가락을 죽 움직이며 한 명 한 명을 뚫어지게 쳐다본다. 그녀의 손끝이 한 사람에게서 멈춘다.

「이분!」

젠장. 운도 없지.

「네, 거기, 남자분. 제 쪽으로 와주시겠어요?」

남자가 나직한 한숨을 내뱉으면서 몸을 일으킨다. 그가 굳은 미소를 띤 채 걸어 나와 무대 위로 올라온다. 상대가 그다지 적극성을 보이지 않자 오팔이 좌중을 바라보며 응원의 박수를 부탁한다.

왜 꼭 나한테만 이런 일이 생기는 거야?

유람선 공연장인 〈판도라의 상자〉를 가득 채운 3백 명 남짓한 관객들이 선택을 피했다는 안도감에 열렬히 박수를 친다.

무대 위에서 최면사와 피험자가 마주 보고 서서 서로를 뜯어보고 있다. 여자는 조각 같은 몸에 목선이 깊게 파인 검정 드레스를 걸쳤다. 그녀의 목에 걸린 돌고래 모양의 청금석 펜던트가 남자의 눈길을 끈다. 갈색 머리, 그리고 연한 갈색 눈동자를 지닌 남자는 가느다란 금테 안경을 끼고 있다. 청바지에 반팔 폴로셔츠를 받쳐 입고, 두꺼운 고무 밑창이 달린 신발을 신었다.

「선뜻 응해 주셔서 고맙습니다.」 그녀가 살짝 비꼬듯이 인사를 건넨다. 「성함과 나이를 말씀해 주시겠어요?」

「르네 톨레다노, 서른두 살입니다.」그가 마지못해 부루퉁히 대답한다.

「무슨 일을 하시죠?」

「조니 알리데 고등학교에서 역사를 가르치고 있어요.」

「여긴 어떻게 오시게 됐어요, 톨레다노 씨?」

「직장 동료인 엘로디(그가 객석 세 번째 줄에 앉아 있는 짧은 금발의 여성을 손으로 가리키자 그녀가 관객들을 향해 수줍게 인사를 한다)와 제가 매주 일요일 저녁에 의식처럼 꼭 하는 일이 있어요. 함께 공연을 보고 피자를 먹으러 가는 거죠.」

「아! 내일이 신학기 첫날이군요. 사랑스러운 우리 애들을 다루려면 앞으로 스트레스깨나 받으시겠어요, 안 그래요?」

객석 여기저기서 웃음이 터져 나온다.

「말해 뭐 하겠습니까. 그래서 새 학기 북새통이 시작되기 전에 휴일 마지막 저녁을 편안하게 보내려고요.」

「제 공연을 선택하신 이유가 있나요?」

「저는 마술을, 엘로디는 최면을 좋아해요. 지난 일요일에 그녀가 마술 쇼에 데리고 가줘서 이번엔 제가 초대를 했죠.」

「단순히 신세 갚음 차원이라는 말씀이네요?」

「솔직히 〈최면과 잊힌 기억들〉이라는 공연 제목에 끌리긴 했어요.」

붉은 머리를 길게 늘어뜨린 여자가 빙긋이 웃으면서 그에게 무대 중앙의 빨간 벨벳 의자에 앉을 것을 권한다. 의자 뒤에 걸린 대형 사진 속에는 그녀의 눈 색깔과 똑같은 초록색 눈이 하나 있다. 그녀가 말을 잇는다.

「한 가지 여쭤볼게요. 〈잊힌 기억들〉이라면 뭐가 떠오르시죠?」

호기심을 느낀 르네가 한결 편안해진 얼굴로 적극적인 태도를 취한다.

「역사 교사인 제 눈에 지금 세계는 기억 상실을 앓고 있어요. 과거의 실수들이 초래한 결과를 망각했기 때문에 똑같은 실수를 반복하고 있는 거죠.」

곳곳에서 공감의 소리가 들리자 르네가 용기를 얻어 말끝을 단다.

「우리 시대는 모든 것이 전보다 빠르죠. 망각의 속도 역시 예외가 아니에요.」

최면사가 그의 말을 이어받는다.

「그건 〈집단의 기억〉에 관한 얘기이고, 제가 궁금한 건…… 〈개인의 기억〉 차원이에요. 당신이 기억과 어떤 관계를 맺고 있는지 알고 싶은 거죠.」

이 사람이 나한테 뭔가 원하는 게 있는 것 같은데, 그게 뭘까? 내 입에서 무슨 얘기가 나오길 기대하는 거지?

「그럭저럭 만족스러운 편이죠. 프랑스 역사에서 벌어진 웬만큼 굵직한 사건들은 상세히 기억하고 있으니까.

물론 최근 들어 자꾸 깜빡깜빡하는 게 걱정스럽긴 해요. 가령 열쇠를 어디에다 뒀는지, 차를 어디에 주차했는지 생각나지 않을 때가 많아요. 지난주에는 현금 카드 비밀 번호가 기억나지 않아 혼이 났죠. 알츠하이머를 앓고 계시는 아버지처럼 될까 봐 솔직히 겁은 좀 나요.」

「역사 교사가 기억을 상실하면 큰일이잖아요, 안 그래요?」

르네가 즉시 대답하지 못하고 관객석의 동료를 힐끗 쳐다본다.

엘로디도 나처럼 궁금해하고 있을 거야. 왜 쇼를 시작하지 않고 이렇게 사적인 질문들로 시간을 허비하고 있는지 말이야.

그는 둥근 창들이 강을 향해 나 있는 이 공연장이 문득 감옥처럼 느껴진다. 여기서 달아나야 하는데 간수인 미녀 최면사는 그를 놓아줄 생각이 없는 것 같아 보인다. 뱀이 먹잇감 주위를 맴돌 듯 그녀는 그가 앉아 있는 의자를 한 바퀴 빙 돈다.

「제가 이야기하려는 건 단기 기억도 장기 기억도 아닌…… 〈심층〉 기억이에요. 아주 깊은 심층의 기억 말이죠. 자, 지금부터 당신의 의식 아래 켜켜이 쌓여 있는 기억의 지층들을 함께 발견해 보기로 해요. 당신을 당신이게 만드는 바로 그것을 말이에요. 심층 기억을 만날 마음의 준비가 되셨어요?」

대체 무슨 소릴 하는 거야?

「〈심층 기억〉이라고 했어요? 미안하지만 무슨 뜻인지 이해를 못 하겠네요.」

「이 체험을 수락하면 아시게 될 거예요. 먼저 한 가지 솔직히 말씀드릴게요. 이 쇼를 무대에 올리는 건 오늘이 처음이에요.」

뭐? 그럼 내가 최초의 피험자란 말이야? 최면 기술을 완벽히 터득하지 못했을 수도 있다는 뜻이잖아. 사람들이 나만 쳐다보고 있을 테니 빨리 뭐라고 대답을 하긴 해야 하는데. 내가 얼마나 바보 같아 보일까. 그래, 하는 수 없어. 어차피 되돌리기엔 늦었어.

그가 입을 비쭉하고 나서 고개를 끄덕인다.

「준비되셨으면, 시작할까요.」

그녀가 공연 진행 요원에게 신호를 보내자 무대 조명이 르네에게로 모인다. 조명 밖 어두운 곳에 서 있는 그녀의 목소리가 들려온다.

「눈을 감고, 긴장을 푸세요. 호흡을 크게 하시고. 부드러운 나른함이 몸에 번지는 게 느껴질 거예요. 신선하고 기분 좋은 경험을 기대하셔도 좋아요.」

〈긴장을 푸세요〉라는 말이야말로 나한테 스트레스를 준다는 걸 모르는군. 이거 영 시작이 좋지 않은데……

「이제, 계단을 시각화해 머리에 떠올린 다음 계단을 따라 내려가세요. 내려갔어요? 지금 무의식의 문 앞에 도착했어요. 문이 보이시죠?」

아무것도 안 보이는데.

「르네, 제 말 듣고 있어요? 아직 우리랑 같이 있죠? 대답해요. 문이 보이죠?」

지금 눈을 뜨면 사람들이 다 날 쳐다보고 있겠지? 적극적으로 최면에 응하지 않으면 분명히 엘로디가 전통 마술만 좋아해 쇼를 망쳤다고 날 원망할 거야. 에이, 까짓것, 노력을 좀 해보자. 방금 뭐라고 했지? 그래, 계단. 계단을 내려가면 뭐가 보인다고? 맞아, 〈무의식의 문〉이라고 했어.

최면사가 다시 묻는다.

「어때요, 보여요?」

그런 것 같기도 하고. 그래, 보이는 것 같아. 이건가? 그런 것 같네.

「네. 보여요.」

이거야.

「지금처럼 이렇게 저랑 계속 말을 주고받으면서 눈앞에 보이는 걸 상세히 묘사해 주시면 돼요. 우리 모두 당신 얘기에 귀를 기울이고 있어요. 자, 그 무의식의 문이 어떻게 생겼죠?」

「철문이에요. 두꺼운 방화문처럼 보여요. 경첩이 유난히 크네요. 녹이 슨 육중한 자물쇠가 달려 있어요.」

「저한테 열쇠를 건네받는다고 상상하세요. 그 열쇠를 자물쇠에 끼워 천천히 돌리면 빗장이 풀릴 거예요. 자, 손잡이를 누르면서 문을 안쪽으로 천천히 밀어요. 됐어요?」

「아니요.」

「애를 써보세요.」

말이야 쉽지, 녹슨 자물쇠가 꿈쩍하지를 않는구먼. 그냥 이쯤에서 눈을 확 떠버릴까. 아니, 그렇게 하게 놔둘 리가 없지. 에라, 모르겠다, 계속 해보자.

「됐어요. 열리네요.」

「잘했어요, 르네! 이제 번호가 붙어 있는 문들이 쭉 이어지는 복도가 나올 텐데, 안 그래요? 뭐가 보이는지 얘기해 주겠어요?」

「복도에 두꺼운 빨간색 카펫이 깔려 있어요. 문들은 하나같이 흰색이에요. 문마다 금박 명패에 검은색으로 숫자가 새겨져 있어요.」

「가장 가까이 보이는 숫자가 뭐예요?」

흐릿한데. 초점을 모아 볼까.

「111.」

「그건 당신이 지금 나온 게 112번 문이라는 뜻이에요. 당신은 112번째 생을 살고 있는 거죠! 이제 어떤 전생에 가보고 싶은지 생각해 봐요. 가장 가보고 싶은 전생을 골라 봐요.」

「흠…… 내가 가장…… 영웅적인 삶을 살았던 때가 궁금하네요.」

「좋아요. 이제 〈영웅적인〉 전생의 문에 빨간 불이 들어

올 거예요. 불이 깜박거리는 문이 있어요?」

「네, 109번에 불이 들어왔어요.」

「지금으로부터 세 번 앞에 있었던 생이네요. 그리 멀지 않은 시대겠군요. 자, 가서 문을 열어 봐요.」

여전히 겁이 좀 나는데, 어쩐다.

「어서 열어 봐요, 겁내지 말고. 제가 여기 있고, 우리 모두 당신 곁에 있어요. 혼자 내버려 두지 않을 테니 걱정하지 말아요.」

좋아, 기왕 여기까지 온 거 끝까지 가보는 수밖에.

「열었어요.」

「지금부터 109번 문 뒤에서 당신이 보는 것, 당신이 듣는 것, 당신이 느끼는 것을 자세히 얘기해 줘요.」

르네의 눈동자가 눈꺼풀 밑에서 울뚝불뚝 움직이기 시작한다. 그가 몹시 놀라는 표정을 지으며 몸을 소스라뜨리더니, 잠시 숨을 고르고 나서 천천히 입을 연다.

「보여요……..」

2

「……내 손인데…….」

르네는 눈앞에 보이는 대로 관객들에게 묘사해 나가기 시작한다.

그의 영혼은 자신이 들어와 있는 몸에서 뻗어 나간 두 팔을 확인한다. 터실터실 튼 손은 상처투성이고 손톱은 빠지거나 부러져 있다. 청회색 제복 밖으로 빠져나와 있는 손의 생김새로 보아 젊은 청년이 분명하다. 밖에서 밤을 보내고 있는 그가 호주머니에서 방풍 라이터를 꺼내 불을 켜더니 손목에 찬 시계를 비춘다. 새벽 5시 30분.

그의 주변에 똑같은 청회색 제복을 입은 사내들이 여러 명 눈에 들어온다. 역사 전공자인 르네는 그 제복이 제1차 세계 대전에 참전한 프랑스 군인들이 입었던 군복이라는 것을 어렵지 않게 알 수 있다. 병사들의 입에서 피어오르는 부연 입김이 차가운 공기 중에 하얀 무늬를 수놓는다. 그들이 있는 곳은 깊이 2미터가 넘는 구덩이에 널빤지를 세워서 지지한 참호. 악취와 불에 탄 살 냄새가 진동한다. 르네는 품속으로 파고드는 매서운 한기를 느낀다.

내가 여기서 뭘 하고 있는 거지?

군모를 쓰고 견장을 단 부사관 하나가 점호 시작을 알린다. 이름들과 성들이 낱알처럼 공중으로 흩어진다.

〈상병 이폴리트 펠리시에〉가 들리는 순간 르네는 흠칫하며 저도 모르게 대답한다.

「넷!」

르네는 지금 와 있는 〈지난 생〉에서 자신의 〈지난 이름〉이 이폴리트 펠리시에라고 추론한다.

사열 중이던 부사관이 이폴리트 펠리시에 앞에 와 멈추더니 인식표를 확인하고 나서 말한다.

「상병, 자네 노고를 모르는 바 아니지만 외양을 소홀히 여기면 쓰나. 완벽을 기해 주길 바란다. 물론 우린 사람을 죽인다. 하지만 그 일을 우아하게 하지 못하라는 법은 없다. 높으신 분들이 도착하기 전에 머리를 매만지고 와라.」

「네, 알겠습니다.」

이폴리트가 간이 화장실로 쏜살같이 달려간다. 그가 조각 거울 앞에 서서 침을 발라 흘러내린 머리카락을 고정시킨다. 르네 톨레다노는 그제야 이폴리트 펠리시에의 생을 살았던 자신의 얼굴을 본다.

내가, 이렇게 생겼어?

스무 살이 넘지 않아 보이는 앳된 얼굴. 왁스로 고정시킨 가느다란 콧수염 끝이 위로 살짝 치켜 올라가 있다. 회색 눈동자에 검은 머리, 얇은 입술. 턱에 팬 보조개. 거울 속 자신을 들여다보며 편안해하는 것 같다. 그가 머리를 쓸며 침을 조금 더 바르다가 부사관의 벼락같은 호통 소리를 듣고 흠칫한다.

「어째 감감무소식이야, 상병, 뭐 하나? 지금이 나르시시즘에 빠져 있을 때야? 즉각 원위치로 복귀해라. 곧 점검이 시작된다.」

이폴리트 펠리시에는 대열로 돌아와 다른 병사들과 줄을 맞춰 선다. 소총과 권총의 작동 상태를 점검하라는 중사의 명령이 떨어지자 병사들의 손이 신속하고 절도 있게 움직이기 시작한다. 드디어 장군이 도착했다는 전갈이 온다. 군복이 늘어질 정도로 군장과 훈장을 단 남자가 고위 장교들에게 둘러싸여 모습을 드러낸다. 그가 궤짝에 올라서서 병사들을 호령한다.

「만나서 반갑다, 제군. 나는 니벨 장군이다.」

이 유명 지휘관의 명성을 익히 들어 온 병사들이 압도된 표정으로 그를 올려다본다.

「오늘 1917년 4월 16일, 랑시(市) 인근 이곳에서 아군은 독일군의 저지선을 뚫기 위한 공격을 개시한다. 적은 슈맹 데 담에 저지선을 구축하고 있다. 보병대가 선두에 나서 3분에 1백 미터씩 전진하며 공격을 이끌 것이다. 비슷한 여건의 베르됭 전투에서 두오몽 요새를 수복했을 때보다 조금 더 빠른 속도가 될 것이다. 그때 우리를 승리로 이끌었던 전술을 이번에도 똑같이 쓰려고 한다. 한 가지 다른 점이 있다면, 이번 전투에는 슈나이더 전차를 투입해 배후의 적군을 포격함으로써 보병대의 공격 부담을 덜어 줄 거라는 점이다. 일몰 전에 랑 남쪽에 도달하는 것이 목표다.」

이폴리트가 손을 번쩍 든다.

「장군님!」

충성심이 골수에 박힌 장교 몇 명이 즉각 눈치 없는 병사의 입을 막으려 나서지만, 니벨이 도량 넓은 사람의 제스처로 기꺼이 이야기를 듣겠다는 의사를 전한다.

이폴리트가 말을 잇는다.

「고지의 독일 놈들 상황은 어떻습니까?」

장군이 비아냥거리는 투로 대답한다.

「자네는 지난 며칠 우리 군 대포들의 포효를 듣지 못했나 보군? 저 위에 있는 독일군 머리 위로 생테티엔 공장에서 바로 공수한 포탄들이 불비 내리듯 떨어졌다. 정확한 숫자도 말해 주겠네. 아군 대포 5,310문에서 발사된 소구경 포탄 5백만 발, 대구경 포탄 1백50만 발이 적진으로 날아갔다. 이미 적 전력의 4분의 3이 궤멸되었으리라 판단한다. 이제 마무리만 남았다. 포격으로 상당수가 부상을 입고 극도로 지친 상태이기 때문에 적군의 저항은 미미할 것이다. 제군이 능선을 올라가 제거해 주면 끝이네. 그렇게 우리는, 아니 자네들은 결정적인 승리를 이끌어 이 지루한 소모전을 끝내게 될 것이다. 침략자 독일 놈들을 집으로 돌려보내고 나서 우리는 영웅으로 금의환향해 아내와 가족과 친구들을 만날 것이다. 그러면 모든 것이 평화로운 예전으로 돌아가게 될 것이다.」

니벨 장군이 주변 장교들을 돌아보며 잠시 뜸을 들이다가 우렁찬 음성으로 외친다.

「시간이 왔다. 자신감과 용기를 보여 줘라, 프랑스 만세!」

병사들이 일제히 제창한다.

「프랑스 만세!」

「제군, 영웅이 되어라!」 장군이 비장한 목소리로 덧붙인다.

장군의 옆을 지키던 중사가 말을 이어받는다.

「각자 위치로 가서 지상 공격을 준비한다.」

이폴리트는 단검과 수통이 제자리에 있는지부터 확인한다. 4월인데도 여전히 춥고 간밤에 내내 눈까지 내렸다. 병사들에게서 피어오른 입김이 공기 중에 희고 두꺼운 띠를 만들며 떠 있다. 르네는 이폴리트 오른쪽에서 세네갈 병사들을 발견한다. 그들은 이가 달그락달그락거릴 정도로 몸을 떨고 있다.

중사가 악을 쓰듯 호령한다.

「공격 태세 돌입!」

병사들이 용기를 내기 위해 럼주를 채운 수통을 들고 벌컥벌컥 마시기 시작한다. 이폴리트의 수통에는 시칠리아산 적포도주가 채워져 있다. 유별스럽게 보여도 그는 이것 하나만은 포기할 수가 없다. 발효한 포도즙이 목구멍을 넘어가는 순간 몸에 온기가 퍼지고 마음이 평온해지기 때문이다.

지평선에 부연 새벽빛이 밝아 온다. 인간 세계의 근심 걱정은 아랑곳하지 않는 새들이 재잘재잘 아침을 맞고 있다. 끝날 것 같지 않은 기다림에 지친 병사들이 한시바삐 쥐구멍을 뛰쳐나가고 싶어 조바심친다. 드디어 새벽 6시 정각. 중사의 호루라기에서 새된 소리가 뻗어 나간다. 다른 부사관들이 즉각 군호를 이어받아 호각을 불어 젖히기 시작한다.

이폴리트는 선두에서 사다리를 타고 참호 밖으로 나간다. 비탈이 가파르긴 해도 오르는 데에는 큰 지장이 없다. 그런데 그의 머리 위에 별안간 구름이 하나 가로걸린다. 하늘이 시커멓게 변하더니 비를 뿌리기 시작한다. 간밤에 눈이 내린 땅이 순식간에 질퍽질퍽하고 미끄럽게 변한다.

이폴리트 왼편에서 비탈을 타고 오르던 슈나이더 전차들이 이내 진창에 빠져 헛바퀴를 돌고 있다. 보병 부대는 아무런 저항 없이 몇 미터를 올라간다. 고지에서 포성이 작렬하는 소리가 들리는 걸 보니 아군 뒤편에 배치된 대포들이 독일군 방어 진지에 남아 있을 전력을 쓸어버리는 중인 게 틀림없다. 언덕 꼭대기에 노란 꽃다발이 번쩍 펼쳐지는 순간 폭발이 일어나고 버섯구름 같은 연기가 하늘로 치솟는다. 보병들은 안심하고 진군 속도를 높인다. 철조망이 나타나자 공병들이 앞으로 나와 가위를 들고 체계적으로 철사를 절단해 통로를 확보한다. 진군이 재개된다.

사기충천한 아군 보병 부대가 다시 비탈을 오르기 시작한 지 몇 분도 지나지 않아 독일군 기관총 진지에서 불이 뿜어져 나온다. 선두에 위치한 병사들이 우수수 쓰러진다. 이폴리트는 전우들과 함께 낮은 포복으로 땅을 기면서 독일군 사격호 너머 짙은 색깔의 철모들을 조준 사격하기 시작한다. 총에 맞은 아군 병사 한 명이 수류탄을 꺼내 안전핀을 물어 뽑더니 적의 기관총 진지를 향해 던진다. 피투성이가 된 독일 군인들이 사지가 잘린 채 비명을 지르며 엄폐호 밖으로 뛰쳐나온다. 그들은 즉각 사살된다. 빗발이 갈수록 굵어진다.

「진격! 진격!」

중사의 호령마다 앙칼진 호각 소리가 따라붙는다.

비탈을 오르며 진군을 계속하던 병사들은 적군의 또다른 기관총 진지를 만나지만 교전 끝에 쓸어버린다. 아군의 포격이 능선 위에 집중되는 동안 빗발은 거세지고 비탈은 갈수록 미끄러워져 발이 죽죽 밀린다. 이때, 지근거리에서 위협적인 사격이 날아온다. 적병들이 미끄러져 내려오며 총을 난사하기 시작한다. 이폴리트와 전우들은 재빨리 땅에 엎드려 응사한다. 독일군의 소총 사격은 날이 갈수록 정확해지고 있다. 이폴리트가 반사적으로 옆에 있던 수류탄을 집어 들어 적진을 향해 던진다. 그의 관자놀이가 팔딱거리고 호흡이 가빠진다.

「진격! 앞으로!」 부대원들 뒤에서 몸을 사리고 있던 중사가 소리를 지른다.

청회색 군복들이 찰박찰박하며 진탕을 뛰어가기 시작한다. 총알이 비 오듯 쏟아지고 아군이 짚단처럼 쓰러진다. 중사가 빽빽 소리를 지른다.

「전진! 빌어먹을! 전진하라니까!」

그가 독기를 품고 악을 쓴다.

「되돌아오는 비겁한 놈은 비탈 아래 특별히 배치된 기관총 세례를 받게 될 것이다. 요행히 살아남아도, 이탈한 놈은 총살을 면치 못할 것이다!」

그가 부는 호각 소리는 병사들의 사기를 북돋우기보다 신경을 긁는다. 비탈을 되돌아 내려가던 병사들이 중사의 말대로 아군 참호에서 날아오는 기관총 사격을 맞고 쓰러지기 시작한다. 이폴리트와 전우들은 진퇴양난의 기로에서 황급히 해결책을 찾는다. 이때, 비탈 아래쪽에서 올라오는 검은 그림자들이 포착된다. 장대비 사이로 그들의 정체를 분별하기는 불가능하다. 응원군을 기대했던 이폴리트는 잠시 후 자신의 기대가 완전히 빗나갔음을 깨닫는다. 뒤에서 나타난 적들의 근접 사격에 다시 전우들이 쓰러진다. 아군 병사들은 앞뒤에서 공격해 오는 적의 화력에 꼼짝없이 갇힌 신세가 된다. 시체 더미 뒤에 몸을 숨기고 있던 중사가 아래쪽에서 올라오는 적군을 먼저 처치하라고 악을 쓴다.

병사들이 상관의 명령대로 교전을 벌이는 사이 날이 훤하게 밝아 온다. 비탈 아래서 등장한 적들은 모두 소탕했지만 아군은 전력에 막대한 타격을 입고 사상자는 어마어마하다…….

첫 번째 공세에서 부대원 중 유일하게 살아남은 이폴리트는 영웅은커녕 쫓기는 짐승의 다급한 처지가 된다. 신속한 결정을 내리지 않으면 안 된다. 호흡이 가빠지고 심장이 터질 듯이 뛴다. 위로 올라가는 건 혼자 적의 기관총 사격을 뚫어야 한다는 뜻이고, 그렇다고 아래로 내려가면 이탈로 간주될 것이다.

초조하게 주위를 두리번거리던 그의 눈에 질척한 땅에 찍힌 발자국들이 들어온다. 후미에서 전우들을 공격했던 독일군의 발자국들을 조심스럽게 따라가자 입구를 흙더미로 가려 놓은 굴이 하나 나온다. 그는 의용군 특공조로 여러 번 드나들었던 적이 있어 이런 땅굴의 존재에 익숙하다. 아군이나 적군이나 공병들이 밤낮으로 두더지처럼 땅을 파서 갱도를 내고 적진 바로 밑까지 침투해 폭발물을 설치한다는 것을 누구보다 잘 알고 있다.

이폴리트는 굴 안으로 상체를 넣는다. 계단을 몇 개 내려가자 천장을 가로대로 떠받쳐 놓은 지하 통로가 나온다. 프랑스군의 포격을 피하고 접전 시 필요에 따라 신규 병력을 투입하기 위해 독일군이 오래전부터 이곳에 거미줄처럼 땅굴을 파놓고 있었던 게 틀림없다. 니벨 장군의 바람과는 달리, 지난 며칠 동안 프랑스군의 고지 집중 포격에도 불구하고 적의 전력이 전혀 타격을 입지 않은 이유다.

주위를 경계하며 땅굴 속을 이동하던 이폴리트는 곳곳에서 적의 폭발물 상자를 발견한다. 갑자기 인기척이 느껴진다. 그는 우묵하게 팬 벽 쪽으로 황급히 몸을 숨긴다. 독일 병사 하나가 걸어오고 있다. 이폴리트는 상대가 바싹 다가올 때까지 기다렸다가 뒤에서 달려들어 입을 틀어막으며 목을 벤다. 그의 동작은 간결하면서도 정확하고 효율적이다. 독일 병사의 경동맥에서 미지근한 피가 솟구친다. 그가 손을 놓자 독일군이 헝겊 인형처럼 바닥으로 넘어진다.

통로 저쪽에서 목소리가 들린다. 〈*Heinrich! Wo bist du? Was passiert? Heinrich!* (하인리히! 어디 있어? 무슨 일 있어? 하인리히!)〉 발소리가 달려오기 시작한다. 이폴리트가 좀 전과 똑같이 기습 공격으로 그를 순식간에 처치한다. 군복이 피로 벌겋게 물든다.

다시 저벅저벅 발소리가 들린다. 이번에는 두 명이 폭발물 상자를 들고 걸어온다. 이폴리트가 단검을 내리꽂아 하나의 숨통을 끊는 사이 살집이 두둑한 키 큰 놈이 억센 두 팔로 이폴리트의 가슴팍을 뒤에서 끌어안는다. 상대적으로 체격이 왜소한 이폴리트는 팔꿈치로 뒤를 가격해 압박을 푼 뒤 재빨리 돌아서서 단검을 휘두르며 공격 자세를 취한다.

그들은 헐떡거리며 숨을 몰아쉰다. 무기를 휘두르며 거리를 지킨 채 공격 기회를 노린다. 체격과 힘에서는 유리하지만 민첩성이 부족한 상대의 약점을 이용해 이폴리트가 독일군에게 여러 번 창상을 입힌다. 하지만 두툼한 지방이 방패 역할을 하는 그의 몸속 깊이 칼을 찔러 넣기는 역부족이다. 이폴리트가 잠시 숨을 고르는 틈을 타 이번에는 독일군이 기습적으로 그의 손에 들린 단도를 쳐낸다. 독일군이 바닥에 넘어진 이폴리트의 배에 올라타 거대한 신체로 찍어 누르기 시작한다. 이폴리트는 한 손으로 칼을 쥔 적군의 팔목을 붙잡고 다른 손으로는 목젖을 압박한다. 기름기 흐르는 이중 턱에 닿은 손끝이 점점 아래로 미끄러져 내린다. 칼이 위험천만하게 그의 얼굴을 향해 다가온다.

시간이 멈춘 듯 느껴진다. 그의 얼굴과 불과 몇 센티미터 떨어진 독일군의 얼굴에서 시큼한 쉰내가 내려온다. 독일 병사의 땀이 이폴리트의 이마 위로 떨어진다. 이폴리트의 오른쪽 눈을 겨냥한 칼끝이 속절없이 내려오고 있다. 이폴리트가 상대의 목을 움켜잡은 손에 다시 필사적으로 힘을 준다. 하지만 이내 힘이 풀리고, 칼끝은 그의 오른쪽 눈에 와 박힌다. 빠삭 하는 소리와 함께 칼이 순식간에 두개골을 통과해 지나간다.

3

르네 톨레다노는 소스라치며 눈을 번쩍 뜬다. 한쪽 눈
이 실쭉실쭉한다. 최면사가 다급히 소리친다.

「안 돼요! 아직 눈을 뜨면 안 돼요! 최면에서 깨어날
때는 잠수에서처럼 단계를 밟아야 해요. 다시 눈을 감
아요.」

르네는 들은 체 만 체 의자에서 몸을 일으킨다. 핏기가
사라진 얼굴로 가쁜 숨을 쉬며 몸을 떨고 있다. 그는 관
객들이 지켜보는 가운데 비명 같은 소리를 지르며 무대
를 내려와 출구로 뛰어간다. 제지하는 엘로디의 팔을 뿌
리치고 〈판도라의 상자〉 출입구를 지나 곧장 센강 변으
로 내달린다. 오른쪽 눈이 제멋대로 감겼다 뜨였다 한다.
그는 한참을 달리다 헉헉거리며 주저앉아 구역질을 해
댄다.

다행히 눈의 경련은 잦아들고 있다. 그는 승리를 장담
하던 니벨 장군의 호령을 떠올린다. 〈제군, 영웅이 되

어라!〉

그걸 말이라고! 우리는 눈먼 목동을 따라간 양 떼 꼴이었어.

그의 염려대로 여자 최면사는 무의식 최면을 마스터한 사람이 아니었는데, 그 어설픈 실험의 첫 대상자가 되고 말았다. 그녀는 무의식으로 내려가는 길도 다시 올라오는 길도 제대로 안내해 주지 못했다. 무엇보다 즐거운 경험을 하게 해주겠다던 그녀의 약속은 빈말이었다.

애초에 내가 최면에 응한 게 잘못이었어. 그녀가 한 일이라곤 악몽을 꾸는 내 모습을 관음증에 걸린 관객들에게 보여 준 것뿐이야. 사람들 눈에 내가 얼마나 불쌍하게 비쳤을까.

슈맹 데 담 전투 장면이 머릿속에서 영화의 한 장면처럼 다시 펼쳐진다. 물리적 감각들까지 생생히 되살아난다. 추위, 포탄이 떨어지는 순간 우르릉거리며 흔들리던 땅, 화약 냄새와 살이 타는 냄새. 이 모든 게 머릿속에서 만들어졌을 리가 만무하다.

이 생지옥을 직접 겪은 사람들이 있었다니. 그 자리에 있던 사람이 아니고는 절대 알 수 없어.

날아온 포탄을 맞고 바로 그의 눈앞에서 다리 하나가 공중으로 날아간 동료를 떠올리자 다시 속이 메스꺼워진다.

「어이! 너!」

소리가 나는 쪽을 향해 고개를 들자 그를 향해 다가오는 그림자가 보인다. 군용 점퍼, 박박 민 머리, 군화, 코와

귀의 피어싱. 전형적인 스킨헤드 청년이다.

「빨리 돈 가진 거 내놔.」

강한 독일 악센트를 풍기는 사내의 몸은 나치를 상징하는 문신으로 뒤덮여 있다. 갈고리 십자가, 뼈 두 개 위의 두개골, 나치 친위대의 SS 문양.

그가 접이식 칼을 꺼내 든다. 뒷걸음질치는 르네를 시커먼 센강이 기다리고 있다.

사내가 재우쳐 말한다.

「빨리! 지갑 꺼내!」

거리를 좁혀 오는 사내의 입김에 맥주 냄새가 진하게 배어 있다. 르네는 얼어붙은 듯 꼼짝도 못 한다. 입에서 한마디도 빠져나오지 않는다.

「하는 수 없지. 네 시체에서 빼 갈 수밖에. 지갑만 꺼내고 네 몸은 물고기 밥으로 강에 던져 주마.」

금니가 드러나도록 씨익 웃던 스킨헤드가 돌연 표정을 바꾼다. 턱을 앙다물고 위협적인 표정으로 칼을 휘두르며 다가든다.

이건 꿈이야. 이번에는 배경이 현대인 다른 악몽을 꾸고 있는 거야. 혹시 여전히 최면사의 영향에서 벗어나지 못한 걸까. 나는 현실이라고 믿지만 다 내 상상 속에서 벌어지고 있는 일인 거지. 숫자를 세면 사라지고 없을 거야. 10…… 9…… 8…….

스킨헤드가 칼을 훅 내찌른다. 르네가 본능적으로 몸을 피하는 중에 칼끝이 손등을 스친다. 화끈한 느낌이 들면서 피가 흐르기 시작한다. 그는 마치 남의 손을 보듯 자신의 손등을 내려다본다.

이게 꿈이라면, 통증이 느껴지는 이유가 뭘까?

다시 칼날이 날아들자 르네가 양팔을 엇갈리게 뻗어 신속히 공격을 막아 낸다. 그러고는 반사적으로 스킨헤드의 손목을 잡아 돌려 무기가 그를 향하게 만든다. 상대가 비틀거리는 틈을 타서 다리를 걸어차 넘어뜨린다. 르네는 자신에게 존재하는지조차 몰랐던 전투력이 솟구치는 것을 느낀다.

르네가 바닥에 떨어진 칼을 힘껏 차서 강물로 날려 버린다. 스킨헤드가 씩씩거리면서 독일어로 욕을 내뱉더니 성난 황소처럼 몸을 구부려 달려들 태세를 갖춘다. 그가 장딴지에 붙은 칼집에서 이번에는 칼날이 더 넓고 긴 칼을 하나 꺼내 든다. 인간 수컷들의 싸움이 재미난 구경거리라도 된다는 듯 강둑을 돌아다니던 쥐들이 모여들기 시작한다.

스킨헤드의 공격이 재개된다.

육탄전. 바닥에 넘어진 전사들이 뒤엉켜 뒹굴고 있다. 손은 움켜잡고 손톱은 할퀴고 이로는 물어뜯는다. 눈이 치떠져 흰자위가 드러나고 입술은 찡그려진다. 칼끝이 다가왔다 물러났다 하고 두 사람의 거리도 좁혀졌다 멀어지기를 반복한다.

지칠 대로 지친 스킨헤드가 다시 칼을 휘두르며 다가

온다. 르네가 득달같이 달려들어 그의 손목을 꺾고 칼끝이 반대로 향하게 돌려놓는다. 서슬에 놀란 그가 바닥에 넘어지는 순간 칼이 가슴에 박힌다.

이런, 안 돼.

스킨헤드가 몸을 일으키려고 안간힘을 쓴다. 칼 손잡이가 그의 가슴 밖으로 솟아 있다. 그는 입아귀를 실쭉 일그러뜨리더니 몸을 세우려고 용을 쓴다. 그가 무릎을 꺾으며 앞으로 고꾸라지자 칼은 더 깊숙이 들어가 박힌다.

안 돼, 안 돼, 안 돼, 안 돼, 안 돼.

결투가 전광석화로 짧게 끝나자 구경하던 쥐들이 당황한 듯한 표정을 짓는다.

르네는 상대가 죽은 척하는지도 모른다고 의심하면서 조심스럽게 다가가 몸을 뒤집어 본다. 스킨헤드는 눈을 휘둥그렇게 뜬 채 미동도 하지 않는다. 입가에서 피가 흘러나오고 있다.

이건 일어나지 않은 일이야, 이런 일은 존재하지 않아, 나는 곧 이 악몽에서 깨어날 거야.

르네는 여전히 믿기지 않아 스킨헤드의 입과 코에 손을 대고 숨을 쉬는지 확인해 본다. 들썩임이 없는지 가슴에 손을 대본다. 약한 맥박이라도 잡히지 않는지 손목 끝을 눌러 본다. 아무것도 느껴지지 않는다.

최면도 꿈도 아닌 게 확실해…… 이건 여기서, 지금, 이승에서 벌어지는 일이야.

그는 벌떡이는 가슴을 진정시키려고 심호흡을 한다. 입 안이 소태를 문 것처럼 쓰다. 그는 뒷걸음질로 시체에서 떨어지면서 고개를 돌려 누가 오지 않는지 확인한다.

대체 내가 무슨 짓을 한 거야?

그는 연신 붉은 액체를 쏟아 내는 시체 앞으로 다시 돌아온다. 이미 피 냄새를 맡고 몰려와 있는 쥐들을 발길질로 쫓아 버린다.

이 끔찍한 일을 어떡하지. 당장 가까운 경찰서를 찾아가 무슨 일이 있었는지 사실대로 설명해야 해……. 정당방위였어. 이렇게 후미진 장소에서 다반사로 일어나는 일이야……. 내가 살기 위해 한 행동이었을 뿐이야.

그가 다시 주위를 휘둘러본다. 지금 있는 곳은 도심에서 먼 센강 서쪽 끝이다 보니 관광객들한테 인기가 없고, 당연히 사람의 발길도 뜸하다.

어서 가서 진실을 말해야 해.

그가 스킨헤드의 시체를 멀뚱히 내려다보며 서 있다.

아냐, 경찰에서 내 말을 믿어 줄 리 없어. 내가 노숙자를 찔러 죽였다고 할 거야. 정당방위를 입증할 증거도 없어.

손에 입은 상처를 보여 줘도 코웃음을 치면서 단순한 찰과상이라고 우길 거야.

아무리 샅샅이 둘러봐도 목격했을 만한 사람은 주위에 보이지 않는다. 그는 뭔가에 홀린 사람처럼 시체를 강둑으로 끌고 간다. 칼을 뽑아 버리고 나서 시체를 발로 차 강으로 밀어 버린다.

지금 내가 무슨 짓을 하고 있는 거지? 살인으로도 모자라 시체 은닉까지 하고 있잖아.

멀리, 불을 환히 밝힌 〈판도라의 상자〉에서 박수 소리가 규칙적으로 계속 흘러나온다. 그의 오른쪽 눈꺼풀이 다시 제멋대로 씰룩씰룩한다.

어쩌다 이런 구렁텅이에 빠졌을까?

그는 조금 떨어진 곳에 주차되어 있는 자동차를 향해 달리기 시작한다. 그의 차가 어둠 속을 질주해 사라진다.

쥐들이 강둑에 남아 실망한 표정으로 바닥에 고인 액체를 핥짝핥짝 핥고 있다. 결투의 유일한 흔적인 핏물에 배인 맥주의 쌉싸름한 풍미를 즐기는 중이다.

4

르네는 적에게 쫓기듯이 집으로 뛰어 들어가 문을 쾅 닫는다. 그는 자물쇠를 모두 잠그고 문에 기대서서 가쁜 호흡을 가다듬는다. 파리 15구 샤를미셸역 근처 작은 건물 8층에 있는 자기 아파트의 낯익은 풍경 속으로 들어오고 나니 안도감이 든다.

세계 각지에서 수집한 가면들이 거실에서 〈판도라의 상자〉 관객들처럼 조소하듯 그를 맞는다. 일본 가부키 가면과 아프리카 바울레족의 가면, 베네치아 카니발 가면의 미소가 화살처럼 날아온다.

그는 숨을 크게 내뱉는다.

내가 사람을 죽였어!

르네 톨레다노는 욕실로 가서 손을 씻고 얼굴에 찬물을 끼얹었다. 손의 상처는 간단히 소독만 하고 붕대는 감지 않는다. 그는 피 묻은 옷을 벗어 세탁기에 집어넣고 세면대 위에 걸린 거울을 들여다본다. 손을 들어 이폴리트처럼 앞머리를 납작하게 올려붙인다. 오른쪽 눈이 다시 말썽이다.

「나는 누구지?」 그는 마치 거울 속의 사람과 대화하듯 묻는다.

내가 아닌 것 같아. 거울 속에 보이는 이 사람은 누굴까? 이게 나란 말이야? 내가 어떻게 이 몸과 이 얼굴을 갖게 됐을까? 과연 이 외피가 내가 진정 누구인지 말해 줄 수 있을까? 스스로 영웅이라고 자부하지만 괴물에 불과한 이자는 누굴까? 다 그놈의 심층 기억 때문이야. 그 비밀의 동굴에 들어가지 말았어야 했는데.

구역질이 인다.

「나는 누구였을까?」 그는 소리 내어 묻는다.

답을 알면서도 차마 입 밖으로 내지 못한다.

나는 살인자였어, 잊고 있다가 기억이 난 것뿐이야, 그리고 다시…… 살인자가 됐어.

땅굴에서 가차 없이 멱을 땄던 독일 병사의 모습이 눈앞에 아른거린다.

그땐 전쟁 중이었어. 허용되는 행동이었어. 그런 게 영웅의 모습이었어.

다시 눈꺼풀이 들썩인다. 그는 눈을 감고 눈꺼풀을 살짝 눌러 준다.

르네가 기억하는 어린 시절의 그는 말썽을 일으키지 않는 조용한 아이였다. 호기심이 많았던 그에게 학교는 즐거운 곳이었다. 과학 교사였던 어머니는 엄한 분이었는데, 수시로 이렇게 말했다. 〈잘못을 저질렀으면 절대 숨기면 안 된다. 고백하는 순간 절반은 용서받은 거야. 거짓말을 하거나 잘못을 숨기는 건 나쁜 거란다. 르네야, 잊지 말아라, 고백하는 순간 이미 절반은 용서받은 거야.〉 역사 교사였던 아버지는 어머니와 달리 자상한 분이었다. 아버지는 아들에게 사회가 강요하는 틀에서 벗어나라고 가르쳤다. 삶을 거시적인 관점에서 바라보려면 〈자신이 속한 무리의 과거〉를 반드시 알아야 한다는 게 아버지의 지론이었다.

아버지 에밀은 어린 아들에게 역사의 진실을 들려주며 조상들의 삶에 대한 관심과 흥미를 일깨웠다. 그는 그렇게 아들이 걸어갈 길을 제시해 주었고, 르네는 자연스럽게 그 길에 들어섰다.

르네는 아버지 덕분에 그리스 신화와 라틴어 고전, 중세 이야기의 재미를 발견할 수 있었다. 하루는 전쟁 이야기를 들려주던 아버지가 그의 손을 잡으며 비장하게 말했다.

「아들아, 전쟁은, 실제 전쟁은 말이야, 정말로 끔찍한 것이란다. 서로 알지도 못하는 불쌍한 사람들끼리 죽고 죽이는 게 전쟁의 추악한 실체란다. 전쟁은 전쟁터에서 끝나지 않아. 사지가 절단된 사람들이 가득한 병원에서, 죄 없는 이들이 잡혀 와 갇혀 있는 감방에서도 계속되지.

전쟁은 아름다운 것도 감동적인 것도 아니야. 그런데도 역사는 전쟁과 전투를 가장 많이 기억하지. 안타까운 일이야. 나는 기쁘고 행복한 순간들이 기록되는 역사를 보고 싶단다. 하지만 사람들은 그런 역사에는 별로 관심이 없지.」

열한 살 때쯤인가, 르네가 학교에서 돌아와 가방을 내려놓자마자 아버지에게 물었다.

「아빠, 선생님이 오늘 〈1515년, 마리냐노 전투〉를 외워 두라고 하셨어요. 자세한 설명도 해주지 않고 무조건 외워야 한다고만 하셨어요. 마리냐노는 어디 있어요? 전쟁이 왜 일어났어요? 어떻게 됐어요?」

「좋은 질문이구나. 마리냐노는 이탈리아 북부에 있단다. 당시 직계 혈통이 아님에도 젊은 나이에 프랑스 왕위에 올랐던 프랑수아 1세는 왕권을 확립할 방법을 고심하고 있었어. 자신의 존재감을 드러낼 기회만 노리고 있었지. 때마침 교황이 이탈리아 북부 귀족들의 문란한 풍속을 못마땅해한다는 걸 안 그는 소돔과 고모라에 비견할 만한 밀라노와 토리노의 귀족들을 혼쭐내서 충성심을 보여 주겠다는 결심을 하지. 그가 알프스산맥을 넘어 이탈리아 북부로 진격하자 밀라노와 토리노 사람들은 그에 맞서기 위해 스위스 용병을 고용했어. 그렇게 이탈리아 땅인 마리냐노에서 프랑스인과 스위스인이 전쟁을 벌이는 촌극이 벌어졌단다. 비극이 시작됐지! 양측 군대는 눈과

44

안개 속에서 싸워야 했는데, 시야가 나빠 아군을 적군으로 오인해 실수로 죽이는 일이 빈번하다 보니 전력 손실이 어마어마했단다. 어느 날 새벽 악천후를 뚫고 스위스 용병이 프랑스 군대에 일격을 가해 승리를 거머쥐려는 순간, 베네치아에서 프랑스를 돕기 위해 응원군을 보내왔단다. 베네치아 군대는 스위스 용병을 상대로 극적인 승리를 거두었지. 이후 프랑스 군대는 이탈리아를 떠났단다.」

「결국 아무 소용도 없는 전투를 한 거잖아요!」

「수많은 사람이 눈밭에서 목숨만 잃고 끝난 전투였어. 정치적 목적을 위해서 말이야. 그 전투가 프랑수아 1세한테는 엄청난 홍보 효과가 있긴 했지. 마리냐노 전투의 위대한 승리자를 자처하며 지휘관으로서의 카리스마를 과시할 수 있었으니까. 하지만 그날 베네치아 군대의 개입이 승리에 결정적 역할을 했다는 건 사람들 기억에 없지. 그 후 프랑수아 1세는 승전 지휘관으로서 백성들에게 왕권의 정통성을 인정받을 수 있었어. 이 사건은 우리에게 한 가지 시사점을 준단다. 실제로 무슨 일이 일어났는지가 아니라 역사가들이 무엇을 기술했는지가 중요하다는 사실을 말이지.」

「그럼 역사가들이 제일 힘이 세요? 그래서 아빠도 역사를 전공했어요?」

아버지는 대답 대신 하던 말을 이어 갔다.

「프랑수아 1세는 전투에서 이긴 자신이 뛰어난 전략가

라는 착각을 하게 되고, 그런 허황된 생각을 가지고 경쟁자였던 카를 5세와 전쟁을 벌이게 돼. 그게 1525년 파비아 전투란다. 하지만 프랑수아 1세는 크게 패해 포로가 되고, 나라가 휘청할 만큼 어마어마한 몸값을 주고서야 풀려나게 되지. 그 이후로 그는 전쟁 욕심을 버리고 음악과 미술, 여인들과의 유희에만 탐닉했단다. 그걸 통해 예술 후원자이자 바람기 넘치는 매력적인 왕의 이미지를 얻게 된 거야. 마리냐노 얘기로 다시 돌아오자면, 학생들과 교사들이 다 그 전투를 기억하는 이유는 딱 한 가지, 1515라는 숫자가 외우기 쉬우니까 그런 거야!」

르네는 뒤통수를 얻어맞은 듯한 충격을 받았다.

아버지가 덧붙인 말은 더 놀라웠다.

「쥘 미슐레도 마찬가지란다. 너도 알다시피 그가 1840년에 집대성한 프랑스 역사는 우리한테 절대적 권위를 가진 교과서로 인식돼 있지. 하지만 그가 제멋대로 역사를 해석했다는 걸 잊지 말아야 한다. 어떤 전투가 중요한지, 어떤 왕은 위대하고 어떤 왕은 별 볼 일 없는지, 그가 선택하고 자의적으로 판단해 썼다는 뜻이야. 자신의 정치적 비전에 부합하게 왜곡했다는 거야. 하지만 아무도 이의를 제기하는 사람이 없었단다.」

어린 르네는 우리가 아는 역사적 사실들이 실제로는 힘 있는 후원자의 비위를 맞추려고 역사가들이 퍼뜨린 정치 선전에 불과하다는 사실을 깨닫고 충격을 받았다.

그는 당장 〈므네모스〉라는 이름의 파일을 만들어 잘 알려지지 않은 역사적 사실들을 기록하기 시작했다. 그는 아버지한테 들은 놀라운 이야기들로 파일을 채워 나갔다.

하루는 어린 르네가 에밀에게 물었다.

「아빠, 이 얘기들을 왜 수업에서는 해주지 않아요?」

에밀이 아들을 진지하게 쳐다보면서 입을 뗐다.

「아빠 말을 잘 기억해 두렴. 진짜 무슨 일이 벌어졌는지 사람들에게 다짜고짜 얘기해 줄 수는 없단다. 거짓에 익숙해진 사람들의 눈에는 진실이 의심스럽게 보이기 마련이거든.」

그때 르네는 속으로 다짐했다. 〈나도 커서 아빠처럼 역사 교사가 될 거야. 하지만 나는 꼭 진실을 말해 줄 거야. 사람들이 내 얘기를 믿어 주지 않아도 상관없어.〉

어머니 페넬로프는 부자 사이가 끈끈해지는 걸 보고 아들과 가까워질 자신만의 방법을 찾기 시작했다. 과학 전공자인 그녀는 르네에게 흥미진진한 과학 이야기를 들려주었다. 뇌가 어떻게 작동하는지, 우주는 어떻게 탄생했는지 설명해 주었다. 극도로 예민한 성격에 골초였던 그녀는 폐암으로 세상을 떠났다. 아내가 떠난 후 에밀에게 우울증이 찾아왔다. 기억력도 급속도로 감퇴해, 방에 무슨 일로 들어왔는지 기억하지 못했고 하려던 말의 서두를 잊어버리기 일쑤였다. 그는 〈내가 무슨 말을 하고 있었더라?〉, 〈네 질문이 뭐였지?〉를 입에 달고 살았다. 아파트 공용 현관의 비밀번호도 기억하지 못했고, 심지어는 길을 잃고 집 주소를 떠올리지 못한 적도 있었다. 겨우 55세의 나이에 아버지는 신경과 의사로부터 독일어로 된 끔찍한 병을 진단받았다. 〈알츠하이머〉였다. 독일은 르네의 가족에게는 행운을 가져다주지 못하는 나라가 분명하다. 아버지는 조기 퇴직을 결정했다.

당시 스물세 살의 대학생이던 르네는 복잡한 절차를 밟아 아버지를 파피용 클리닉이라는 전문 병원에 입원시켰다. 이 병원은 〈모든 것은 기억이다〉라는 짧지만 강렬한 문구를 모토로, 벌어진 두개골에서 기억을 상징하는 게 분명한 나비들이 빠져나오는 이미지를 로고로 쓰고 있었다.

르네는 최소 1주일에 한 번은 아버지를 면회하러 갔다. 갈 때마다 아버지의 세계가 서서히 쪼그라드는 것을 눈으로 확인했다. 아버지는 고유 명사를 기억해 내느라 애를 먹었다. 〈현재 프랑스 대통령 이름이 뭐지?〉 〈네 엄마 이름이 뭐였더라?〉 〈너는 이름이 뭐더라?〉 고유 명사에 이어 일반적인 어휘도 하나씩 사라지기 시작했다. 〈손잡이를 돌려서 뚜껑 따는 거, 그거 뭐지?〉 〈불이 들어오는 유리 공 같은 거, 그거 하나 더 있니? 이름이 뭐더라? 왜, 안에 필라멘트가 든 거 있잖아?〉

르네는 아버지처럼 자신도 말년에 저렇게 무너질지

모른다는 불안감에 시달리기 시작했다. 알츠하이머는 유전병이라고 하지 않던가. 최근에 생긴 건망증도 그래서 더 두려웠다. 그는 문득문득 구멍 뚫린 배낭 같은 자신의 뇌를 떠올렸다. 조그만 물건부터 슬슬 하나씩 밖으로 빠져나오다가 나중에는 큰 물건들까지, 아니, 가방 속 물건이 몽땅 쏟아져 나올 만큼 악화되겠지. 병따개, 전구, 단어들, 얼굴과 이름들, 결국 그의 모든 기억들이 사라지게 될 것이다.

아버지의 세계가 전부 사라지고 있어. 시간문제일 뿐 나도 결국은 같은 길을 걷게 될 거야.

오늘 초저녁까지만 해도 그는 난파자처럼 기억의 뗏목을 붙잡고 조용히 살고 있었다. 어제와 오늘이 다르지 않은 착실한 공무원, 엘로디의 친구, 상사들의 인정을 받는 열정 넘치는 역사 교사, 알츠하이머라는 다모클레스의 검을 머리에 이고 살아가는 미래의 퇴직자.

그런데 바로 한 시간 전에 그 빌어먹을 〈심층 기억〉이 예기치 않게 등장하는 바람에 자신의 숨겨진 단면을 발견하게 됐다.

내 두꺼운 무의식의 문 뒤에 살인자가 숨어 있었어. 최면이 일상적 기억 뒤에 묻혀 있던 그 기억을 끄집어 올린 거야. 거기만 가지 않았어도 그 기억을 모른 채 살아갈 수 있었을 텐데.

그는 얼굴에 찬물을 어푸어푸 끼얹는다.

기억의 실체를 알아야겠어.

르네는 컴퓨터를 켜고 검색창에 〈슈맹 데 담〉을 입력한다.

당시 전선은 수아송에서 랭스까지 그어져 있었다. 프랑스군의 첫 대규모 공세는 1917년 4월 16일 새벽 6시에 개시됐다. 아군 전력은 85만, 독일군 전력은 68만이었다. 아군의 지휘관은 그의 예상대로 니벨 장군이었다. 아군은 전투가 끝나고 나서야 독일군이 1914년부터 이 일대에 들어와 거미줄처럼 땅굴을 파놓고 있었다는 사실을 발견했다. 적군은 땅을 깊게 파고 튼튼하게 보강한 땅굴을 통해 전선의 앞뒤를 연결하고 있었다. 독일군 점령 고지에 대대적인 포격을 감행했음에도 불구하고 프랑스 보병 부대가 후미에서 출몰한 독일군에게 꼼짝없이 포위됐던 것은 바로 그 땅굴 때문이었다. 공세 첫날에만 대략 장교 150명과 병사 5천 명이 전사했다. 희생된 병사의 절반이 식민지 세네갈의 청년들이었다. 공격이 길어야 이틀 지속될 것이라던 니벨 장군의 장담과 달리 4월 16일에 개시된 전투는 그해 10월 24일에야 종료됐다. 프랑스 측 사망자는 18만 7천 명, 독일 측 사망자는 16만 3천 명이었다.

그런데 그 후 사령관의 심대한 전략적 실수를 지적한 이가 아무도 없었다는 것을 르네는 알게 됐다. 어마어마한 사상자를 낸 끔찍하고 비효율적인 전투였다는 사실이 승전의 환호에 묻혀 버렸던 것이다.

그로부터 20여 년이 흐른 제2차 세계 대전 때도 프랑스 장군들은 제1차 세계 대전의 전과를 떠올리며 또다시 참호전을 준비했다. 이번에는 독일군이 전차를 최전선에 배치하고 프랑스군의 방어선을 우회하는 새로운 전략을 구사하리라는 것을 전혀 예측하지 못했기 때문이다.

역사에서 교훈을 얻지 못하면 대가를 치르는 수밖에 없지.

르네는 인터넷을 뒤져 제1차 세계 대전 공식 사망자 명단을 찾아낸다. 거기에서 슈맹 데 담 전투에 참전해 23세의 나이로 전사한 이폴리트 펠리시에 상병의 이름을 발견한다. 눈으로 보고도 믿기지 않는다.

혹시나 하는 마음에 사진이 있는지 확인하려고 클릭하는 순간, 퇴행 최면의 거울 속 얼굴과 똑같은 얼굴이 모니터에 나타난다. 똑같은 회색 눈, 콧수염, 얇은 입술, 턱 보조개까지. 르네는 이폴리트 펠리시에 상병의 복무 기록을 읽어 내려간다.

그는 후방에서 위험한 특공 임무를 수행하던 의용군의 일원이었다. 전투에서 열 명이 넘는 적군을 죽인 정예병이었다고, 땅굴에서 전사한 그에게 사후에 훈장이 추서되었다고 기록에 적혀 있다.

그는 영웅이었어. 영웅이라고 꼭 좋은 건 아니야. 제일 먼저 죽으니까. 끝까지 살아남는 자들은 비겁한 자들, 보신만 생각하고 어떻게든 전투를 피하는 자들이야.

그런 자들이 자식을 낳고 천수를 누리는 거야. 그리고 우리는 그런 자들의 입을 통해 어떤 일이 벌어졌는지 알게 돼. 이미 세상에 없는 영웅들은 그자들의 말을 반박할 수가 없는 거지.

그는 죽은 청년 병사의 사진을 뚫어지게 들여다본다.

이 살인자가 내 영혼 어딘가에 묻혀 있었어. 그는 전시에 적군을 칼로 찔러 죽였고, 그건 영웅적인 행동이었어. 똑같이 했어도 내 행동은 범죄야.

이폴리트 펠리시에의 사진을 보며 그는 혼란스러워진다. 육화한 또 한 명의 그가 시간을 건너와 그를 쳐다보고 있는 듯한 느낌.

타인의 생명을 단축시키는 건 내가 원했던 게 아니야. 나는 그 일에 쾌감을 느낀 적이 없었어.

나는 상관들의 명령을 따르기 위해 사람을 죽였을 뿐이야. 외세의 침략에서 조국을 지키기 위해 살인을 했던 거야. 아까도 나는 내 목숨을 구하기 위해 사람을 죽였어. 그건 정당방위였어.

그는 컴퓨터 모니터에 비치는 자신의 그림자를 물끄러미 바라본다.

하나의 영혼, 두 개의 몸?

그는 푹 한숨을 쏟는다.

자수해야겠어. 내일 아침 눈 뜨자마자 경찰서부터 가자.

그는 침대에서 몸을 뒤척이며 잠을 이루지 못한다.

남은 인생을 살인죄로 감옥에서 보내야 하는 거야? 최면에 걸려, 과거의 내가 심층 기억에서 튀어나왔기 때문에?

창문 너머에서 달이 거대한 어머니의 눈을 하고 야단

치듯 그를 내려다보고 있다.

〈잘못을 고백하는 순간 이미 절반은 용서받은 거야.〉

그는 오늘 일을 잊으려고 애쓰다 잠이 든다.

5

므네모스: 망각의 여신 레테

그리스 신화에 등장하는 밤의 여신 닉스에게는 쌍둥이 아들인 잠의 신 히프노스(최면이라는 단어의 어원이 됨)와 죽음의 신 타나토스(〈타나토노트〉 같은 단어의 유래가 됨)가 있다. 잠에서 깰 수 있고 없음이 이 두 형제 사이의 미묘한 차이점이다.

히프노스한테는 모르페우스(형태학 *morphology*이라는 단어의 어원이 됨)라는 아들이 있는데, 그는 친숙하고 편안한 형태로 자유자재로 모습을 바꿔 가며 나타나 사람들이 잠들게 도와주는 역할을 하는 신이다.

닉스에게는 망각의 개념이 의인화된 손녀 레테가 있다. 여신 레테는 종종 저승에 있는 동일한 이름의 강과 혼동되기도 한다. 레테강에서 영혼은 과거의 자신을 깨끗이 잊고 차분하게 환생을 준비한다고 알려져 있다.

베르길리우스도 『아이네이스』 제6권에서 아이네이아스가 저승을 찾아가 아버지와 재회하는 장면에서 레테강을 언급하고 있다.

　아이네이아스는 아버지 안키세스에게 이 강은 대체 무
엇이고, 왜 사람들이 몰려 있는지 물었다.
　그러자 안키세스가 대답했다.
　「새로운 몸을 받을 자들의 영혼이란다. 저들은 물결치
며 흐르는 레테강에 와서 무심함과 망각의 액체를 마시
고 있는 것이란다. 오래전부터 네게 저들에 관해 말해 주
고 싶었단다, 아들아. (……)」
　「그 말씀은 저 영혼들이 여기를 떠나 다시 둔중한 육신
속으로 되돌아갈 준비를 하고 있다는 뜻입니까? (……)」
　「생명이 육신을 떠난 뒤에, (……) 영혼은 죗값을 치르
고 오점을 정화시켜야 한단다. (……) 몇몇 영혼만이 넓
은 엘리시움, 환희의 들판에 남게 되지. 나 같은 이런 행
복한 영혼들은 지상에서의 기억을 언제까지나 간직할 수
있단다. 하지만 나머지 영혼들은 그들이 순수함과 단순
함을 회복할 때까지 잠시 이 들판에 머무르다 가게 되지.
네 앞에 보이는 저 영혼들은, 때가 되어 부름을 받으면 레
테강으로 나와 줄을 선단다. 그때부터 환생이 시작되는
거지. 망각의 강인 레테강에서 모든 고통스러운 기억을
잊고 나면, 죽은 자들의 영혼은 새로운 몸으로 새롭게 태
어나기를 바라게 된단다.」

6

구름이 풀어지고 발그스름한 해가 고개를 내민다. 비둘기들이 구구거리며 구애에 분주하다. 뜬눈으로 밤을 샌 르네가 벽에 걸린 괘종시계를 올려다본다. 아침 7시 30분. 그는 힘겹게 몸을 일으켜 욕실로 걸어간다. 거울 속에 비친 얼굴은 창백하고 푹 꺼진 눈 밑에는 거무스름한 그늘이 드리워져 있다.

어제 돌이킬 수 없는 짓을 저질렀으니 경찰이 집으로 들이닥치는 건 시간문제야. 아니, 일부러 직장에서 날 체포할지도 몰라. 학생들이 다 지켜보는 앞에서. 선생인 사람이 자신도 통제하지 못하고 충동에 휩쓸려 돌이킬 수 없는 짓을 저질렀으니, 망신도 그런 망신이 없지.

자신을 드러내는 걸 싫어하는 그는 신문 머리기사의 주인공이 된 상상을 하며 몸서리친다.

〈노숙자를 살해한 것으로 밝혀진 역사 교사.〉

자수하는 게 최선이야. 그게 나한테 가장 유리한 선택일 거야. 정당방위를 주장하면 되니까.

그는 대충 옷을 입고 배낭을 어깨에 멘 뒤 집을 나선다. 차를 운전해 가까운 경찰서로 향한다.

하지만 막상 건물 앞에 도착해서는 운전석에서 내리지 못한다. 그는 경찰서 출입문을 드나드는 감색 제복 차림의 사람들을 바라보고 있다.

저들이 과연 나를 믿어 줄까?

승합차 한 대가 건물 앞에 와 선다. 수갑을 찬 사내 하나가 차에서 내리더니 몸부림을 치며 형사들에게 욕지거리를 한다.

「풀어 달란 말이야! 그 새끼가 먼저 싸움을 걸어서 방어했다고 했잖아.」

르네는 몸을 소스라뜨린다.

저들은 내가 영화 「시계태엽 오렌지」를 모방해 재미로 노숙자를 죽였다고 생각할 거야. 시신과 살인 도구를 센강에 던져 유기한 것도 불리하게 작용하겠지. 10년 이상 감옥에서 썩게 될지도 몰라.

그는 황급히 시동을 걸어 차를 출발시킨다. 기분 전환을 위해 라디오를 켜자 축구 경기 결과를 알려 주며 뉴스를 시작하는 아나운서의 목소리가 흘러나온다. 어제 좋은 경기를 보여 줬던 파리 생제르맹 팀의 주장이 환락가에서 마약 투약 도중 체포되는 사건이 벌어졌습니다. 아나운서는 이어 시리아 전쟁 소식을 전하기 시작한다. 시리아 독재 정권이 또다시 독가스를 살포해 민간인을 학살했다고 알려졌습니다. 구호 단체들은 학살의 증거를 제시하면서 희생자가 수백 명에 이른다고 발표했습니다. 여러 나라에서 시리아에 대한 공식 비난 성명을 채택하자고 요구하고 있으나 시리아 정부를 공개 지지하는 러시아와 이란이 반대 입장을 표명했습니다. 시리아 정부 대변인은 이번 사건이 국제 여론을 끌기 위한 반군의 자작극이라는 입장입니다.

철도 기관사들의 파업이 주말에도 전 노선에서 이어질 전망입니다. 철도 노조들은 대통령이 제안한 개혁안을 거부하고 있습니다. 철도 대란에도 불구하고, 정부에서 결코 물러서지 않겠다는 강경한 입장을 유지하고 있어 파업은 무기한 계속될 것으로 예상됩니다.

오늘은 1915년 아르메니아 대학살 추모일입니다. 터키 대통령은 이 사건을 〈아르메니아 대학살이라는 이름의 역사적 거짓말〉이라고 규정한 뒤, 이 거짓말을 인정하는 국가들은 자동적으로 터키와의 외교 및 무역 관계에서 배제하겠다고 경고했습니다. 그는 터키군에 희생된 1백만 명 이상의 존재를 부정하면서, 〈1915년 아르메니아인들의 손에 살해된 터키인들〉을 추모하기 위해 대대적인 거리 시위에 나설 것을 촉구했습니다. 아르메니아 정부에서는 터키와의 경제적·외교적 이해관계를 고려하기보다 진실을 우선시해 줄 것을 세계 각국에 호소했습니다.

다음 뉴스입니다. 자신들도 모르는 사이에 GHB를 복용하게 된 20대 여성 세 명이 숨지는 사건이 또 파리에서 발생했습니다. GHB, 즉 감마 하이드록시 뷰티르산은 〈망각의 묘약〉 또는 〈데이트 강간 약물〉로 불리기도 합니다. 기억을 잃은 상태에서 강간을 당하는 여성 피해자가 갈수록 많아지고 있습니다. 문제는 피해자들이 가해자들의 인상착의를 기억하기가 불가능하다는 점입니다.

일기 예보입니다. 앞으로 며칠간 맑은 날씨가 이어지면서 9월에 때아닌 폭염이 기승을 부릴 전망입니다.

진행자는 로또 당첨 번호를 알려 주면서 뉴스를 마감한다.

르네는 가슴을 쓸어내린다. 다행히 아직 센강에 시신이 떠올랐다는 뉴스는 들리지 않는다.

영영 발견되지 않을지도 몰라. 혹시 발견돼도 기삿거리가 되지 않을 수도 있고. 술에 취한 노숙자가 강에 빠지는 일이야 종종 일어나니까. 그 일은 내 기억 속에만 존재할 뿐이야. 내가 잊어버리기만 하면 돼. 그럼 그 일은 일어나지 않은 게 될 거야.

심사가 복잡한 상태에서 운전을 하던 그는 오른쪽에서 나타나는 차를 미처 보지 못해 추돌 사고를 일으킬 뻔한다. 운전자가 차 창문을 내리고 그에게 욕을 해댄다.

「어이! 우선 통행 몰라? 이 바보야! 교통 법규를 똑똑히 기억해야 할 거 아니야!」

맞는 말이야. 아버지가 계신 파피용 클리닉 박공에도 쓰여 있잖아. 〈모든 것은 기억이다.〉 집중력을 잃으면 안 돼. 과거는 잊고 현재를 살자. 이건 생존의 문제야. 기억되지 않는 것은 존재하지 않아. 현재에도, 앞으로도.

어제저녁에 나는 최면 공연을 보러 갔다가 어설픈 최면 실험의 피험자가 됐어. 공연이 끝나기 전에 집으로 돌아와 쉬었어.

그게 전부야.

그는 주문처럼 이 말을 되뇐다.

다른 일은 아무것도 일어나지 않았어.

7

르네 톨레다노가 조니 알리데 고등학교의 주차장에 차를 세우고 건물을 향해 걸어간다. 건물 입구에는 2017년에 사망한, 청소년들의 우상이었던 인물의 동상이 서 있다. 전자 기타를 잡은 가수의 동상 밑에는 그의 노래 중 가장 덜 알려진 「나는 읽네」 가사가 마치 신앙 고백처럼 새겨져 있다. 이 학교에 부임하던 첫날, 르네는 청소년들에게 독서를 권장하기 위해 골랐을 순진하기 짝이 없는 노랫말이 고대 어느 현자의 말씀처럼 새겨져 있는 걸 보고 실소를 금할 수 없었다.

조니 알리데 고등학교라…… 미키 마우스 고등학교도 만들지 그래? 청소년들의 우상이기는 매한가지잖아!

그는 안으로 들어간다. 피넬 교장이 학교 가운데뜰에 모여 있는 교사들과 학생들을 지켜보고 서 있다. 르네는 교장을 향해 멀리서 인사를 건넨다. 르네의 시선이 콘크리트 벽을 뒤덮은 익숙한 낙서들로 향한다. 신체 배설물과 변태적 성욕에 관한 낙서들, 그리고 두 소재에서 멀리 벗어나지 않는 기상천외한 욕설들. 소비 사회 파괴와 혁명을 선동하는 정치적인 낙서들도 드물지만 눈에 띈다.

스킨헤드는 이제 잊고 내 할 일을 하자.

그는 결연하게 걸음을 내딛는다. 전투태세에 돌입한 듯한 표정의 교사들을 향해 인사 겸 동료애 가득한 몸짓을 보인다.

무지에 맞서는 전투. 상대는 난적이야. 결코 과소평가해서는 안 돼.

〈더 이상 생각하지 말아야 하는 것〉만 생각하지 않는다면, 지금까지 해오던 대로만 한다면 모든 게 잘될 거야. 다 제자리를 찾을 거야.

잘못을 잊는 순간 절반은 용서받은 거야.

갑자기 다시 눈이 씰룩거린다. 그는 숨을 깊게 들이쉬면서 두 주먹을 꽉 쥔다.

어서 교사의 직업적 본능을 되찾지 않으면 안 돼.

그는 화장실로 뛰어 들어가 문을 잠근 다음 변기를 붙잡고 토하기 시작한다.

지나간 과거는 바꾸지 못해. 비디오 게임처럼 뒤로 돌아가거나, 같은 장면을 다시 연기할 수는 없어. 그건 지난 일이야, 내가 어떻게 할 수 있는 게 아니야.

이제 남은 생을 살인자로 살아가는 수밖에 없어. 앞으로 내게 일어날 수 있는 일은 둘 중 하나야.

경찰에 체포되어 감옥에 가거나, 요행히 체포되지 않더라도 죄책감을 안고 살아가거나.

눈을 감고 길게 숨을 들이마시고 나서 변기의 물을 내린다.

그는 교실로 들어가 교단 위로 올라간다. 첫 수업을 듣는 학생 서른한 명이 벌써 자리에 앉아 기다리고 있다. 학생들이 그를 쳐다본다. 그를 이전에 본 적이 없더라도 분명히 정상이 아니라고 느낄 것이다. 앞에 서 있는 선생이 창백한 얼굴에 퀭한 눈을 실쭉거리며 가쁜 숨을 몰아쉬고 있다는 사실을 당연히 눈치챘을 테니까. 르네가 침착함을 되찾기 위해 가방에서 광천수 병을 꺼내 한 모금 마신 다음 말문을 연다.

「여러분과 6월까지 함께 공부하게 됐습니다. 별 탈 없이 마무리할 수 있길 바랍니다. 학년 말에 바칼로레아가 있으니까 말이에요. 준비 없인 당연히 합격이 불가능하다는 걸 명심하길.」

르네가 출석을 부르자 학생들이 차례로 〈네〉 하고 대답한다.

상병 이폴리트 펠리시에? 네.

그가 침을 꼴깍 삼킨다.

「좋습니다. 무엇보다 필기를 꼼꼼히 해줬으면 해요. 내가 가르치는 일에 철저히 임하는 만큼 여러분도 학습에 철저함을 보여 주길 기대합니다.」

그가 쭈뼛쭈뼛하다 실수로 물병을 쳐서 넘어뜨린다. 까르르 웃음이 터지자 무겁던 분위기가 한결 부드러워진다.

학생들이 내가 정상적인 상태가 아니라는 걸 감지했을 거야. 정신 똑바로 차리자. 목동이 사건에 휘말렸다는 걸 양 떼가 눈치채게 해선 안 돼. 그러는 순간 내 권위는 무너지는 거야.

「또 각별히 품행에 유의하길 바랍니다. 미리 경고하는데, 조금이라도 문제가 있으면 즉시 피넬 교장 선생님께 알릴 겁니다. 다들 명심해요.」

원만한 학교 생활을 위한 교사로서의 철칙이 하나 있다. 학기 초에는 최대한 엄한 모습을 보이고 나서 서서히 압박을 줄여 주다가 학기 말에 가서는 완전히 느슨하게 풀어 주는 것.

앞쪽 두 줄을 제외한 대부분의 학생들은 벌써 교사가 무슨 말을 하든 관심이 없다는 표정이다. 르네는 준비해 온 파워포인트 자료를 교단 위에 설치된 스크린에 띄운다. 안토닌 드보르자크의 「신세계」 교향곡이 배경 음악으로 흘러나오는 가운데 빅뱅과 천체의 생성을 보여 주는 이미지들이 나타난다. 르네는 본격적인 수업에 들어간다.

「이것이 여러분의 과거입니다. 여러분이 얼마나 숱한 우연을 거치며 살아남아 지금, 여기, 이 교실, 내 앞에 와 있게 됐는지 아나요? 일단 빅뱅이라는 원초적 폭발이 일어나야 했고, 그것이 무한 공간 속으로 흩어져 우주의 모습을 갖췄죠. 그렇게 우리 행성인 지구가 만들어졌고, 지구를 보호하는 대기층이 생겼고, 지구를 뒤덮는 대양이 만들어졌고, 그 대양에서 생명이 출현하게 됐어요.」

스크린에 푸른 해초와 짚신벌레, 은색 물고기가 나타난다.

「그 과정을 거쳐 한 동물이 물 밖으로 나와 육지로 올라왔어요. 지느러미를 움직여 뭍으로 올라와 살게 된 최초의 어류가 바로 이 틱타알릭입니다. 이로써 〈모험〉이 시작됐어요. 생명의 모험, 지능의 모험, 의식의 모험이 말이죠.」

또 다른 이미지들이 빠른 속도로 학생들 눈앞을 지나간다. 석기를 든 영장류, 모닥불 주위에 모인 선사 시대 인간들, 벽화가 그려진 동굴, 경작지 가운데 형성된 마을, 성벽을 높이 쌓은 도시, 기마전이 펼쳐지는 전쟁터, 왕의 대관식.

「여러분의 조상들은 운 좋게 세상에 태어나, 어릴 때 병에 걸려 죽지 않고 어른이 됐고, 전쟁에서 살아 돌아왔고, 전염병에 걸리지 않았거나 걸려도 다행히 살아남았고, 대기근 속에서도 굶어 죽지 않은 분들이에요.」

르네는 일단 학생들의 흥미를 끄는 데는 성공했다고 판단하고 말끝을 단다.

「그런 운 좋은 조상들이 계셨기에 여러분 부모님이 만

65

나 사랑을 나눴고…….」

역사 수업에서 교사가 성(性)을 언급하는 게 뜻밖이라
고 느낀 학생들이 키득거린다. 르네는 아랑곳하지 않고
설명을 이어 나간다.

「여러분 부모님이 사랑을 나눴고, 여러분을 낳아 잘
가르쳐서, 당연히 그러셨겠죠, 인간 종의 영속에 기여하
신 거예요. 그런 과정을 통해 인간의 지능과 의식은 나날
이 발전하게 되죠.」

석양을 바라보고 서 있는 한 커플의 이미지가 스크린
에 나타난다. 현대식 옷차림을 한 역광 속 남녀는 손을
맞잡고 있다.

「그분들의 사랑의 행위 동안, 3억 개 정자 중 튼튼한
놈 하나가 난자 속으로 들어가서 오늘의, 지금 이 교실에
와 있는 여러분을 존재하게 만든 겁니다. 우리가 어디서
왔는지 기억하는 것은 매우 중요한 일입니다.」

커플의 이미지에 정지해 있던 화면이 갑자기 빠르게
뒤로 돌아가 빅뱅 장면에서 멈춘다.

「순전히 게으름 때문에 과거를 잊어버리는 사람들이
나, 정치적 의도를 가지고 과거의 실체적 진실을 부정하
고 왜곡하는 사람들이나, 결국 똑같이 과거를 반복하게
될 수밖에 없어요. 그런 사람들은 미래로 나아가지 못
해요.」

화면이 마지막으로 1970년대 역사 교과서를 찍은 사

진 한 장에 멈춘다.

「교과서에 실린 공식 역사조차 자의적인 재단(裁斷)의 결과물인 경우가 있습니다. 사실, 우리가 알고 있는 역사는 글자를 가졌던 문명들이 남긴 흔적이죠. 그중에서도 또 역사가들이 존재했던 문명들이 전하는 과거가 전부예요. 게다가 모두 승자들의 버전이고.」

「그 이유가 뭐죠, 선생님?」 맨 앞줄에 앉은 여드름 빼곡한 열성적인 남학생이 묻는다.

「전쟁에서 벌어진 이야기를 죽은 사람이 들려주는 경우는 극히 드무니까.」

학생들이 폭소를 터뜨린다.

「역사가들은 주로 전쟁과 전투, 왕, 황제에 관한 이야기를 기록했어요. 그 이유는 간단해요. 그 왕과 황제에게 녹을 받는 사람들이었으니 그럴 수밖에 없었죠.」

몰랐던 사실을 새롭게 알게 된 학생들이 그의 이야기에 귀를 기울이는 듯하자 르네는 한결 편안한 얼굴이 된다.

이제 스킨헤드 생각은 그만하고 본분으로 돌아가자. 나는 역사 교사야. 그저 역사 교사일 뿐이야.

그가 헛기침을 하고 나서 다시 말을 이어 간다.

「착각하면 안 돼요. 전쟁이라는 건 경제적 이해나 종교적 명분을 앞세워, 심지어는 통치자들의 변덕 때문에 일어나기도 하는 대규모 학살 그 이상도 이하도 아닙니다. 권력욕에 눈이 어둡거나 지나치게 자기중심적인 개인들이 영토를 확장하기 위해, 천연자원이나 노예, 노동력을 확보하기 위해, 때로는 첩을 거느리기 위해 타인을 사지로 내모는 게 바로 전쟁이죠. 그렇게 전쟁을 일으키는 자들은 평화로운 삶을 영위하던 사람들을 살인자로 둔갑시켜 버립니다. 전쟁터에 나간 병사들은 알지도 못하는 사람을, 다른 상황에서, 가령 관광을 하다 마주쳤더라면 친한 사이가 됐을지도 모르는 사람을 죽일 수밖에 없게 돼요. 한번 상상해 봅시다. 서로 총구를 겨누던 두 병사가 느닷없이 같이 휴가를 떠나는 장면을. 그들은 즐겁게 해변에서 공놀이와 수영을 하겠죠······. 민족주의적 선동이나 종교를 머릿속에 주입하지 않는 이상 대부분의 사람들은 이웃의 안녕을 빌 거예요.」

학생들이 자신의 관점을 흥미롭게 받아들이는 듯하자 르네는 고무되어 호기스럽게 말을 이어 간다.

「그런데도 전쟁이 일어난단 말이죠. 대량 학살자에게 영웅의 지위와 훈장이 주어지죠. 그러면 승리한 쪽의 역사가들이 그럴듯한 시나리오를 만들어 대중과 후세에게 그들이 저지른 범죄의 필요성과 정당성을 설파하는 거예요.」

르네는 학생들이 이 말의 의미를 곱씹어 볼 수 있게 잠시 시간을 준다.

「문제는 거기서 끝나지 않아요. 돈주머니를 찬 권력자

의 명령을 따르는 그 역사가들이 사실을 완전히 뒤바꿔 놓고 말아요. 희생자를 가해자로, 가해자를 희생자로 둔갑시켜 버리는 거죠. 질문 있나요?」

도수 높은 두꺼운 안경 속에서 눈이 뱅글뱅글 돌고 있는 앞줄의 또 다른 남학생 하나가 손을 든다.

「지금 말씀하신 건 다 너무 원론적인 내용이에요. 구체적인 예를 하나 들어 주실 수 있나요?」

「물론이지. 크레타의 예를 들어 보마. 여러분, 테세우스와 미노타우로스 이야기는 알고 있죠? 신화에서는 황소의 머리를 가진 괴물 미노타우로스에게 아테네인들이 젊은 남녀 일곱 명씩을 주기적으로 제물로 바쳤다고 나오죠. 그래서 그리스 영웅 테세우스가 미노스 왕의 딸 아리아드네의 도움을 받아 미궁에 갇힌 미노타우로스를 죽였다고 말이에요. 그런데 최근 고고학 발굴을 통해 새로운 사실이 밝혀졌습니다. 고대 크레타는 그리스보다 앞서 평화롭고 세련된 문명을 꽃피웠어요. 이웃 섬들의 정복에 나선 그리스는 당연히 지중해 연안 전역에서 활발히 해상 무역을 펼치고 있었던 크레타와 경쟁 관계에 돌입하게 되었죠. 크레타인들은 그리스인들보다 훨씬 견고한 배를 만들었고, 도시들은 더 세련됐고, 문명은 한층 수준이 높았어요. 무엇보다도 그리스인들보다 막대한 부를 누리고 있었죠. 그리스인들의 질투를 사는 게 너무나 당연했어요. 게다가 그리스인들의 폭력성을 정확히 가늠

하지 못했던 미노스 왕은 협상을 통해 문제를 해결하려고 했지 침략에 대한 준비를 제대로 갖추어 놓지 못했어요. 그런데 상대를 절멸시키려고 달려드는 민족과 협상이 가능했겠어요? 미노스 문명은 단 몇 달 만에 잔인한 침략자 무리에 의해 파괴돼 사라졌어요. 그리스인들은 크레타의 도시를 파괴하고, 부를 약탈하고, 여자들을 강간하고, 남자들을 노예로 만들고, 서적들을 불태우고 나서 젊은이들을 잡아먹는 반인반수의 괴물을 처치하는 그리스 영웅 테세우스의 신화를 만들었어요. 그래서 그 역사는 오늘날 한 편의…… 재밌는 이야기로만 남게 됐죠. 그리스 역사가들의 버전으로.」

학생들이 놀란 눈으로 그를 쳐다본다. 르네는 자신이 〈눈뜨는 순간〉이라고 명명한, 속눈썹이 치들리며 눈꺼풀이 벌어지는 이 순간을 아주 좋아한다. 눈꺼풀에 가려 보지 못했던 것을 보게 되는 지각의 순간. 이 단어는 매사냥에 쓸 독수리를 길들이기 위해 눈꺼풀을 꿰매 붙여 놨다가 다시 풀어 주는 행위에서 유래했다고 한다. 그는 진지하게 설명을 이어 간다.

「역사가들이 어떻게 조작을 일삼는지 보여 주는 좀 더 오래된, 이번에는 전쟁과 무관한 예를 하나 들어 보죠. 바로 쿠푸 피라미드 이야기입니다. 우리는 여태까지 기원전 2500년경 쿠푸 왕이 그 피라미드의 건축을 지시했다고 알고 있었어요. 왕의 필경사들이 그렇게 전했고, 그것 외에 다른 정보가 전혀 없었으니까. 필경사들은 나라의 녹을 먹는 자들이었으니 당연히 위에서 시키는 대로 받아 적었을 거예요. 그런데 바로 올해 초에 현대식 연대 측정 기술 덕분에 이 피라미드가 훨씬 이전에 만들어졌다는 주장이 나왔어요. 쿠푸 왕 통치 당시 그 피라미드의 입구가 발견됐는데, 왕이 그곳에 가보더니 자신의 무덤으로 삼겠다고 했다는 거예요. 쿠푸 왕이 지은 게 아니라 오랜 세월 동안 비어 있던 피라미드의 용도를 바꾸어 자기 무덤으로 사용한 것뿐이라는 거죠. 이건 가령 지금으로부터 2천5백 년 후에 어떤 군주가 에펠탑을 발견하고 이전 용도와 상관없이 자신의 무덤으로 삼는 것과 똑같은 이야기예요.」

몇몇 학생이 마뜩잖은 얼굴로 입을 삐죽 내민다.

「바칼로레아 시험을 볼 때 그렇게 적어요?」

「이건 여러분 평생에 도움이 될 이야깁니다.」

르네가 학생들을 쳐다보며 알 듯 말 듯한 소리를 한다.

「실제 벌어진 역사와 기술된 역사, 피지배자의 역사와 지배자의 역사는 차이가 있습니다. 정치에서 기억은 사활이 걸린 문제예요. 그래서 수많은 정치인이 기억을 거머쥐고, 자신들한테 유리하게 주물러 빚으려고 하는 거죠.」

「그런데, 선생님.」 한 학생이 말꼬리를 문다. 「선생님 얘기를 듣고 교과서에 없는 엉뚱한 얘기를 적으면 바칼로레아에서 떨어질 텐데요.」

「진실을 아는 것보다 바칼로레아에 합격하는 게 더 중요하다는 말이니?」

그렇다고 대답하지는 못하지만 학생의 생각은 이미 정해진 눈치다.

개학 첫날이니까, 내가 1백 퍼센트 정상으로 보이지 않으니까 날 떠보는 거야. 이거 시작부터 골치 아픈데.

「성찰을 통해 개성을 키워 나가기보다 남들과 똑같아지려고 안달하면서 복종을 체질화하는 여러분 같은 사람들이 파시스트 사회의 토양이 되는 겁니다.」

그의 논리 비약에 학생이 어리둥절해한다.

이런, 너무 나갔네. 엎질러진 물이니까 하는 수 없지. 어서 냉정을 되찾지 않으면 계속 이렇게 과장된 반응을 보이게 될 텐데 어쩌지.

때마침 쉬는 시간을 알리는 종이 울린다. 르네는 학생들이 모두 교실을 나가고 나서 바람을 쐬러 밖으로 나간다. 그는 건물 안뜰이 보이는 교장실 문 앞에 여전히 붙박인 듯 서 있는 피넬 교장과 눈이 마주친다. 그가 르네를 향해 〈수업 잘했나?〉라는 뜻이 담긴 희미한 손짓을 한다. 르네 역시 〈물론이죠, 늘 그렇듯이〉라는 뜻을 담아 엄지손가락을 치켜들어 보인다.

날 보는 시선이 얄궂은데, 설마 무슨 낌새를 챈 건 아니겠지? 내 얼굴에서 범죄의 흔적이라도 발견한 건 아닐까?

오른쪽 눈의 경련이 다시 시작된다. 그는 황급히 화장

실로 가서 얼굴에 찬물을 끼얹는다.

잘했어, 잘 버텼어. 직업적 본능을 발휘한 덕에 체면은 살렸어. 아무 일 없었다는 듯이 지금처럼 수업을 계속하면 돼.

어차피 가능성은 둘 중 하나야. 시체가 발견되어 감옥에 가거나, 시체가 발견되지 않아 어제 일을 자꾸 괴롭게 떠올릴 필요가 없어지거나.

내가 잊어버리기만 하면 끝나는 거야.

잊어야 하는데, 어떻게 해야 잊지? 그 생각을 멈추기만 하면 되는데.

그런데, 뭘 잊는다는 거지?

8

정오를 알리는 종이 울린다. 점심시간.

자율 배식으로 운영되는 학교 식당은 광택이 나는 오렌지색 페인트로 칠해져 있다. 희뿌연 형광등 불빛 아래 번쩍거리는 흰색 플라스틱 테이블들이 줄지어 놓여 있다. 소나무향 소독제 냄새가 식당에 가득하다.

르네는 식당 오른쪽 구석, 늘 가는 제일 조용한 자리에 앉아 있는 엘로디 테스케를 발견한다.

「안색이 창백한데, 잠을 못 잤어?」 그녀가 다가오는 르네를 보면서 묻는다.

르네가 걸음을 멈추고 그녀를 내려다본다. 친구의 존재를 확인하는 순간 터질 듯했던 긴장감이 다소 누그러진다. 짧은 금발의 여교사가 걱정스러운 얼굴로 그를 올려다본다.

「괜찮아, 르네?」

다 고백해 버릴까? 어쨌든 공연에 날 데리고 간 건 엘로디니까. 내 입장을 이해해 줄지도 몰라.

「그렇게 공연장을 나가 버리면 어떡해. 뒤에서 아무리 불러도 돌아보지도 않고. 여기, 어제 두고 간 재킷, 내가 챙겨 왔어.」

그녀가 가방에서 르네의 베이지색 재킷을 꺼내 건넨다.

그래, 고백하자. 다 털어놓는 거야. 내 친구니까, 진정한 친구니까.

그 기억이 가슴을 짓눌러 견딜 수가 없어. 엘로디와 나누면 죄의식이 조금 덜어질지도 몰라. 경찰서에 가서 자수할 용기가 생길지도 몰라. 엘로디가 같이 가주겠다고 할 수도 있어. 내가 힘들 때마다 곁에 있어 준 친구니까 모른 척하진 않을 거야.

「있잖아, 내가…….」

그는 말을 끝맺지 못하고 우물쭈물한다.

……사람을 죽였어.

「……어제 많은 사람들이 보는 앞에서 괴물이 되고 말았어. 다들 얼마나 한심하게 여겼을까. 생각만 해도 끔찍해.」

「지나친 과장이야. 조금 불편하게 느꼈을 수는 있지만 그냥 최면이었고 공연이었어. 생각해 봐. 어떤 남자는 바닥을 기면서 개 흉내를 냈잖아. 외계인이 떼로 몰려와서 자기를 납치했다고 말했던 여자는 기억 안 나? 두 의자 사이에서 물구나무서기를 했던 남자는 또 어떻고. 내 말은, 최면 상태인 너를 판단하는 사람은 아무도 없었다는 뜻이야. 사람들은 네가 공연의 일부인 그 낯선 실험에 용기 있게 나섰다고 생각했을 거야. 그게 다야.」

혹시 형사들이 나타날지 모른다는 생각에 르네가 흘깃 문 쪽을 쳐다본다. 하지만 학생들과의 첫 대면을 끝내고 긴장이 풀어진 얼굴로 식당에 들어서는 교사들의 모습이 보일 뿐이다.

「있잖아, 우리가 전생을 기억하지 못하는 이유를 이제야 알 것 같아. 전생들이 현재의 삶을 〈오염〉시킬 수 있어서 그런 거야. 내 경우에도 제1차 세계 대전에 참전한 병사로 살았던 삶이 다시 떠오르고 나서, 내가…… 신경이 극도로 예민해졌잖아.」

「그건 나도 봤지.」

「그것 때문에 어젯밤에 잠을 이루지 못했어.」

엘로디가 이해가 가지 않는다는 듯 입을 삐죽 내민다.

「르네, 정말로 네 전생 하나를 경험했다고 믿는다는 얘기는 아니겠지?」

「왜, 불교에서도 다루고 그리스인들도 믿었던 건데.」

「그거야 2천 년도 더 된 신비주의 문헌들 얘기지!」

「탈무드에도 나와. 잠깐, 내가 찾아 줄게. 아, 여기 있네. 신생아가 엄마의 몸에서 나오기 전에 천사가 찾아와 윗입술에 손가락을 대고는 〈잊거라〉 하고 말한대. 그래야 아기가 지난 삶의 기억에 짓눌리지 않는다는 거야. 이

천사의 동작이 아기 몸에 남기는 흔적이 바로 우리 윗입술과 코 사이에 옴폭 파인 〈천사의 도장〉, 즉 인중이래.」

「재밌네. 뭐 신화일 뿐이지만.」

「어제 한 퇴행 최면 실험으로 나는 금지된 경계선을 넘었어. 그래서…… 괴물이 튀어나왔고, 나는 그 통제 불가능한 괴물의 포로가 됐어.」

생물과 지구과학을 가르치는 엘로디가 그를 향해 〈농담이지?〉 하는 표정을 짓는다. 그녀가 할 말이 있는 듯 잠깐 입술을 들먹이더니 의자를 뒤로 밀면서 일어난다.

「가서 식사나 하자.」

그들은 길게 늘어선 줄 뒤에 가서 선다. 엘로디가 화제를 바꿔 그에게 말을 건다.

「그건 그렇고, 새로운 학생들과는 어땠어?」

「첫인상을 어떻게 말하면 좋을까? 이런 표현이 어떨지 모르겠는데, 〈듣는데 듣질 않고 보는데 보질 않고 아는데 아는 게 아니야〉.」

「저런, 엄청나게 실망한 모양이네, 너답지 않은 소릴 하는 걸 보니. 네가 마치 나이 든 꼰대처럼 느껴져.」

「오늘 아침에 내가 작년 이맘때처럼 심적으로 편안한 상태가 아니었다는 건 인정해. 하지만 말이야, 아무것에도 관심이 없는 학생들을 상대로 괜한 짓을 하고 있다는 자괴감이 자꾸만 들어. 너무 힘들어. 교육이라는 단어가 가진 문자 그대로의 뜻을 현장에서 조금도 실현하지 못하는 것 같아. 앞으로 교양 없고 무식한 다음 세대가 도래할 일만 남았어. 교과서 내용을 앵무새처럼 읊어 댈 줄만 알고, 뉴스와 부모의 말을 여과 없이 자기 생각으로 삼고, 광고와 인터넷에 휘둘리는 세대 말이야. 그들은 자기 생각도 없고 그걸 만들고 싶다는 욕심도 없어. 이미 만들어진 생각에 그저 동조할 뿐이지. 패스트푸드를 먹는 격이야. 패스트푸드식 사고는 미리 씹어져 나온 음식처럼 맛은 없어도 삼키기는 아주 쉽잖아.」

「그렇지 않아. 생각이 깨어 있는 괜찮은 아이들도 있어. 작년에 네 입으로도 그랬잖아. 학기 초에는 형편없다고 생각했는데 알고 보니 뛰어난 애들이 있더라고.」

「뭐, 좋은 학생이긴 하겠지만 좋은 인간인지는, 글쎄, 두고 봐야지. 어쨌든 애들이 자율적 사고의 중요성을 몰라! 시험에 붙기 위해 그저 수업에서 들은 얘기를 외워서 말할 뿐이야. 애들 머릿속에는 바칼로레아 생각밖에 없어. 자기 조상들한테 무슨 일이 일어났는지는 안중에도 없다고. 내가 가르치는 게 그 조상들의 얘기라는 것조차 모를걸.」

「아이들의 본성인 호기심을 일깨워야지. 그게 우리 직업이잖아. 학생들의 흥미를 끌 방법을 우리가 찾아야지.」

식당 직원이 르네에게 슈크루트[1]를 내민다. 그가 질색

---

1 양배추를 이용한 알자스 지방의 전통 요리로, 독일의 자우어크라우트에서 영향을 받았다. 별도의 표시가 없는 주는 모두 옮긴이주이다.

하는 표정을 짓더니 다른 요리를 찾아 두리번거린다.

「안 먹어?」 엘로디가 놀라서 묻는다.

「이폴리트의 삶을 다시 살고 보니 조금이라도 독일을 연상시키는 건 왠지 기분 나쁘게 느껴지네.」

그녀는 맥주를, 그는 적포도주를 한 잔씩 집어 든다. 르네가 말끝을 잇는다.

「마치 테스토스테론이 과잉 생성되고 있는 것처럼 전에 없던 공격성을 느껴. 전투 중인 군인들이 그렇다잖아. 내가 정말로 참전이라도 한 것처럼 그 호르몬이 내 몸에 남아 있는 것 같아. 그래서 잠을 못 잤나 싶기도 해.」

둘은 테이블로 돌아와 말없이 음식을 먹는다. 식사를 마친 엘로디가 담배를 피우게 르네에게 밖으로 나가 커피를 마시자고 한다.

「네 상태가 안 좋긴 한가 봐. 조금 전에 네가 학생들에 대해 한 말은 충격적이었어. 지나치게 냉소적인 모습이 네가 아니라고 느껴질 정도로.」

「나도 내가 이상해. 내 삶이 일시에 무너져 내린 느낌이야.」

「어제저녁 때문에 그래?」

「어제저녁을 깨끗이 지워 버리고 싶어.」

「난 전생은 믿지 않지만, 설득이 가진 힘은 믿는 사람이야.」

엘로디가 아리송한 말을 내뱉으며 르네의 어깨에 손

을 없는다. 서로 통하는 사람 사이에서만 오가는 눈짓을 그에게 보낸다.

「우리 둘이 오랫동안 친구로 지내 왔지만, 네가 나라는 사람에 대해 진지한 관심을 가져 본 적은 없을 거야. 지금부터 내 어린 시절 얘기를 들려줄게. 네 문제를 해결하는 데 분명히 도움이 될 거야.」

그녀가 커피를 한 모금 넘기고 나서 담배에 불을 붙인다. 가늘게 피어오르는 담배 연기 속에서 그녀가 용기를 내 어릴 적 이야기를 꺼낸다.

9

어린 시절의 엘로디 테스케는 반에서 제일 예쁜 아이가 되고 싶었다. 부모님을 졸라 인형처럼 옷을 입어도 성에 차지 않았다. 모든 사람의 부러움을 사는 아름답고 완벽한 몸을 가지고 싶었다. 늘씬하고 긴 다리에 호리호리한 몸으로 포즈를 취하는 잡지 표지 모델의 몸을 꿈꾸며 소녀는 먹은 음식을 게워 내고 수시로 완하제를 복용했다.

점점 살이 빠져 뼈만 앙상했고 푹 꺼진 볼은 가여울 정도였다. 수영장에 가면 갈비뼈가 드러나는 그녀의 옆구리에 사람들의 시선이 날아왔다.

학교에서 엘로디의 부모에게 사태의 심각성을 알렸지만, 억지로 음식을 먹일 수는 없는 노릇이니 야단을 치는 것 외에 딱히 다른 방법이 없었다. 게다가 엘로디는 점점 더 교묘한 방법으로 음식을 게워 내기 시작했다.

딸을 살릴 방법을 고심하던 부모는 거식증 전문가인

막시밀리앵 쇼브라는 의사를 찾아갔다. 권위자로 알려져 있고 TV에도 자주 출연하던 그는 여러 명의 환자를 기적적으로 치료했다고 했다. 첫 진료에서 엘로디는 멀끔한 얼굴에 과장되게 말을 또박또박 끊어서 하는 그와 마주 앉았다.

「나는 그동안 거식증이나 폭식증 같은 식이 장애로 병원에 온 젊은 여성들을 모두 치료해 회복시킨 경험이 있단다.」

그가 기다란 손가락으로 깍지를 꼈다 풀었다 하면서 말문을 연다.

「그런데 말이야, 나를 찾아온 여성 환자들의 90퍼센트는 어릴 적 겪은 트라우마 때문에 병을 얻었다는 사실을 발견하게 됐어. 그래서 너한테도 이런 질문을 하지 않을 수가 없구나. 어릴 때 혹시 가족이나 친척 중 누군가가, 아니면 부모님 친구 중 누군가가 네게 부적절한 신체적 접촉이나 행위를 하지 않았니?」

「아니요.」 엘로디는 단호하게 대답했다.

「그런 일이 있었는데 네가 잊어버린 건 아닐까?」

「그런 기억은 전혀 없어요.」

「아마도 잊어버렸나 보구나. 자, 긴장을 풀고 눈을 감으렴. 네 방을 시각화해 봐. 방의 모습을 자세히 떠올려 보는 거야. 침대. 벽. 네 인형들. 네 장난감들. 됐니?」

「네. 거의.」

「잘했다. 이제 어떤 날 밤을 시각화해 보자. 불이 다 꺼지고 은은한 취침 등 하나만 켜져 있는 것 같구나. 소리가 들리고 문이 열려. 문턱에 사람이 하나 나타나. 어떤 실루엣이 분명한데, 그 사람이 보이니?」

「아니요.」

「보여, 넌 그를 보고 있어. 네가 그걸 잊고 싶어 하니까 네 정신이 인정하지 않으려는 것뿐이야. 자, 긴장을 풀고 잊었던 진실이 네게 다가오게 놔두렴. 그 사람의 모습이 드러나게 놔두렴. 어서, 기억을 동원해서 그가 누군지 확인해 보는 거야. 문가에서 어른거리는 실루엣을 네가 분명히 보고 있다고 나는 확신한다.」

「아무도 안 보이는데요.」

「아니야, 노력해 보렴. 병이 낫고 싶으면 누군지 알아내야 해. 누구니? 아버지? 오빠? 사촌?」

「아무도 없다니까요.」

「그 실루엣은 네가 아는 누군가가 분명해. 네 가족이나 부모님 친구 중 한 사람이야. 그동안 너는 잊으려고 애를 썼어. 하지만 그 사람 때문에 네 정신은 평온해질 수가 없었지. 그 일은 일어났어. 이제 너 자신에게 거짓말은 그만하렴.」

「아니라니까요, 아무 일도 없었어요.」

「누구니? 용기를 내서 그를 바라봐. 그리고 이름을 말해 보렴. 넌 분명히 할 수 있다고 믿는다, 엘로디! 치료의 성공이 거기에 달렸어. 진실이 아무리 고통스러워도 네가 그것을 마주할 준비가 되어 있다는 걸 나는 알아. 다시 애를 써보렴. 네 행복을 위해서야. 말하고 나면 모든 게 달라질 거야, 내가 약속하마.」

엘로디의 입에서 이름 하나가 툭 튀어나온다.

「크리스티앙.」

「누구라고?」

「크리스티앙 삼촌.」

정신과 의사가 흡족한 표정을 짓는다.

「좋아. 그가 보이는구나, 그렇지? 그 장면을 되살릴 수 있겠니? 그리고 무슨 일이 일어나고 있는지 나한테 자세히 들려주렴.」

엘로디는 의사가 암시한 내용에 부합하는 이야기를 하기 시작했다.

치료가 끝나자 쇼브 박사는 엘로디의 용기를 칭찬했다. 어릴 적부터 그녀를 안에서 갉아먹고 있던, 그의 표현에 의하면 〈감춰진 진실〉을 용기 있게 드러냈으니 앞으로는 모든 게 잘될 것이라고 소녀를 안심시켰다.

그의 말대로 엘로디는 다음 날부터 식욕을 되찾아 예전처럼 다시 정상적으로 음식을 먹기 시작했다. 쇼브 박사의 치료 덕분에 엘로디의 거식증은 사라졌지만 삼촌인 크리스티앙은 구속 수감되었다.

엘로디의 아버지는 딸의 〈폭로〉가 있던 날 저녁에 당

장 동생을 찾아가 주먹을 휘둘렀다. 엘로디의 삼촌은 형한테 맞아 죽기 직전에 출동한 경찰에게 아동 성추행 혐의로 체포됐다. 이후 수사에서 조카인 엘로디의 증언은 결정적인 역할을 했다. 수감된 엘로디의 삼촌은 소아 성애, 특히 가족 사이에 일어나는 소아 성애 범죄가 죄질이 가장 나쁘다고 여기는 동료 재소자들의 괴롭힘을 당하다 결국 교도소에서 자살하고 말았다. 그는 조카인 엘로디에게 〈나는 절대 네 몸에 손대지 않았다고 맹세한다〉라는 한 문장을 쓴 유서를 남겼다.

삼촌의 자살을 계기로 자신에게 벌어진 일에 의혹을 갖게 된 엘로디는 쇼브 박사의 치료를 받고 〈살아난〉 환자들을 인터넷에서 찾기 시작했다. 그러다 자신과 거의 흡사한 경험이 있는 한 소녀를 만나게 됐다. 그녀와 연락을 주고받으면서 엘로디는 엘리자베스 로프터스라는 심리학자의 〈거짓 기억 이론〉을 접하게 됐다.

엘리자베스 로프터스는 감정적 충격을 통해 환자들의 주의 전환을 유도할 목적으로 어린 시절 거짓 근친상간이나 거짓 신체 접촉의 기억을 불러오게 만드는 정신과 의사들과 정신 분석 상담사들의 행태를 문제 삼으며 연구를 시작했다. 그러면서 의사들이 암시의 위력을 제대로 헤아리지 못하고 있다고 지적했다. 그녀는 논문에서 거짓 기억을 심은 사람만이 그것을 제거해 줄 수 있다고 주장했다.

엘로디는 쇼브 박사를 찾아가 그가 저지른 짓을 되돌려 놓으라고 요구했다.

그는 처음에는 자신이 저지른 기억 조작을 인정하지 않았다. 아파서 자신을 찾아왔다가 병이 나아서 돌아가지 않았느냐며 〈치료에는 대가가 따르는 법이야, 희생 없이 기적은 불가능하단다〉라고 도리어 언성을 높였다. 그는 〈내가 다이너마이트를 터뜨려 불을 끄긴 했다만 결과가 수단을 정당화시키는 거 아니겠니〉 하면서 그녀를 나무랐다.

하지만 무고한 사람이 희생됐다는 생각을 떨칠 수 없었던 엘로디는 사건을 언론과 SNS에 폭로하겠다고, 간접 살인으로 기소할 수도 있다고 그를 협박했다. 비록 열여섯 살의 어린 나이였지만 그녀는 부당한 일을 바로잡아야겠다고 생각했다. 그녀는 결국 쇼브 박사에게서 성추행이라는 거짓 기억을 없애 주겠다는 약속을 받아냈다.

10

엘로디 테스케가 신경질적으로 라이터를 만지작거린다.

「자, 여기까지가 내 얘기야. 거짓 기억의 발견이 비록 불쌍한 우리 크리스티앙 삼촌을 다시 살리진 못했지만 적어도 나를 괴롭히던 죄의식은 어느 정도 없애 줬어. 무엇보다 삼촌의 명예를 회복시켜 줬지. 그 일은 나한테 악몽이었지만 어마어마한 깨달음이기도 했어. 인간의 정신이라는 것이 그토록 쉽게 외부의 힘에 휘둘린다는 사실을 알게 됐으니까. 우리 뇌를 장난감 찰흙처럼 마음대로 주물러 변형시키고 그 안에 거짓말을 주입하면 결국 그 거짓말을 진짜로 믿어 버린다는 사실을 깨닫게 됐으니까. 쇼브가 내게 그 장면을 상상하게 했고, 나는 그것을 수용해 내면화시키기까지 했어. 그게 비극을 부른 거야. 나는 살아났지만 삼촌은 결국 목숨을 잃었지.」

「정말 끔찍한 일을 겪었구나. 어떻게 위로해야 할지

모르겠어. 이 얘길 들으니 비로소 이해가 돼. 네가 최면에 그토록 관심을 갖는 이유가 그것 때문이었구나?」

「그래, 맞아.」

그녀가 담배를 빡빡 빨아 댄다.

「이 얘길 한 건 어제 네가 겪은 〈미니 트라우마〉 때문이야. 다시 최면사를 찾아가 너한테 심어 놓은 그 가짜 기억을 없애 달라고 부탁해. 그것 때문에 네가 고통스럽다고 말해. 우리는 누구나 자신의 과거, 특히 어린 시절과 관련해서는 해결해야 할 문제를 안고 살아. 거기다 전생까지 없으면, 끝이 없을 거야⋯⋯.」

「그런 파급력이 있을 줄은 상상도 못 했어.」

「그녀를 찾아가서 흐트러뜨려 놓은 걸 가지런히 바로 잡아 달라고 해. 네 머릿속에 들어가 있는 제1차 세계 대전 참전병 이야기를 꺼내 달라고, 그래서 다시 편안히 잘 수 있게 해달라고.」

르네는 오후에 같은 내용으로 두 반 학생들에게 수업을 더 한다. 그는 공식적인 역사 뒤에 숨겨져 있는 역사의 진실들을 찾아내야 한다고 강조한다.

그는 수업을 마친 뒤 교사 휴게실에서 거짓 기억에 관한 자료를 검색한다.

그리고 미국 심리학자 엘리자베스 로프터스에 관한 기사를 찾아 읽고 나서, 자신의 므네모스에 추가한다.

11
므네모스: 거짓 기억

엘리자베스 로프터스는 어떤 거짓에 대해 스스로 확신을 가지게 될 수도 있다는 사실을 입증하고 싶어 했다. 그녀는 우리가 스스로의 기억을 속일 수도 있음을 증명해 보이기 위해 조수를 시켜 적당한 실험 대상을 찾기 시작했다.

그녀는 피험자들을 개별적으로 만나 〈당신 가족한테서 당신이 어릴 때 있었던 재미난 에피소드를 하나 들었다〉라는 말로 대화를 시작했다. 그러고 나서 세 가지 이야기를 들려주었는데, 두 가지는 사실이고 한 가지는 완전히 지어낸 이야기였다. 그녀는 거짓말인 세 번째 이야기를 들려주면서 출처가 피험자의 부모이기 때문에 확실한 이야기라고, 진실성을 보장하는 설명까지 덧붙였다.

가령 그녀는 이런 유의 거짓 에피소드를 만들어 냈다. 〈당신이 아주 어릴 때 부모님이 당신을 쇼핑몰에서 잃어버려 안내 방송으로 찾은 적이 있다.〉〈당신은 결혼식장에서 신부의 하얀 웨딩드레스에 적포도주를 쏟은 적이 있다.〉〈당신은 개를 쓰다듬어 주다가 개에 물린 적이 있다.〉

몇 달 뒤 다시 피험자들에게 이런 이야기들을 기억하느냐고 물으면 34퍼센트가 실제로 일어난 일이라고 장담하면서 상황을 구체적으로 묘사까지 했다.

또 다른 실험에서 엘리자베스 로프터스는 피험자들을 디즈니랜드로 데려가 구경시켰다. 그러고 나서 감상을 물어보면서 만화 영화 주인공인 벅스 버니와 보낸 시간이 즐거웠냐는 질문을 던졌다. 그런데 벅스 버니는 디즈니 만화 영화의 주인공이 아니라 경쟁 스튜디오인 워너 브라더스의 캐릭터이기 때문에 현실적으로 디즈니랜드에서 마주치기는 불가능하다. 그럼에도 불구하고 피험자의 60퍼센트가 디즈니랜드에서 벅스 버니와 악수를 했다고 기억했고, 50퍼센트는 벅스 버니를 안아 봤다고 기억했으며, 한 명은 심지어 토끼가 들고 있던 그 유명한 당근을 빼앗았다 다시 돌려준 기억이 있다고 응답했다.

엘리자베스 로프터스는 거짓 기억을 색다른 프로젝트에 이용하기도 했다. 그녀는 먼저 실험 대상인 대학생들에게 어렸을 때 방울양배추와 아스파라거스(이 두 채소는 대부분의 아이들이 무척 싫어하고, 어른 중에도 여전히 싫어하는 사람들이 있다)를 아주 좋아했다고 말해 주었다. 그녀는 이 이야기를 들은 피험자들의 입맛에 변화

가 생긴 걸 확인할 수 있었다. 그녀는 논문에서, 실험에
참여한 대학생들이 평소 입맛과 달리 방울양배추와 아스
파라거스를 먹기 시작했다고 적었다.

12

 거대한 초록색 눈이 한가운데를 차지한 무대 위에 최면사가 서 있고, 그 실루엣을 향해 스포트라이트가 쏟아진다.

 「당신이라고 믿는 게 당신의 전부가 아닙니다. 당신은 누구인가요. 당신이 진정 누구인지 기억할 수 있나요?」

 〈판도라의 상자〉 객석을 죽 훑어보던 오팔이 르네 톨레다노를 발견하고 흠칫한다. 그녀는 태연한 척 웅변조의 말을 이어 간다.

 「지원자가 한 분 필요해요. 평생 기억에 남을 멋진 경험의 주인공이 되고 싶은 분 계세요? 온전한 자신을 발견하고 싶은 분 계세요?」

 르네가 재빨리 지원자로 나선다.

 「저요.」

 그녀가 호명하기도 전에 르네가 자리에서 몸을 일으킨다.

「아뇨, 당신은 안 돼요. 어제 오셔서 했잖아요.」

「그래서 해야겠다는 거예요. 최면을 다시 걸어서 당신이 〈휘저어〉 놓은 걸 원래대로 〈정돈해〉 놓으란 말이에요.」

영문을 모르는 관객들이 그와 최면사를 번갈아 쳐다본다. 오괄이 난처해하자 자신에게 유리한 상황이라고 판단한 르네가 허락도 없이 성큼성큼 무대로 걸어 올라간다.

「좋은 생각이 아니에요. 다른 분이 하는 게 좋겠어요.」

「꼭 해야겠어요. 내가 이번 최면의 대상이 돼야겠어요.」

「죄송하지만 그건 안 되겠는데요.」

르네가 모두에게 들리도록 일부러 큰 소리로 말한다.

「왜 안 된다는 거죠? 아하, 이유를 알 것도 같군요. 당신이 나한테 거짓 기억을 심어 놔서 그런 거죠? 맞죠?」

「그게 아니라, 어제 이미 이 최면을 하셨잖아요. 저기요, 선생님…….」

「톨레다노, 르네 톨레다노예요, 벌써 잊어버렸어요? 사람들의 기억을 가지고 공연하는 사람이 그걸 잊어버렸다니, 아이러니군요.」

「아니, 잊어버리지 않았어요. 부탁이에요, 공연을 계속 진행할 수 있게 자리로 돌아가 주세요.」

「내가 싫다고 하면요?」

당혹해하면서도 오괄은 물러서지 않는다.

「제발 부탁이에요, 톨레다노 씨, 일을 복잡하게 만들지 말아요.」

갑자기 장내가 술렁이기 시작한다. 한 남자 관객이 르네를 향해 휘파람을 불자 곳곳에서 야유가 터져 나온다. 르네는 더 버티다가는 강제로 끌려 내려갈 것 같은 불안감을 느낀다. 관객들은 한눈에 봐도 난데없이 나타나 공연을 망치는 사내가 아니라 미모의 최면사 편이다.

최면사와의 기 싸움이 계속되는 동안 르네의 오른쪽 눈이 다시 씰룩거리기 시작한다.

내 몸이 나를 배신하는데 어쩌지?

그는 잠시 머뭇거리다 어깨를 으쓱해 보이고는 자리로 돌아와 앉는다. 옆자리 관객들이 그에게 싸늘한 시선을 보낸다.

「자, 조금 전에 제가 지원자가 필요하다고 했죠. 독특하고 멋진 경험을 해보고 싶은 다른 분 안 계신가요?」

우아한 분위기의 여성 하나가 손을 들자 뜨거운 박수가 쏟아진다.

「무대로 올라오시죠.」

실험 대상을 자처한 여성이 흐뭇한 미소를 짓는다.

「시작하기 전에 자기소개를 부탁드릴게요. 성함이 어떻게 되시죠?」

「카롤린이에요. 나이는 마흔둘, 네일 숍에서 일해요. 페디큐어 전문이죠.」

르네는 초조한 얼굴로 최면을 지켜본다. 긴장감이 절정에 이르렀을 때 피험자가 말한다.

「무의식의 문이 보여요. 그런데 반대편에 걸쇠가 단단히 걸려 있는지 아무리 손잡이를 밀어도 문이 꼼짝을 안 해요.」

「조금 더 힘을 줘보세요.」

「도통 열릴 생각을 안 하네요.」

「조금만 더요. 분명히 열릴 거예요.」

「커다란 자물쇠가 달린 두꺼운 방화문인걸요.」

「도저히 안 되겠어요?」

「계속 노력은 하고 있어요. 당겨도 보고 밀어도 보고. 그런데 문이 너무 무겁고 단단히 잠겨 있어요. 안 돼요.」

「좋아요. 노력은 할 만큼 했으니 그만 올라오세요. 매번 다 되진 않아요. 어쨌든 여러분, 이분의 용기에 큰 박수를 보내 주세요.」

오팔은 실망한 기색이 역력하다. 실패한 최면으로 공연을 마무리하기 싫었는지 그녀가 즉석에서 최면을 하나 더 선보인다. 이번에는 새로운 피험자에게 사막 한가운데 있는 상상을 하라면서 조금 더 고전적인 최면을 시도한다. 최면에 걸린 남자가 몸이 더워진다고 느꼈는지 겉옷에 이어 셔츠까지 벗어 젖히자 관객들이 신기하게 쳐다본다.

길게 늘어뜨린 빨강 머리에 커다란 초록색 눈을 가진

최면사를 향해 박수갈채가 쏟아지기 시작한다. 관객들이 기립 박수를 보내자 그녀가 허리를 살짝 숙여 답례한다. 빨간색 무대 커튼이 닫히고 객석에 불이 들어오자 관객들이 줄을 서서 유람선 공연장을 빠져나간다.

오팔은 대기실로 가서 화장을 지우고 편안한 옷으로 갈아입은 다음 운동화를 신는다. 그녀는 공연장의 출입문을 잠그고 나서 유람선 지붕에 설치된 〈최면사 오팔이 당신의 잊힌 과거를 발견하게 해드립니다〉라고 쓰인 네온 광고판의 불을 끈다.

그녀는 센강 변을 걸어 차를 세워 둔 곳으로 향한다. 1백 미터쯤 걸었을 때 뒤통수에 이상한 느낌이 와닿는다. 누군가 자신을 뒤따라오고 있다는 확신이 드는 순간 그녀가 속도를 높여 걷기 시작한다. 상대방의 발소리도 덩달아 빨라지고 있다. 거리가 점점 좁혀진다. 그녀는 가방에서 스마트폰을 꺼내 만일의 사태에 대비하기 위해 경찰 긴급 신고 번호를 화면에 띄워 놓는다. 상대와의 거리가 몇 걸음에 불과하다고 느껴지는 순간 그녀는 가방에 들어 있던 최루액을 꺼내 손에 쥔다. 그녀가 몸을 획 돌리며 상대의 얼굴을 향해 최루액을 분사한다.

기습을 당한 상대가 눈을 손으로 가리면서 바닥에 주저앉아 캑캑거린다.

「경찰을 부를 거야!」 그녀가 무섭게 소리를 지른다.

그건 절대 안 돼.

「안 돼! 그러지 말아요! 나는 당신을 해치려는 게 아니고…….」

그녀가 그를 알아본다.

「아까 그 성가신 양반이네. 아직도 나한테 원하는 게 있어요?」

따가운 눈은 떠지지 않고 목구멍은 화끈거려 말이 제대로 나오지 않는다. 그가 마른침을 뱉으면서 눈물을 질질 흘린다.

「당신이 나한테 거짓 기억을 심어 놨잖아요. 그걸 꺼내 줘요.」

「나는 거짓 기억을 심어 놓은 일이 없어요. 당신이 심층 기억에 도달하게 해줬을 뿐이에요.」

「당신이 날 악몽 속으로 밀어 넣었어요.」

「영웅으로 살았던 전생의 문을 열어 보고 싶다고 한 사람은 바로 당신 자신이에요, 안 그래요? 영웅들은 대개가 끝이 좋지 않죠. 그냥 〈운이 없다〉고 생각해요.」

그가 몸을 일으킨다. 그제야 목소리가 제대로 돌아온다.

「운이 없다고?!」

「그래요, 〈운이 없게도〉 슈맹 데 담 전투를 지휘한 당신 상관들은 공격 준비를 철저히 하지 못했어요. 눈이 내린 다음 비가 와서 전장이 진창이 된 것도 운이 없었기 때문이죠. 사령관이었던 니벨 장군이 전략가로서 무능한 사람이었던 것도 당신이 운이 없었던 탓이에요. 당신이 자신보다 힘이 센 적병을 만난 것도 운이 없었기 때문이라고요. 그러니 나와는 아무 상관이 없어요. 당신은 어쨌든…… 당신이 궁금해하던 영웅적인 전생에 다녀왔잖아요. 나는 약속을 지켰어요.」

르네가 그녀의 손목을 세게 잡아챈다.

「**나한테서 거짓 기억을 빼달란 말이야!**」

그녀가 손목을 빼려고 안간힘을 쓰지만 소용이 없다.

「이거 놔요!」

한참 만에야 그가 손아귀의 힘을 푼다.

「정말 미안해요. 하지만 끈질기게 요구할 수밖에 없는 내 심정도 이해해 줘요. 지금 나한테 벌어진 일은, 마치 당신이 우리 집에 와서 지하실 문을 열게 한 다음 거기에서 곰팡이 피고 악취 나는 치즈를 꺼내 거실 한가운데 놓고 가버린 것과 같아요. 내 요구는 그걸 치워 달라는 것뿐이에요.」

다시 두 사람의 시선이 맞부딪친다. 갈색 눈동자와 초록색 눈동자.

「당신 때문에 난…… (사람을 죽였어) 나는 불면의 밤을 보냈어요. 무슨 수를 써서라도 당신이 저지른 잘못을 바로잡아 놔요. 머릿속을 휘저어 놨으면 다시 정돈을 해 놔야죠.」

「난 당신한테 빚진 게 전혀 없어요. 당신 의식 깊숙한 곳에 그런 게 숨어 있는 줄 내가 어떻게 알 수 있었겠어요.」

르네는 상황을 자신한테 유리하게 역전시킬 방법을 찾다가 엘로디가 정신과 의사에게 썼던 방법을 떠올리고는 위협조로 말한다.

「내가 돈을 내고 당신 공연을 보러 왔다가 정신적 피해만 입고 돌아갔다는 사실을 기억해 줬으면 해요. 이 불행한 일을 내가 SNS에 퍼뜨리길 바라요? 내 경험을 공유하면 아마도 많은 잠재적 관객들이 30유로를 지불하고 당신 공연을 본 다음 불면에 시달리기 전에 한 번 더 생각해 보게 되지 않을까요.」

「협박이에요?」

「당연하죠.」

기세가 한풀 꺾인 그녀가 눈을 내리깐 채 머리를 쓸어 올린다.

「심층 기억에서 떠오른 기억을 지우기는 불가능해요. 올라온 건 어쩔 수 없어요, 되돌리지 못해요.」

「아니, 당신은 할 수 있어요, 난 알아요.」

「모르는 소리 말아요. 과거는 고정불변한 것이에요. 거기서 뭘 빼거나 하진 못해요. 대신 다른 방법을 써볼 순 있겠죠.」

「뭔지 말해 봐요.」

「더하는 거죠. 엇비슷한 감정적 효과를 지닌 긍정적

기억을 더하는 건 가능해요. 그래서 나쁜 기억을 잊게 만들거나, 잊는 게 불가능하다면 그 기억의 영향력을 최소화시키는 거예요.」

르네가 반신반의하면서도 관심을 보이자 오팔이 덧붙인다.

「어릴 때 우리가 밖에서 다쳐 들어오면 엄마가 맛있는 간식을 만들어 달래 주던 것과 똑같은 이치예요. 무릎의 상처야 없어지지 않지만 초콜릿 과자를 먹으면 아팠던 일은 잠시 잊을 수 있죠.」

「날 어린애 취급하지 말아요.」

「우리가 쓸 수 있는 방법을 당신한테 이해시키기 위해 사용한 비유일 뿐이에요.」

「방법은 아무래도 좋아요. 하지만 당신이 나한테 한 짓은 반드시 되돌려 놔야 해요.」

「좋아요, 날 따라와요.」

두 사람은 유람선 공연장을 향해 다시 발길을 돌린다. 오팔이 〈판도라의 상자〉의 문을 열고 들어가 스포트라이트 하나를 켠다. 그녀가 르네에게 무대 위 거대한 초록색 눈 앞에 놓인 빨간 벨벳 의자를 가리킨다. 시키는 대로 의자에 앉는 순간 그의 주머니 속 휴대폰이 울린다. 당연히 친구의 소재를 궁금해하고 있을 엘로디한테서 걸려 온 전화다.

「휴대폰을 비행기 모드로 설정해 놔요. 맞춤식이긴 해

도 공연은 공연이니까.」

「미안해요.」

「이번엔 어떤 전생을 알고 싶죠?」

「가족도 못 꾸려 보고 젊은 나이에 참혹하게 죽은 〈영웅적인〉 전생에 다녀왔으니, 이번에는 평화로운 나라에서 나이 지긋하도록 살다가 가족들이 지켜보는 가운데 노환으로 생을 마감하는 모습을 보고 싶어요.」

「당신 소원대로 하죠.」

그녀가 그에게 눈을 감고 긴장을 푼 상태에서 계단을 시각화하라고 시킨다. 계단을 내려가 무의식의 문을 열고 들어가 번호가 적힌 111개의 문이 보이는 복도에 가서 서게 한다.

그는 자신이 말한 모든 내용에 하나하나 정신을 집중한다. 〈평화로운 나라〉, 〈지긋한 나이〉, 〈노환〉, 〈가족〉, 〈자연사〉.

95번 문에 달린 빨간색 램프가 깜빡깜빡한다. 그가 다가가 문을 연다.

13

주름이 자글자글하고 검버섯이 돋은 앙상한 손등이 보인다. 핏줄이 불쑥불쑥 솟아 있다. 손가락이 길고, 손마디가 유난히 가늘고 섬세하다. 몸은 침대 위에 누워 있다. 오른쪽으로 백발의 노신사와 세 쌍의 젊은 부부, 여섯 명의 아이가 보이고 왼쪽으로 사제 한 사람과 옛날식 양복을 걸친 남자 하나가 보인다.

르네 톨레다노는 자신의 몸을 확인하고 나서 이번 생에는 노부인으로 살고 있음을 깨닫는다.

「오, 사랑하는 부인!」

이 말을 하면서 노부인의 손을 잡아 손등에 입맞춤을 하는 백발 노인은 남편임이 틀림없다.

「보시오, 공증인과 신부님을 모셔 왔소.」

공증인이라고 지칭된 남자가 그녀 앞으로 〈유언장〉이라는 글씨가 큼지막하게 적힌 종이 한 장을 내민다.

그, 아니 〈그녀〉에 대한 정보가 담긴 서류 위에 근사한

필체로 이름이 적혀 있다.

레옹틴 드 빌랑브뢰즈 백작 부인

샤토 드 빌랑브뢰즈, 1785년

건물과 대지, 말, 당나귀, 암탉은 물론이고 마차, 농기구, 가구, 은식기 등 각양각색의 물건들이 긴 유증 목록에 올라와 있다.

맥 풀린 눈동자가 목록을 확인하며 읽어 내려가고 후들후들 떨리는 손이 힘겹게 서명을 마친다. 공증인이 감사의 뜻을 표시한 뒤 자리를 비킨다.

이번에는 신부가 다가와 그녀에게 〈고해성사를 통한 영혼의 자유〉를 얻을 것을 제안한다. 노부인이 그의 귀에 대고 속삭인다.

「고백합니다. 저는 살아오는 동안 제 신분이 요구하는 세속의 책무를 방기하느라 바빴습니다. 숱한 무도회와 성가신 만남들, 상류 사회 백작 부인으로서의 의무들……늘 저를 필요로 했던 남편과 아이들에게도 소홀했어요.」

「죄를 용서합니다.」

「그뿐만이 아니에요. 정원사와 육체적 관계를 가졌던 일도 신부님께 고백합니다. 남편은 오래전에 정력이 감퇴했지만 저는 여전히 육욕에 끌렸습니다.」

「하…… 그 죄 역시 용서합니다.」

「그리고, 언짢게 들으시겠지만, 정원사뿐 아니라 마구간 아이, 그 밖에 여러 하인과도 관계를 가졌습니다. 하지만 부끄럽게 생각하진 않아요. 왜 남자들만 관계를 자랑하고 떠벌리는 권리를 누려야 하죠? 그건 온당치 않습니다. 여자들도 얼마든지 성적인 격정을 느끼죠. 언젠가 여자들과 남자들이 동등해지는 날이 오기를, 우리도 그들처럼 스스럼없이 돈을 주고 몸을 살 수 있기를, 그래서 남자들이 독점하는 수많은 특권 중 하나라도 없어지기를 간절히 바랍니다.」

당황한 신부는 아무도 듣지 못했길 바라면서 헛기침을 한다.

「마지막으로 신부님, 꼭 드릴 말씀이 있어요. 저는 교회가 축재할 목적으로 만들어 낸 미신을 곧이곧대로 믿는 순진한 자들을 경멸합니다. 그들은…….」

「하실 말씀을 다 하신 것 같네요.」

신부가 급히 말을 자르고 나서 그녀의 말소리를 덮을 만큼 크게 라틴어로 기도문을 읊는다. 그가 그녀의 이마에 대고 십자가를 긋는다.

「죄의 사함을 받으셨습니다, 백작 부인. 이제 부인의 영혼은 천국에 가실 수 있습니다.」

사제와 공증인이 밖으로 나가자 백작이 부인 옆으로 바짝 다가온다.

「으흠, 사랑하는 부인, 이제 말해 줄 시간이 됐소…….

어디요?」

그가 그녀의 이마를 다정하게 쓰다듬는다.

「어디라니요?」

「당신 재산인 금괴를 어디에 묻어 두었소?」

「여보, 당신이 나에 대한 사랑을 보여 주려고 일부러 내뱉는 〈사랑하는 부인〉이니 〈내 사랑〉이니 하는 친근한 표현들이 나는 딱 질색이랍니다. 하느님 맙소사, 우린 가난한 필부필부가 아니잖아요!」

「알았소, 레옹틴. 이제 말해 주시오, 금괴는 어디 있소? 당신이 떠나기 전에 위치를 알려 주지 않으면 우리 가문의 유산인 그 돈은 영원히 사라지고 말 거요. 의사 선생이 몇 시간밖에 남지 않았다고 했소.」

「그 일부는 내가 친정 부모님한테 물려받은 유산이에요. 기억할 테지만 우리 부모님은 말년에 당신한테 섭섭한 마음을 가지고 계셨죠. 그러니 그 돈을 내가 당신한테 남기면 부모님의 유지를 훼손하게 될 거예요.」

「나만을 위해서 그러는 게 아니잖소, 사랑하는 부인, 아이들이 있잖소! 애들아, 어서 어머니와 할머니께 존경과 애정을 보여 드리거라.」

큰아들이 다가와 위협조로 말한다.

「어머니, 어서 말씀해 주세요. 성 주변에 묻으셨다는 건 알고 있어요. 정확히 어디죠? 호수 옆? 풀숲?」

손주들이 바통을 이어받아 재잘거린다.

「금이 어디 있어요, 할머님? 금괴는 어디 있어요? 우리 눈으로 보고 싶어요…….」

「결국 여러분 모두 유산이 궁금해서 모인 것이군요. 숨이 끊어지길 기다렸다 동물의 사체를 먹어 치우려는 독수리들처럼.」

「우리를 파렴치한으로 만드는 말씀이세요!」

「사랑하는 부인!」

「어머니!」

「할머님!」

다들 경쟁적으로 그녀의 손을 잡는다. 그녀가 거칠게 뿌리치며 말한다.

「당신들 모두 역겨워. 나에 대한 당신들의 애정은 위선일 뿐이야!」

레옹틴이 가족들을 노려본다. 다들 못 들은 척하며 뼈다귀라도 떼어 줄 듯이 달콤한 말을 쏟아 내기에 바쁘다.

「어서, 사랑하는 부인, 어서 말해 주시오. 금괴는 어디 있소?」

「금괴는 어디 있어요, 어머니?」

「금괴는 어디 있어요, 할머님?」

백작 부인이 마침내 한마디 뱉는다.

「마르수트.」

「뭐? 〈마르수트〉? 금괴가 묻혀 있는 마을 이름인가?」

「마르수트? 아무래도 사투리 같은데요.」

「내 생각엔 라틴어 같아. 신부님을 다시 모셔 와야겠구나. 그분은 아실 거야.」

노부인이 힘겹게 몸을 일으킨다.

「하녀를 부르거라. 용변을 봐야겠어.」

하녀가 달려와 그녀를 한쪽 구석방으로 부축해 간다. 구멍 뚫린 의자 밑에 대야가 놓여 있는 게 보인다. 백작 부인은 화장실 문을 닫고 앉아 혼자 생각에 잠긴다.

르네는 그녀의 속생각을 알게 되는 순간 소스라치며 놀란다.

멍청이들. 다들 나를 사랑하는 척만 하지. 하긴, 나도 사랑하지 않긴 매한가지야. 저들을 경멸해. 증오해.

이럴 바엔 차라리 유산을 남기지 않는 게 낫겠어.

아유, 고소해. 정원 왼쪽 구석에 있는 아름드리 떡갈나무 밑에 숨겨 둔 걸 모르고 영지를 이 잡듯이 뒤질 모습을 상상하니 벌써 웃음이 나오네.

그녀가 다시 악에 받쳐 외친다.

「마르수트!」

그녀가 넘어지며 바닥에 쓰러진다. 복도에서 쿵쿵거리는 발소리가 들린다. 가족들이 심장이 멎어 있는 그녀를 발견한다.

부인의 영혼은 노추한 육신을 나와 생전의 모습과 똑같은 실루엣의 심령체가 된다.

그제야 레옹틴의 영혼이 르네의 영혼을 발견한다.

그녀가 미간을 찌푸리며 깜짝 놀란다.

「맙소사, 당신은 누구예요?」

르네가 범행 현장을 들킨 사람처럼 버벅거린다.

「저는…… 그러니까 제가 누구냐면…… 부인의 미래인데…….」

「대체 지금 여기서 뭘 하는 거죠? 내 금괴의 소재가 궁금한 사람이 한 명 더 늘어난 건 아니길 바라요.」

「아…… 그건 아니고…… 저는…… 그러니까…… 부인은…….」

레옹틴의 영혼이 멀리 보이는 불빛에 이끌려 간다. 벌써 가족들은 영혼이 떠난 육신의 껍데기를 붙들고 통곡을 쏟기 시작한다.

르네의 뒤에 문이 하나 나타난다. 그는 이 문을 통해 복도로 나가 112번 문 앞으로 돌아간다. 문을 열고 들어가 계단을 오르기 시작한다. 숫자를 세는 여자의 목소리가 점점 또렷이 들린다.

「……4, 3, 2, 1, 0. 눈을 떠요, 톨레다노 씨.」

딱 하고 손가락을 튕기는 소리.

14

르네가 눈을 끔뻑끔뻑한다.

「어땠어요?」 오팔이 호기심 반 걱정 반으로 다그치듯 묻는다.

아직 조금 전 장면의 충격에서 벗어나지 못한 르네가 숨을 몰아쉬면서 물을 찾는다. 오팔이 무대 뒤로 가서 물을 들고 와 건넨다. 비로소 호흡이 진정된 그가 황급히 스마트폰부터 켠다. 그는 〈므네모스〉 파일을 열어 레옹틴 드 빌랑브뢰즈 백작 부인의 임종을 상세히 기록한다.

「나는 노부인이었어요. 이번엔 그녀의 생각까지 알 수 있었어요! 제1차 세계 대전 참전병은 영화처럼 그를 보기만 했다면, 이 노부인은 마치 내가 그녀의 머릿속에 들어가 있는 것처럼 생각을 들을 수가 있었어요.」

흥분이 채 가시지 않은 르네가 놀란 표정의 오팔을 향해 말을 쏟아 낸다.

「바깥에서 그녀를 보면서 동시에 안에서 생각을 들을

수 있었다니까요.」

그가 몸을 바로 일으키며, 힘든 잠수를 마치고 올라온 잠수부처럼 크게 심호흡을 한다.

「그럼 이제 괜찮아진 거죠? 다 나은 거죠? 첫 최면에서 생긴 트라우마를 내가 없애 준 거죠?」

그는 들은 체 만 체 이야기를 이어 간다.

「그동안 가족이라는 개념이 불편했던 이유를 이제 알 것 같아요. 내가 서른두 살에 독신으로 사는 이유를, 어떤 여자가 내 인생에 들어올 것 같으면 도망부터 치게 되는 이유를요. 그런데 백작 부인이 죽으면서 외친 〈마르수트〉가 무슨 뜻인지는 여전히 수수께끼예요.」

「마르수트라고 했다고요?」

「그래요, 마치 저주를 내리듯 그 한마디를 외쳤어요.」

오팔이 갑자기 흥미가 당기는 얼굴을 한다.

「마르수트? 확실해요?」

「분명히 욕은 아니었어요. 그렇다고 금괴가 묻힌 장소를 가리키는 것 같지도 않았고.」

「어렵지 않은 수수께끼 같으니까 내가 한번 풀어 보죠. 열 손가락을 달력이라고 생각하고 쫙 펼쳐 봐요. 마르스 *Mars*는 열두 달 중 3월이니까, 왼쪽 엄지부터 하나, 둘, 세 번째, 즉 왼손 중지에 해당해요. 우트*Août*는 8월이니까, 왼손 엄지부터 차례로 꼽아 여덟 번째에 해당하는 손가락, 역시 오른손 중지예요. 마르스-우트, 붙여서 〈마르

110

수트). 당신의 레옹틴은 유산이 묻힌 장소를 알려 주는 대신 가족들에게 가운뎃손가락 두 개를 치켜들어 보인 거예요.」

르네는 오팔의 재치에 감탄을 금치 못한다.

「그녀가 죽기 전에 가족들한테 엿이나 먹으라는 뜻으로 가운뎃손가락 두 개를 치켜들었다는 거군요?」

그래, 레옹틴 드 빌랑브뢰즈 백작 부인은 어리숙한 사람이 아니었어. 잠깐이었지만 장난기 가득한 재미있는 사람이란 걸 한눈에 알 수 있었어.

르네와 마찬가지로 오팔도 한층 긴장이 풀린 모습이다. 그녀가 재킷을 걸치더니 스포트라이트를 끄고 무대에서 내려갈 준비를 한다.

「당신 최면은 어쨌든 대단했어요. 내 머리에 시간을 거슬러 올라가는 기계가 숨어 있다는 걸 알게 해줬어요. 어떤 기술도 필요 없이 오직 상상력의 힘으로만 작동하는 타임머신 말이죠.」

「나는 그게 당신 상상력만이라고는 생각하지 않아요. 그랬다면 어떻게 그렇게 세세한 정보를 얻을 수 있었겠어요. 더군다나 시간을 거슬러 아무 곳이나 갔던 게 아니잖아요. 당신의 지난 전생들이 살았던 장소와 시대에만 갔다 올 수 있었어요, 안 그래요?」

「뭐라고 부르든 그건 당신 마음이에요. 어쨌든 내가 이 경험에 점점 흥미를 느끼는 건 사실이에요. 그래서 말인데, 한 번 더 해보고 싶어요.」

「시간이 늦었어요.」

「당신 공연의 〈애프터서비스〉라고 생각해요.」

「나는 이미 당신한테 애프터서비스를 해줬어요. 그러니 공연장에서 나가 줘요. 일어나요.」

「딱 한 번만 더.」

그녀가 난감한 표정으로 그를 째려보더니 손목시계를 내려다본다.

「저녁 약속이 있어서…….」

「막판에 급한 일이 생겼다고 전화해요. 어쨌든 당신은 나한테 진 〈빚〉이 있으니까.」

「대체 나한테 원하는 게 뭐예요? 당신 전생들에서 벌어진 일과 나는 아무 상관이 없어요.」

「날 아무 사람으로 취급하진 말아요. 당신의 고객이자 퇴행 최면의 최초 피험자니까. 고객이 이용당했다는 느낌을 갖게 하지 말아요. 내 요구는 정당한 거예요. 마음의 평온을 되찾아 오늘 밤 숙면을 취하게 해달라는 거니까. 레옹틴의 생에 다녀오고 나서 조금 마음의 여유가 생긴 건 사실이지만 이폴리트로 살았던 전생 때문에 받은 스트레스를 상쇄할 만큼은 아니에요. 어쨌든 두 사람 다 행복하게 생을 마치진 못했어요. 마지막이 좋지 않았죠.」

「그래서, SNS에 경험담을 폭로하겠다고 또 날 위협하는 거예요? 당신이야말로 내 인내심을 이용하고 있군요.

나는 당신한테 전혀 빚진 게 없어요.」

「왜 없어요, 내 〈영혼의 안식〉. 관객들을 즐겁게 하려고 당신이 내 영혼의 평화를 깨뜨렸잖아요.」

그녀가 결국 문자를 보내 저녁 약속을 취소한다.

그는 다시 빨간색 벨벳 의자에 반듯이 누워 신기록 도전을 앞둔 사람처럼 결연한 표정을 짓는다.

「자, 이번에는 요구를 아주 구체적으로 말할게요. 내가 열고 싶은 문은…….」

그가 눈을 감은 채 적확한 표현을 찾아내기 위해 고심한다.

끔찍한 경험을 다시는 하고 싶지 않는데, 그럼 어떻게 말해야 하지? 만족감, 쾌감, 이런 단어들만 머릿속에 떠올리면 되는 걸까.

「내가 쾌감의 절정을 맛보았던 삶으로 가보고 싶어요.」

오팔이 시큰둥한 얼굴로 그에게 숨을 크게 들이마신 다음 숫자를 세면서 계단을 내려가라고 말한다. 1, 2, 3…….

15

때가 까맣게 긴 넓적하고 두툼한 손이 보인다. 손끝까지 굳은살이 박였고 손톱이 떨어져 나간 자리에 속손톱만 남아 있다. 곱슬곱슬한 꺼먼 털이 팔등에 거칠게 일어나 있다. 면도를 못 해 길게 자란 턱수염 밑이 근질거린다.

살갗이 벗겨진 등이 따끔따끔하다. 그의 옆에 웃통을 벗은 사내들이 앉아 있다. 그들 모두 들보만 한 커다란 노에 몸이 묶여 있다.

그들은 동시에 몸을 숙였다 젖혔다 하면서 노를 밀고 당기는 동작을 반복하는 중이다. 요오드 냄새를 품은 찝찔름한 해풍이 불어와 땀, 음식물과 배설물이 뒤섞여 썩으며 내는 악취를 공중으로 흩어 놓는다. 노잡이 열 끝에 서 있는 검은 피부의 한 사내가 규칙적으로 천천히 북을 두드려 노역에 리듬을 주고 있다. 초록색 조끼를 걸친 땅딸막한 사내가 큰 솥을 앞세우고 걸어온다.

「식사 시간이다.」

초록 조끼의 사내는 노꾼들과 몸이 닿지 않게 긴 국자를 뻗어 거무튀튀한 수프를 한 국자씩 부어 준다. 통로를 계속 걸어오던 사내가 그의 앞에 와서 멈춰 선다.

「없어, 제노, 네 몫은 없어. 네 녀석이 반란을 획책했었다는 거 안다. 우두머리 기질을 타고난 너 같은 녀석한테 벌을 내려야 다른 놈들도 무슨 짓을 벌이기 전에 한 번 더 생각하게 될 게 아니냐.」

르네는 자신의 전생이 제노라는 이름의 갤리선 노잡이임을 알게 된다.

「배고파요.」 르네가 들어가 있는 몸에서 소리가 빠져나온다.

「이거나 실컷 먹어라.」

초록색 조끼를 입은 사내가 솥과 국자를 바닥에 내려놓고 채찍을 든다. 바람 소리를 내며 채찍이 날아올 때마다 제노의 몸속 르네의 영혼은 불에 덴 듯한 통증을 느낀다.

「어떠냐, 이제 배가 안 고플걸? 더 주랴?」 가학자가 이뿌리를 드러내며 이죽거린다. 사내는 다시 솥과 국자를 들고 다음 사람을 향해 발걸음을 옮긴다.

바싹 말라 버린 창자가 아우성치지만 제노는 자존심을 지키려고 입을 앙다문다.

갑판에 있던 로마 장교 한 명이 황급히 계단을 뛰어 내

115

려온다. 그가 초록 조끼 사내에게 뭔가 귓속말을 하고 다시 상부 갑판으로 올라간다.

「비상, 비상. 카르타고 함대가 시야에 들어왔다. 모두 전투태세에 돌입하라. 이번에 이기면 빵 배급은 두 배로, 고기까지 한 덩어리씩 받게 될 것이다.」

채찍을 휘두르던 사내가 소리를 지른다.

기대감에 휩싸인 노잡이들이 웅성웅성한다.

「이게 다가 아니다. 드레파나에서 제일 가까운 도시에 내려 3일간 휴식을 취하게 해주마. 하지만 카르타고 놈들에게 잡히면 너희는 놈들이 믿는 바알 신의 제물이 될 것이다. 그놈들은 잔인한 야만인들이야. 인육을 먹고 포로에게 극악한 형벌을 내리기로 유명한 민족이지. 잔인한 고문에서 끝나지 않아. 너희들의 시체를 땅에 묻어 주지조차 않을 것이다. 그러니 적들의 똥오줌에 섞여 썩고 싶지 않으면 배가 빠른 속도로 움직여 최고의 전투력을 보일 수 있게 최선을 다해라.」

그가 검은 피부의 사내에게 북 치는 속도를 높일 것을 주문한다.

이미 레옹틴 때 경험을 해본 적이 있는 르네의 영혼은 제노의 영혼으로 들어간다. 그의 기억 속에서 시칠리아에서 보낸 어린 시절 추억을 만난다. 올리브나무 과수원에서 형, 누나, 동생들과 장난치며 놀던 기억. 아버지와 시라쿠사 항구를 누비던 기억. 범선을 타고 바람을 가르던 기억. 그러던 어느 날 갑자기 들이닥친 로마인들에게 붙잡혀 쇠사슬로 몸이 묶였다. 철광이나 갤리선으로 보내겠다는 협박을 들었다.

이때부터 제노의 시간은 다른 노잡이들의 그것과 다르지 않았다. 사슬로 몸이 노에 묶인 상태에서 수프를 먹고 앉아서 잠을 잤다. 선창 밖 세계는 존재하지 않는 것 같았다. 과로와 질병으로 동료들이 죽어 나가는 모습을 지켜봤고, 망할 놈의 둥둥거리는 북소리를 들으며 채찍질 세례를 견뎌야 했다. 당연히 탈출을 기도했다. 동료 노꾼들의 반란을 부추기기도 했다. 하지만 혹독한 대가를 치러야 했다. 빵 한 쪽과 맞바꾼 동료의 고자질 때문에 제노는 굶으며 매질을 당했다.

르네는 제노의 과거를 뒤로하고 현재의 시간으로 돌아온다. 노가 끼워져 있는 틈으로 제노가 바다를 내다본다. 멀리 줄을 지어 있는 적선들이 보인다. 작은 선체에 비해 아주 큰 돛이 달려 있는 게 눈에 띈다. 움직임이 빠르고 조작이 쉬울 게 분명하다. 노예로 잡혀 오기 전 항해에 매료됐던 제노는 지중해를 떠다니는 것이라면 무엇이든 눈을 떼지 못했다. 그는 카르타고가 뛰어난 조선술을 보유하고 있다는 사실을 익히 들어서 알고 있다. 느리고 무거운 군선의 단점을 보완하기 위해 로마군이 노잡이의 숫자를 늘리고 배의 이물에 거대한 충각을 붙인다는 것도 알고 있다. 그러다 보니 바람이 거칠면 카르타고 해군이 유리하고 바람이 약하면 로마군의 전투력이 증강된다.

카르타고 군선들이 서서히 다가온다. 전투가 곧 시작된다.

북 치는 사내의 손놀림이 바빠지자 그 리듬을 쫓는 노잡이들의 숨소리가 거칠어진다. 노예들이 힘을 내기 위해 동시에 끄응 하는 소리를 낸다.

별안간 우지끈 소리와 함께 배에 충격이 전해진다. 갤리선이 멈춰 선다. 제노는 금방 상황을 짐작한다. 아군의 배가 충각으로 적선의 선체를 들이받은 게 분명하다. 그의 머리 위에서 로마 병사들의 환호성이 터진다.

순간 선창에 팽팽하던 긴장감이 사라진다. 승전한 배에 타고 있는 노잡이들은 벌써 빵과 고기와 휴식을 상상한다. 하지만 기쁨도 잠시, 기름 냄새와 나무 타는 냄새가 선창으로 스며든다. 예감이 좋지 않다. 적선에서 밧줄 부스러기에 송진을 발라 불을 붙인 후 투석기로 쏘아 대고 있다. 비명 소리가 터지더니 로마 병사들이 하나둘 바닷물로 뛰어들기 시작한다. 로마 병사들은 불이 붙은 배에 쇠사슬에 묶인 노잡이들을 버리고 다른 배를 향해 헤엄쳐 가고 있다.

다급해진 제노의 눈이 선창 끄트머리로 향한다. 노잡이들의 몸을 감은 쇠사슬을 제어하는 커다란 맹꽁이자물쇠가 눈에 들어온다. 다행히 제노가 묶여 있는 자리에서 몸을 늘여 손을 길게 뻗으면 닿는 거리다. 그는 창 하나와 노 젓는 자리에서 뺀 못 두 개를 구멍에 넣어 요리조리 움직여 본다. 동료 노꾼들이 경악하며 그를 쳐다본다.

자물쇠 풀리는 소리가 들리자 함성이 터진다. 자유의 몸이 된 제노는 갑판으로 뛰어 올라가 불을 끄기 위해 동료들에게 지시를 내린다.

가까스로 불길이 잡히자 제노가 배를 샅샅이 훑으며 먹을 것을 찾는다. 하지만 배에 실려 있던 식량은 이미 잿더미로 변한 뒤였다. 그는 선수로 가서 적의 공격에도 아직 형체가 남아 있는 키를 잡고 배를 조금씩 움직이기 시작한다.

전투가 한창인 바다 위 풍경이 눈에 들어온다. 오른쪽에 보이는 군선들은 검은 독수리가 발톱으로 SPQR[2] 네 글자를 붙들고 있는 문장의 빨간색 깃발들이 펄럭이는 것으로 보아 아군인 로마 해군이 틀림없다. 왼쪽 카르타고 군선들의 돛대에는 흰 바탕에 태양을 향해 몸을 솟구치는 파란색 돌고래가 그려진 깃발들이 매달려 있다.

속히 한쪽 진영을 선택하지 않으면 안 된다.

오른쪽으로 가면 배를 구한 영웅이 되어 칭송받겠지만 노잡이 신세는 면치 못할 것이다. 그렇다고 왼쪽으로 가면 다시 노를 잡지는 않겠지만 바알 신에게 제물로 바

---

2 라틴어 문구 〈로마 원로원과 대중Senatus Populusque Romanus〉의 약자.

쳐지거나 카르타고 지역 축제에서 음식으로 상에 오르게 될지 모른다. 좋아하진 않아도 로마인들에 대해서는 잘 알지만 카르타고인들에 대해서는 전혀 모른다.

어쩐다. 아는 적과 모르는 적, 어느 쪽이 나을까? 자물쇠를 풀고 화재 진압을 주도한 그를 신뢰하게 된 노잡이들이 그의 결정만을 기다리고 있다.

르네는 지금이 자신이 나설 때라고 판단한다.

「카르타고 쪽으로 가요.」 그가 속삭인다.

같은 언어를 쓰진 않지만 한쪽에서 이해를 하니 상대방도 당연히 이해하리라 짐작하면서 르네는 양방향 소통이 정말로 가능한지 실험해 볼 생각이다.

「카르타고 쪽으로 가요!」 그가 조금 더 큰 소리로 다시 말한다.

제노가 머리를 흔들더니 편두통이라도 온 듯 관자놀이를 누르면서 혼잣말을 내뱉는다.

「내 머릿속에서 누가 말을 하는 거야?」

「난 미래의 당신이에요. 설명이 약간 복잡한데, 그냥 나를 미래의 당신 영혼이라고 생각하면 돼요. 그 미래가 언제냐면…….」

2천 년 뒤라고 하면 절대 믿지 않겠지.

「……몇 년 뒤예요.」

「어떻게 내 머릿속에 들어와 말을 할 수 있죠? 당신은 신인가요?」

「현대적 기술의 일종이죠. 설명하려면 기니까 간단히 이렇게 얘기할게요. 나는 미래에, 다른 몸으로 진화한 당신의 영혼인데, 과거로 돌아와 당신에게 말을 할 수 있어요.」

「머리 아프게 하지 말고 어서 나가요. 난 지금 다른 일로 정신이 없어요.」

「이런 일을 처음 겪는 사람의 입장에선 받아들이기 힘들다는 거 알아요. 하지만 내 조언을 귀담아들어야 해요. 제발 부탁이에요. 나는 이 전투의 결말을 알고 카르타고인들에 대해서도 잘 알아요. 그들은 절대 인육을 먹는 야만인이 아니에요. 그건 해상 교역로를 놓고 그들과 경쟁을 벌이는 로마인들이 전쟁을 정당화하기 위해 지어낸 얘기예요. 카르타고인들은 세련된 평화주의자들이니 아무 걱정하지 말고 그들 쪽으로 가요.」

「하지만 그들은 이 배를 파괴하고 불붙인 밧줄 부스러기를 투척해 선원들을 죽이려고 했어요! 하마터면 우리 다 불에 타 죽을 뻔했다고요!」

「그들의 공격 대상은 노잡이들이 아니라 로마 병사들이었어요. 당신의 진짜 적이 누구인지 잘 생각해 봐요. 당신에게 쇠사슬을 채우고, 당신을 굶기고, 당신에게 채찍질을 한 자들이 아닌가요.」

내면의 목소리를 들은 제노가 뱃머리를 카르타고 진영으로 돌린다. 카르타고의 상징인 돌고래와 태양 문장

121

이 노잡이들을 뜨겁게 맞이한다.

연보라색 옷을 입은 카르타고 여인이 긴 머리를 찰랑이며 제노에게 다가와 그를 빤히 쳐다본다. 제노가 배고프다는 시늉을 하자 그녀가 빵을 한 덩어리 들고 와 건넨다.

제노는 꽃향기를 맡듯이 빵을 코로 킁킁거리다 입으로 가져가는 순간 몸을 옴찔한다. 이에 닿자마자 부드럽게 녹아내리는 속살, 밀가루의 구수함, 바삭거리는 겉껍질. 정신이 아찔하다. 그는 여인이 그릇에 담아 건네는 올리브오일에 빵을 살짝 적신다. 두 가지 맛이 어우러지는 순간 폭발적인 쾌감이 몸에 번진다. 곧이어 그녀가 붉은 액체가 찰랑찰랑 담긴 사발을 하나 건넨다. 그것이 무엇인지 상상하는 것조차 허락되지 않을 것 같은 순간. 그리고 그의 목구멍으로 흘러 넘어가는 액체. 알알함이 손끝까지 퍼져 나간다.

이런 미각적 자극을 경험해 본 적이 있던가. 빵 한 입, 올리브오일 한 방울, 포도주 한 모금이 천국을 선사한다. 입 안에서 짜릿짜릿한 쾌감이 파도친다.

카르타고 여인이 환한 미소를 지으며 그의 머리를 쓰다듬어 준다. 그녀가 귀에 대고 속삭인다.

「천천히 먹어요. 당신은 이제, 자유의 몸이에요.」

그녀가 그의 이마에 살며시 입맞춤을 한다. 오랫동안 고통과 두려움에 시달린 그에게 찾아온 포도주와 빵, 올리브오일, 이 순간 귓가를 때리는 구원의 말 한마디, 그리고 아름다운 카르타고 여인의 달콤한 입맞춤. 머릿속에서 폭죽이 터진다.

몸에 기분 좋은 전율이 짜르르 흐른다. 이 감각이 또다시 그의 몸을 소스라뜨리며 손발에 떨림을 일으킨다. 참았던 울음이 터진다. 그는 감격을 주체하지 못해 혼자 울었다 웃었다 한다.

르네는 슬며시 그에게서 빠져나온다. 과거의 그가 느꼈던 충족감과 황홀감이 일으킨 파동을 여전히 간직한 채 바깥에서 이 장면을 지켜본다.

이때, 바로 곁에서 한 여자의 목소리가 들린다.

5, 4…….

16

……3, 2, 1, 0.

손가락 튕기는 소리. 동시에 울리는 벨 소리.

오팔이 문구멍으로 밖을 내다보고 돌아온다.

「당신 동료인 것 같아요.」

「이런, 내가 걱정돼서 왔구나. 가만히 있으면 돌아갈 거예요.」

다시 몇 번 벨 소리가 이어지더니 잠잠해진다.

오팔이 그를 쳐다보며 묘한 표정을 짓는다.

「당신한테 그녀는 어떤 존재죠? 단순한 동료예요?」

「친구예요.」

「그녀는 당신을 각별하게 여기는 것 같은데요.」

「우리 둘 사이는 아주 끈끈해요. 오늘 아침에 내 컨디션이 형편없는 걸 보고 걱정을 많이 하면서 당신을 다시 찾아가 보라고 한 것도 그녀예요.」

오팔이 다시 문 앞으로 가서 구멍으로 밖을 내다본다.

「됐어요, 이제 가고 없어요.」

그녀가 자리로 돌아오더니 의자를 그의 앞으로 끌어당겨 앉는다.

「그래, 이번에는 어땠어요? 기분 좋은 경험을 하는 것 같던데, 아닌가요?」

「이폴리트는 모습을 봤고, 레옹틴은 모습을 보고 생각까지 들을 수 있었어요. 이번에 제노는 — 이름이 제노였어요 — 모습을 보고 생각을 듣는 데서 그치지 않고 얘기까지 나누고 왔어요. 내 전생들과의 소통이 점점 발전하고 있어요.」

「좋은 경험이었군요.」

「많은 걸 알게 됐어요.」

「솔직히 당신의 발전에 놀라고 있어요. 당신이 이런 식의 정신적 모험에 특별한 재능이 있는 사람이라고 생각될 정도로요.」

그녀가 시원한 물을 한 컵 들고 와 건넨다. 물컵을 입술에 대는 순간 르네는 카르타고 여인에게서 물을 건네받던 때를 떠올린다.

「당신이 원하던 전생이 맞던가요? 쾌감의 절정을 맛보았던 삶이 맞아요?」

「이번에 쾌감은 상대적이라는 사실을 깨달았어요. 경우에 따라서 그것은 고통의 중단을 의미하기도 한다는 걸요. 고통이 강할수록 그것이 멎을 때의 쾌감은 크기 마런이니까요. 오래 불편함이 지속되고 난 뒤에 찾아오는 쾌감은 아무리 소박할지라도 희열의 순간을 선사하죠.」

「대비 효과 때문이겠죠?」

「맞아요.」

그는 마치 향기로운 포도주를 마시듯 물을 한 모금씩 천천히 목으로 넘긴다.

「내가 살면서 했던 몇 가지 선택의 이유도 이번에 알게 됐어요. 고등학교 때 조정은 싫어하고 요트만 좋아했던 게 다 이유가 있었더군요. 이래 봬도 내가 모노코크와 카타마란 요트 경기에서 우승한 경력이 있는 사람이랍니다.」

오팔이 그에게 비스킷을 하나 건넨다.

「더 있어요. 내가 유독 이탈리아산 포도주를 좋아하고 시칠리아, 그중에서도 시칠리아 남부로 휴가를 간 게 우연이 아니었더라고요. 포에니 전쟁에 흥미를 느끼고, 북을 비롯한 타악기라면 질색을 하는 것도 알고 보니 다 전생과 관련이 있었어요.」

그가 스마트폰을 집어 검색창에 〈해전 로마 카르타고 시칠리아〉라고 친다.

「내 예상이 맞네요. 기원전 249년 시칠리아에서 벌어졌던 드레파나 해전이에요. 로마 집정관 푸블리우스 클라우디우스 풀케르를 상대로 카르타고의 아드헤르발 제독이 대승을 거뒀죠. 양쪽 진영에서 120척의 군선이 동원됐던 해전, 내가 그 전투에 있었다니, 거기에 있었다니 믿기지 않아요!」

「이번 경험이 정말로 좋았나 보군요. 그럼 이걸로 어제 생긴 트라우마는 치료된 거죠?」

그녀가 자리에서 일어나 벗어 놨던 재킷을 걸치고 공연장을 떠날 준비를 한다.

「말이라고 해요? 난 노잡이였단 말이에요! 마지막에 잠깐 대비 효과로 느낀 쾌감을 제외하면 그야말로 지옥 같은 삶을 살았다고요! 당신이 지금까지 나를 데려가 준 장소와 시대 속 내 삶은 비참하기 짝이 없었어요. 자, 한 번 정리해 볼게요. 맨 처음에는 제1차 세계 대전 중 포탄이 빗발치는 참호 속에 있다가 단검이 두개골을 통과하는 바람에 최후를 맞았어요. 두 번째는 내 돈만 노리는 가족들한테 둘러싸여 임종을 맞았어요. 세 번째 역시 채찍을 맞으며 노잡이 의자에 묶여 있었으니 별반 나을 게 없었죠. 관광만도 못한 경험이었다고요.」

오팔이 참을 만큼 참았다는 표정을 짓는다.

「우리 조상들이 고달픈 삶을 살았던 건 내가 어쩔 수 있는 게 아니잖아요. 가끔이라도 기쁨을 느낄 수 있는 사람이 그땐 많지 않았어요. 사람들 대부분이 의무감에 짓눌린 삶을 살았죠. 고된 노동과 질병, 배고픔에 시달리다 고통스러운 죽음을 맞았어요.」

「또 다른 전생에 가보고 싶어요.」

그녀가 이마에 흘러내린 머리카락을 신경질적으로 휙 쓸어 넘긴다.

「이봐요, 당신은 지금 새로운 장난감을 발견한 변덕스러운 어린애처럼 행동하고 있어요. 그걸 내가 빼앗았다고 발을 구르며 떼를 쓰고 있다고요.」

「나는 상처를 입었단 말이에요. 당신 탓이에요. 그 상처를 치료해야 다시 잠을 이룰 수 있으니까 이러는 거예요.」

「더는 못하겠어요. 난 집으로 가야겠어요.」

그가 팔목을 잡으며 그녀를 제지한다.

「뭐 하는 거예요? 그처럼 사람을 죽이기라도 할 셈인가요?」

알고 있는 거야?!

순간 가슴이 철렁했지만 르네는 곧 냉정을 되찾는다.

아니야, 이폴리트가 죽인 독일 병사 얘기를 하는 거겠지.

「내가 총체적으로 〈행복한 삶〉을 살았던 때로 데려다 줘요.」

그녀가 마지못해 다시 의자에 앉는다.

「〈행복한 삶〉이라는 개념은 주관적이에요. 결국 당신 탓도 있는 거예요. 당신의 요구 사항이 분명치 않으니까 자꾸 이렇게 되는 거라고요.」

「알았어요, 당신이 지금까지 내 요구를 다 들어줬다는 거 인정해요. 내 요구가 충분히 명확하고 구체적이지 못해서 번번이 실망스러운 결과가 나왔다는 거 인정할 게요.」

「그래서, 이번 요구는 뭐죠?」

「이번에 내가 가보고 싶은 전생은…….」

어떤 요구를 해야 하지? 지금까지 가본 세 번의 전생에서 가장 아쉬웠던 게 뭐였지? 지금 나한테 가장 절실한, 강렬한 경험은 어떤 걸까?

「……가장 아름다운 러브 스토리가 있었던 전생…….」

아직 말이 끝난 것 같지 않아 그녀가 그를 빤히 쳐다본다. 역시나 그가 한마디 덧붙인다.

「그 운명적 만남이 일어나기 바로 직전으로 가서 사랑을 온전히 경험해 보고 싶어요.」

여전히 듣고만 있는 그녀에게 르네가 쐐기를 박듯 말한다.

「한창나이에, 건강과 마음의 평안을 고루 누리는 상태에서 그 사랑을 경험해 보고 싶어요. 전쟁이 없는 곳, 가급적이면 기후가 온화한 곳에서.」

오팔이 시계를 내려다보자 그가 틈을 주지 않고 말한다.

「어차피 저녁 약속을 취소한 마당에 서두를 거 없잖아요.」

그녀가 어깨를 으쓱 추어올린다.

「이번이 마지막이에요, 약속하는 거죠? 당신 마음에

안 드는 상황이 펼쳐져도 내 탓이 아니에요.」

「이번엔 요구 내용을 최대한 좁혀서 표현한 것 같아요.」

「자, 그럼 긴장을 풀고 눈을 감아요.」

르네는 이전과 동일한 과정을 밟아 무의식의 문 앞에 이른다. 어찌 된 일인지 불이 들어와 있는 문이 보이지 않는다. 두리번거리던 르네의 눈이 한참 만에야 빨간불이 깜빡거리는 1번 문으로 향한다. 문틈으로 빛살이 새어 나오고 있다.

1번이면 기원전 200년대에 살았던 제노보다도 앞선 시대라는 뜻이니까 원시인, 어쩌면 영장류와 마주치게 될 가능성도 있다. 조금 더 분명히, 조금 더 구체적으로 요구를 말하지 않은 게 금세 후회가 된다.

한창나이, 건강, 마음의 평안, 전쟁이 없는 나라, 온화한 날씨, 이 조건을 다 갖췄다 치자, 그런데 그게 만약 원숭이로 살았던 전생이라면…… 그렇다면 러브 스토리는 어떻게 되는 거지? 누구와 짝을 맺게 되는 걸까? 동굴 속 원시인 여성, 영장류 암컷, 혹시…… 암원숭이?

이 문을 넘지 않고는 알 길이 없어.

그는 두려운 마음으로 1번 문의 손잡이를 돌린다. 그의 눈앞에 나타난 것은…….

17

……야자수에 둘러싸인 희고 긴 백사장. 맑고 잔잔한 물결이 찰랑이는 청록색 바다. 멀리서 기분 좋게 하늘로 몸을 솟구치며 까르르거리는 돌고래들.

붉은 기운이 감돌면서 물 위로 해가 떠오른다. 훈훈한 바람에 이국적인 꽃향기가 뒤섞여 실려 온다.

30대 남자의 손이 눈에 들어온다. 손목에는 르네 톨레다노의 시계가 채워져 있다.

그가 당황해하며 몸에 걸쳐진 옷을 확인한다. 자신이 입고 있던 옷 그대로다. 그는 양손으로 얼굴을 더듬어 본다. 현대식 안경이 만져진다.

이게 가능한 일일까?

어딘지 모르지만 현생의 몸으로 와 있는 모양이다. 그는 이번에는 퇴행 최면에 실패했다고 생각한다.

그는 단화를 신은 채로 유리알처럼 반짝이는 모래사장을 걷기 시작한다. 멀리 사람의 실루엣이 하나 보인다.

사롱[3]과 흡사한 베이지색 치마를 두른 남자가 평평한 돌 위에 가부좌를 틀고 앉아 있다. 바다를 바라보며 눈을 감고 있던 그는 르네가 다가가자 눈을 번쩍 뜬다.

두 사람이 눈빛을 교환한다.

「반갑네.」 낯선 남자가 르네를 향해 말한다.

혹시 다른 이에게 건네는 인사인가 싶어 르네가 뒤를 돌아보지만 아무도 보이지 않는다.

「자네한테 한 인사가 맞네.」

「당신은…… 내 말은…… 당신 눈에 내가 진짜 보이나요?」

「목소리도 들리고, 이렇게 얘기도 할 수 있네. 우리 둘 다 정신의 언어를 사용하기 때문에 소통이 가능한 거지. 그 보편적인 언어를 통해 우리가 시공간을 초월해 영혼 대 영혼으로 얘기를 나누고 있는 것이네.」

「내가 지금 어떤 몸 〈속〉에 들어와 있는 거죠?」

「자네한테 가장 편한 외양을 하고 있는 걸세. 내가 그걸 원했네. 안에서가 아니라 바깥에서, 자네가 평소 다른 사람을 보듯이. 나도 그렇고 말일세.」

「그게 가능한가요?」

「물론 가능하네. 바라는 대로 되는 거니까.」

「내가 예상했던 건…….」

「내 영혼으로 곧장 들어올 줄 알았지, 안 그런가?」

3 동남아시아 등지에서 입는, 허리에 두르는 옷.

132

「이번에도 당연히 다른 때처럼 그럴 줄 알았죠.」

「내가 이 방식을 택했네. 우리가 서로 다른 두 사람의 모습으로 자연스럽게 얘기를 나눌 수 있길 바랐거든.」

남자가 먼저 악수를 청해 온다.

「나는 게브라고 하는데, 자네는?」

「나는…… 르네라고 해요.」

게브는 얼굴에 미소가 가득하고 여유가 넘친다. 웃통을 벗은 다부진 구릿빛 몸에서 건강함과 느긋함이 동시에 느껴진다. 그가 두른 베이지색 치마 가장자리에는 눈동자 색깔과 흡사한 파란색 무늬가 섬세하게 수놓아져 있다. 그가 친근한 몸짓을 해 보이더니 천천히 르네를 향해 걸어온다.

「만나서 반갑네, 르네. 내가 누군지 알고 있나?」

「알 것 같아요.」

「나는 자네 과거의 육신이야. 그리고 자넨, 내 미래의 육신이지. 나는 과거의 자네이고, 자넨 미래의 나지.」

「당신도 그걸 알고 있군요?」

「물론이네. 〈선행 명상〉을 통해 내 후생들에 다녀올 수 있으니까. 그런데 이번에는 자네 정신으로 들어가 자네 시대를 보지 않고 내 시대로 자네를 소환했네. 여기서 함께 얘기를 나누고 싶어서 말이야. 그러는 자넨, 자넨 어떤 기술을 통해 나를 만나러 왔지?」

「퇴행 최면이라고, 자신의 전생으로 되돌아가는 기술

이죠. 번호가 붙은 문들이 늘어서 있는 복도를 머릿속에 시각화하는 방식이에요. 각각의 문이 하나의 생에 해당하죠.」

「자네가 있는 문은 몇 번인가?」

「112번이에요.」

「내 문은?」

「당신은 1번 문 뒤에 있어요.」

남자가 고개를 끄덕인다.

「그건 우리 둘 사이에 110번의 환생이 있다는 뜻이로군?」

「내가 맨 마지막이고 당신이 제일 처음이에요. 내가 보는 복도에서는 일단 그래요. 우리가 이렇게 만날 수 있는 건 대단한 행운인 것 같아요.」

「자네가 생각하는 것 이상으로 정신은 많은 것을 할 수 있지. 자네가 바라는 바를 분명히 표현할 수 있기만 하면 되네.」

그 선택의 결과가 어떤지 알면 그렇게 쉽게 말은 못 할걸요.

베이지색 치마를 입은 남자는 이 만남을 여간 흡족해하는 눈치가 아니다.

「사람들 대부분이 자신이 가진 능력을 깨닫지 못해 아무것도 하지 않네. 큰 문제지. 우리 문화에서는 〈원하면 이루어진다〉고 믿네. 간절히 바라면 이루어진다고 확신하지. 물론 소원을 이루고 나서 진정으로 원했던 것이 아니라는 사실을 깨닫기도 하고, 소원이 쉽게 이루어지다 보니 욕심을 과하게 부리기도 하지만 말이야.」

「그렇게 말처럼 쉬우면 얼마나 좋을까요.」

「정말 쉽다니까. 단지 우리 스스로 정한 한계가 있을 뿐이네.」

남자가 확신에 찬 어조로 말하면서 르네에게 마주 보고 앉으라는 손짓을 한다.

그들은 상대방의 옷차림과 거동을 서로 유심히 관찰한다. 게브는 르네의 신발과 안경, 손목시계를 호기심 가득한 눈으로 쳐다보면서도 따로 질문을 하지는 않는다.

저 사람 눈에는 내가 미래에서 온 인간, 그야말로 SF 속 인물과 다를 바 없을 거야. 미래의 내 환생들을 만나게 되면 나도 같은 심정이겠지. 무척 당혹스러울 거야.

「여기 오기 위해선 자네가 어떤 소원을 말했을 텐데, 뭐라고 얘기했나?」

「가장 아름다운 러브 스토리를 경험한 생에 가보고 싶다고 했어요.」

상대가 폭소를 터뜨린다.

「그렇다면, 〈우리〉의 삶들을 통틀어 최고의 러브 스토리가 존재했던 게 바로…… 내 삶이라는 뜻 아닌가?」

「그렇게 되는 거죠.」

르네가 동의한다.

「그러는 당신은, 당신은 어떤 기준에 따라 나를 만나

고 싶었던 거죠?」

「내가 인류 역사에 가장 지대한 영향을 끼친 생이 궁금했네.」

다시 흐르는 침묵.

「그게…… 내 삶이란 말이에요?」

「여기 자네 말고 누가 더 있나 보게.」

이 말에 르네가 반사적으로 몸을 뒤로 돌리지만 아무도 보이지 않는다.

「게브 씨, 솔직히 말씀드리면…….」

「그냥 게브라고 부르게.」

「그러죠, 게브, 내가 직업적으로 영향을 미칠 수 있는 대상은 기껏해야 1년에 30명 정도의 학급 네 개를 넘지 못해요. 난 역사 교사거든요. 따라서 과거의 지식을 아이들에게 가르치는 내 행위가 동시대인들에게 미치는 영향은 지극히 제한적이죠. 당신은 직업이 뭐죠?」

「나는 천문학자일세. 재밌게도 우리 둘은 상호 보완적인 존재일세. 시간 속에서 벌어지는 일이 자네 전공이고, 공간 속에서 벌어지는 일이 내 전공이니까 말이야. 난 좋네. 내가 미래에 언젠가…… 자네가 된다는 사실이 좋아.」

「나 역시 과거에…… 당신이었다는 사실이 좋아요.」 르네가 즉시 맞장구를 친다.

「그 이유가 뭔가?」

「당신이 여유 만만해 보여서 좋아요! 지금까지 당신처럼 느긋한 사람을 만난 적이 없어요. 당신의 삶이 펼쳐지는 여기도 좋고, 날씨도 마음에 들어요. 당신이 진을 빼는 일을 하는 것 같지도 않고, 직업에 대한 당신의 열정과 확신도 느껴져서 좋아요. 대체 당신은 정확히 어느 시대, 어디에서 살고 있는 거죠?」

갑자기 땅이 뒤흔들리며 해변의 야자수들이 우두둑 꺾인다. 작은 진동이 한 번 더 느껴지다 이내 멈춘다. 멀리서 날카로운 나팔 소리가 울린다.

「우리 사이에 할 얘기가 참 많은데, 나 원. 아직 못 나눈 얘기가 많지만 자네도 느꼈다시피 지진이 일어났으니 하는 수 없지.」

「지진이라니 큰일이군요!」

「이따금 있는 일일세. 그런 게 없으면 지루해지지. 곰곰이 생각해 보면 말이야, 하늘이 무너질 만큼 심각한 일은 세상에 없네. 살아 있는 자체로 충분하지, 뭐가 더 필요한가.」

그는 한바탕 소나기가 퍼붓고 지나갔을 뿐이라는 듯 태연하다.

「심각한 일은 아니지만 비상 나팔 소리가 났으니 어서 가서 사람들과 함께 부서진 집들을 수리해야겠네. 우리는 내일 다시 만나는 게 어떻겠나? 같은 장소에서, 정확히 같은 시간에, 그러니까 우리 각자의 시간대에서 지금과 똑같은 시간에.」

맑고 파란 눈에 베이지색 치마를 걸친 남자는 벌써 르
네에게 등을 돌린 채 내륙 쪽으로 걸어가고 있다.

해변에 혼자 남겨진 르네가 뒤를 돌아보자 모래사장
에 문이 하나 나타나 있다. 그는 아까와 반대로, 문을 통
과해 번호가 새겨진 명패가 붙은 문들이 늘어서 있는 복
도로 돌아온다. 무의식에서 나가는 112번 문 앞에 가서
선다. 계단이 보인다.

그는 계단을 다시 올라간다.

밖에서 숫자를 세는 여자의 목소리가 들린다.

「10, 9, 8……」

18

「……2, 1, 0.」

그는 여전히 눈을 감고 있다.

「0.」

그녀가 한 번 더 말한다.

그가 마지못해 천천히 눈을 뜨더니 손목에 찬 시계부터 내려다본다. 23시 23분.

「말해 봐요. 이번엔 어땠어요?」

무의식의 복도는 무엇이든 상대화하고 정화하는 위력을 지녔어.

모든 것을 큰 그림 속에 다시 배치하고 말아. 〈나는 살인자야〉라는 문장마저도 거기서는 심각성이 사라져. 그래, 난 살인자가 맞아. 하지만 그게 내 전부는 아니야.

나는 제1차 세계 대전의 청년 병사이기도 하고, 환멸에 빠진 늙은 백작 부인이기도 하고, 희망에 부푼 갤리선 노잡이이기도 하니까.

나는 111번의 다른 생들이기도 하니까.

이제 깨닫게 됐어. 지금의 내가 나의 전부가 아니야. 나는 그것을 훨씬 뛰어넘는 존재야. 앞으로 이 화두를 붙잡고 나아갈 거야.

최면사가 불안한 표정을 짓는다.

「괜찮아요?」

르네가 몸을 일으켜 앉는다. 조금 전 일어난 일을 상세히 떠올리려고 애쓴다.

「이번에도 역시 한 단계 발전했어요. 이폴리트의 전생에서는 그가 보는 것을 나도 보는 데 그쳤어요. 레옹틴의 전생에서는 그녀의 눈을 통해 보고 그녀의 생각을 들을 수 있었죠. 제노의 전생에서는 거기서 한 단계 더 나아가 바깥에서 그와 얘기를 나눌 수 있었어요. 그런데 이번에 게브와는 보고 얘기하는 데서 끝나지 않았어요. 그가 내 모습을 볼 수 있었어요. 우리는 일대일로 마주 보면서 대화를 나눴다고요.」

그녀가 길게 찰랑거리는 빨간 머리를 손가락으로 쓸어 올린다.

「우리 대화 내용을 들었어요?」 르네가 묻는다.

「다른 최면에서도 그랬던 것처럼 당신이 보는 것, 그에게 말하는 것, 또 그에게서 듣는 것을 나한테 말해 줬어요. 기원전 200년대보다 이전이 배경인 걸 알고 들으니 놀랍기 그지없더군요.」

「당신이 느끼지 못한 게 있어요. 그건 바로 한가하고 느긋한 게브의 태도예요. 나는 한 번도 그렇게 편안하고 여유로운 사람을 본 적이 없어요. 무사태평함과 거기에서 비롯된 삶의 힘을 게브에게서 느낄 수 있었어요. 병사 이폴리트의 스트레스, 드 빌랑브뢰즈 백작 부인의 혐오, 제노의 고통과 대조됐기에 그의 여유로움이 더 돋보였던 것 같아요. 게브는 걱정과 두려움이라고는 없는 차분한 사람처럼 보였어요. 어떻게 그렇게 느긋할 수 있죠? 평온했던 삶으로 되돌아가 보고 싶다고 소원을 빌긴 했지만, 내 상상을 훌쩍 뛰어넘었어요. 그의 온몸에서 발산되던 편안함을 어떻게 하면 당신한테 설명할 수 있을까요? 게브는 태어나서 지금까지 힘든 일이라곤 겪지 않은 사람 같았어요…….」

「어쨌든 당신 정말 대단해요.」

「다른 피험자들과 나를 비교하는 거예요?」

「이미 말했지만 당신이 이 최면의 첫 번째 대상이었어요. 당신도 아까 카롤린이라는 지원자가 실패하는 걸 봤잖아요. 적극성은 있었지만 확신이 부족했거나 당신만큼 재능이 없었던 모양이에요.」

그녀가 잠시 머뭇거리다 조심스럽게 운을 뗀다.

「당신한테 고백할 게 있어요. 솔직히 당신을 만나기 전에는 이 최면에 대한 이론적 지식밖에 없었어요. 한 번도 실험을 한 적이 없었죠. 시도만 하면 당연히 될 줄 알았는데 그렇지 않다는 걸 이번에 깨달았어요. 엉뚱한 결과를 낳을 수도 있다는 걸요. 오늘 지원자처럼 아예 실패할 수도 있다는 걸 말이죠.」

「당신은 사람들을 심층 기억으로 내려보낼 줄만 알지 거기에 무엇이 있는지는 모르고 있어요. 당신이 즐기는 비유로 설명하자면, 초심자를 대번에 바닷물로 들여보내는 잠수 코치와 다를 바 없는 거죠.」

「그래서 당신의 〈애프터서비스〉 요구를 들어줬잖아요. 나는 깊은 무의식의 심연에 어떤 괴물이 웅크리고 있는지 몰랐어요. 앞으로 내 공연 제목을 바꿀 생각이에요. 〈전생〉과 〈퇴행〉은 빼고 〈최면〉만 넣으려고요. 성공을 보장할 수도 없고, 당신 경험처럼 엄청난 트라우마가 생길 위험도 있으니까요. 끔찍한 전생에 다녀온 사람들한테 당신에게처럼 다 애프터서비스를 제공해 줄 수는 없잖아요.」

「그럼 새 공연 제목은 뭐가 되는 거죠?」

「〈최면과 마술〉로 정했어요. 아버지한테서 배운 〈의지와 무관하게〉라는 이름의 마술 레퍼토리도 추가할 생각이에요. 퇴행 최면이 빠진 자리를 채워 줄 수 있는 근사한 마술이죠. 이 마술만은 내가 완벽히 구사할 수 있다고 장담해요.」

르네가 고개를 끄덕인다. 그녀가 다시 말끝을 단다.

「어쨌든 고마워요. 전생들의 기억을 탐험하는 일이 미

142

묘할 뿐만 아니라 위험할 수도 있다는 걸 깨닫게 해줬어요. 우리 선조들 대부분이 힘겨운 삶을 살았으니 어쩔 수 없는 일이긴 해요. 그나마 당신이 마지막 최면에서 느긋하고 여유로운 삶을 사는 전생을 만나게 돼서 천만다행이었어요.」

르네가 선선히 동의를 표한다.

「만족해요?」

「이젠 만족해요.」

「그럼 오늘 밤에는 힘들지 않게 잠들 수 있겠군요. 과거의 기억들로 내려가는 방법을 잘 알게 됐으니 이제부터는 당신 혼자서도 게브를 다시 만날 수 있겠네요.」

최면사가 벗어 놨던 재킷을 걸치고 스포트라이트를 끈다. 이번에는 자신을 제지하지 않는 르네에게 코팅된 명함을 한 장 건넨다.

오팔 에체고옌

최면 심리 치료사

06 ×× ×× ×× ××

오르페브르 거리 7번지

75001 파리

그녀가 그를 마주 보면서 말한다.

「나중에 다시 연락 줘요, 톨레다노 씨.」

「내가 잠을 잘 자게 됐는지 알고 싶은 거예요?」

「궁금해서 그래요, 그 〈게브〉가 언제, 어디서 살았는지. 꼭 알고 싶어요. 알려 줄 거죠?」

19

르네 톨레다노가 센강 변을 걷고 있다.

내가 사람을 죽인 곳이 바로 여기야.

그가 숨을 깊이 들이마신다.

내가 삶을 단축시킨 그 스킨헤드의 전생은 어땠을까? 그는 앞으로 어떤 모습이 될까?

그가 강물에 떠다니는 쥐 사체 하나를 물끄러미 바라보고 있다.

신세 한탄은 이제 그만하자. 이제 기억의 보따리가 하나가 아니라 여러 개라는 걸 알게 됐잖아. 전생의 기억들을 발견하는 과정에서 나는 살인자가 된 거야.

그는 집에 돌아와 숙면을 기대하며 침대에 몸을 누인다.

그는 차분하고 태연하고 초연하던 게브, 전생의 자신을 떠올린다. 게브를 만나고, 이야기를 나누고, 같이 세상사를 논한 것만으로 그는 새로운 시각을 갖게 됐다. 만남 자체가 이미 긍정적 효과를 발휘하고 있다. 그래, 하늘이 무너질 일은 없다.

살아 있는 한, 우리에게 닥치는 불행은 그저 삶의 항해에서 만나는 잔파도에 불과하다. 그게 없다면 얼마나 지루할까.

게브와의 짧은 만남이 벌써 르네를 바꾸어 놓았다. 109번 문을 열고 이폴리트 펠리시에를 만났을 때와는 정반대 효과를 불러일으켰다. 전생과의 만남은 이렇듯 저주일 수도 축복일 수도 있는 모양이다.

그 짧은 만남 동안 나는 감각의 폭발을 경험했어! 이폴리트 때 느꼈던 답답함과 압박감 대신 유쾌함을 맛봤어.

르네는 시트를 턱까지 끌어 올리고 희고 긴 모래밭과 해변을 병풍처럼 두른 야자수, 돌고래들이 장난치던 푸른 바다, 이국적인 꽃향기 가득한 온화한 공기를 기분 좋게 떠올리며 잠이 든다.

20
므네모스: 허물벗기의 필요성

만물은 부단히 변화한다. 우리의 육체와 정신도 예외가 아니다.

고대 그리스에서 망각의 강 레테의 상징이 뱀이었던 것은 이 동물이 놀라운 허물벗기 과정을 거치기 때문이다. 뱀은 이전의 껍질을 벗으면 새로운 껍질이 나타난다.

허물벗기가 일어나는 동안 뱀은 앞을 보지 못한다. 이전의 껍질을 완전히 벗어 버려야 뱀의 탈피가 완료된다.

이와 비슷하게 우리 뇌에서는 자는 동안 일종의 선별 과정이 일어난다. 전날의 기억은 잊어야 하는 것과 기억해야 하는 것, 이렇게 둘로 나뉜다. 역설적이게도 망각 현상, 즉 지난 껍데기를 버리는 것은 원활한 뇌의 작동을 위해 반드시 필요하다. 낮 동안 벌어진 일을 전부 기억해야 한다면 우리 뇌는 금세 포화 상태가 될 것이다. 지나치게 많은 정보를 처리하느라 지치게 되면 생각을 하는 것도 새로운 기억을 생성하는 것도 불가능해질 것이다.

뇌의 선별 과정에서 실수가 생겨 걸러지지 못했지만 무의식에서 저장이 필요하다고 판단한 기억의 파편들을 다시 끌어모으는 것이 꿈이 하는 역할이다.

21

무대 커튼이 위로 말려 올라가듯 눈꺼풀이 천천히 떠진다. 벽에 걸린 괘종시계가 아침 7시 30분을 가리키고 있다. 지난밤에 달게 잔 것이다. 르네가 몸을 뒤틀어 기지개를 켠다.

몸이 한결 가뿐하다. 그는 욕실로 걸어가 수도꼭지를 틀어 놓고 두 손바닥을 오그려 물을 받아 마신다. 거울을 들여다보는 순간 돌아가신 어머니가 떠오른다.

어머니는 늘 내가 죄책감을 느끼게 만들었어.

⟨그러지 말았어야지.⟩ ⟨네가 잘못한 거야.⟩ ⟨넌 분명히 못 할 거야.⟩

그리고 쐐기처럼 아들의 머리에 박아 놓은 한마디. ⟨잘못을 고백하는 순간 절반은 용서받은 거란다.⟩

어머니는 알게 모르게 그에게 자책감을 심어 놓았다. 그는 자신이 세상에 일어나는 모든 나쁜 일에 간접적인 원인을 제공했을지도 모른다고 생각하게 됐다.

어머니는 입버릇처럼 말했다.

〈식초를 한 방울만 떨어뜨려도 우유는 상해 버리지. 나비 효과를 떠올려 보렴. 아주 작은 실수 하나가 돌이킬 수 없는 재난을 연쇄적으로 불러일으키는 거. 그런데 마치 우연처럼 그 작은 실수의 주인공이 바로 너라고 생각해 봐.〉

어머니는 나를 존중해 주지 않았지만, 나는 나 자신을 존중해야 해. 스스로에게 관대해져야 해.

훈계와 질책은 그동안 받을 만큼 받았어. 앞으로는 내 안의 상처받은 아이를 위로해 줘야 해.

치료부터 하고 자책은 그다음에 하자.

게브가 삶의 다른 방식을 보여 줬어. 나 스스로를 몰아세우고 후회하고 상처 주는 일은 이제 그만하자. 여전히 내 어깨 위에 앉아서 나를 질책하는 어머니의 유령을 그만 떨쳐 버리자.

그래, 내가 스킨헤드를 죽었어, 하지만 이미 엎질러진 물이야, 그 생각에만 매달려 봤자 아무 도움이 안 돼, 시간을 되돌릴 순 없잖아.

그는 옷을 입고 나서 인터넷 검색창에 〈센강 시체 발견〉이라고 친다. 검색 결과가 없다. 〈스킨헤드 익사〉로 검색어를 바꿔 봐도 결과는 마찬가지. 살인 사건에 관한 내용은 나오지 않는다.

르네는 가슴을 쓸어내린다.

가라앉았을지도 몰라. 물고기 밥이 됐거나 유람선 모터에 딸려 들어갔을 수도 있어. 만약 그렇다면 조용히 지나갈 수 있어. 수사도 개시되지 않을 거야.

아침을 먹으면서부터 그는 평온한 일상으로 되돌아왔다는 느낌을 가진다. 면도를 깜빡했다는 걸 깨닫고 다시 욕실로 들어가 거울을 들여다본다.

얼굴 표정부터 바꾸자.

거울 속에 이폴리트와 레옹틴, 제노, 게브의 이미지가 겹쳐 나타난다.

저 모두가 나야. 다음 생에는 같은 고통을 반복하고 싶지 않았던 111명이 내린 선택들의 결과물이 바로 나야.

학교로 향하는 차 안에서 교통 체증에 갇힌 그는 깊은 상념에 잠긴다.

영혼은 자동차를 새로 바꾸는 운전자와 비슷할지도 몰라. 몸을 바꿔 새로운 생을 사니까.

갤리선 노잡이의 참혹한 삶을 살았던 내 영혼은 편안한 삶을 바랐을 거야. 가족의 진실한 사랑을 못 느낀 레옹틴으로 살았던 내 영혼은 차라리 가족 없는 삶을 꿈꿨겠지. 명령에 복종해야 하는 제1차 세계 대전 참전병으로 살았던 내 영혼은 스스로 운명의 주인으로 살아 보고 싶었을 거야.

그가 아무 생각 없이 라디오를 켠다. 아나운서의 목소리가 흘러나온다.

〈한 남성이 트럭을 몰고 슈퍼마켓으로 돌진해 최소한 세 명이 사망하고 스무 명가량이 부상을 입는 사건이 발생했습니다. 문제의 남성이 현장에서 종교적 구호를 외쳤다고 알려졌지만, 당국은 테러 관련성은 배제하고 있습니다. 경찰은 정신 질환을 앓는 남성이 저지른 단독 범행 가능성에 무게를 싣고 있습니다.

헌법 위원회는 익명 출산으로 태어난 사람에게 친부모의 신원을 알려 주는 것을 허용하는 법을 금지했습니다. 법률상 아버지의 30퍼센트 이상이 생물학적 아버지가 아니라는 통계를 근거로 들어, 정보 공개로 인한 긍정적 효과보다는 혼란으로 인한 부정적 효과가 더 클 것으로 헌법 위원회는 판단했습니다.

나치 강제 수용소의 마지막 생존자가 런던에서 숨을 거두었습니다. 일부 학부모들의 신념과 배치된다는 이유로 영국 정부가 수용소의 존재를 교과서에서 더 이상 언급하지 않기로 결정했다는 루머가 떠도는 시점에 들려온 사망 소식이기에 더욱 눈길을 끕니다. 최근 마그레브와 중동 여러 국가에서 수정주의 학설이 유행하고 이들 나라의 학교에서 역사 부정론자들의 학설을 공식적으로 가르치고 있다는 사실을 우리는 상기할 필요가 있습니다. 프랑스 교육부 장관은 갈수록 거세지는 일부 학부모 집단의 압력에도 불구하고 앞으로도 계속 학교에서 홀로코스트 관련 교육을 해나가겠다는 입장입니다.

여러분은 피오나 사건을 기억하실 겁니다. 희생된 피오나의 어머니이자 살인 사건의 용의자인 세실 부르종이

동거남 베르칸 마클루프와 공모해 딸을 살해한 사건이었죠. 지난 5월 세실 부르종이 딸의 시체를 유기한 장소를 기억해 내기 위해 최면을 요구했는데, 오늘 그 요구가 받아들여졌습니다. 이로써 프랑스는 벨기에에 이어 범죄 수사상 최면 증언의 효력을 인정하는 나라가 되었습니다.

마지막으로 날씨 전해 드립니다. 당분간 맑은 날씨가 계속되는 가운데 무더위가 찾아올 가능성이 있습니다.〉

르네는 학교 주차장에 차를 세우고 청소년들의 우상을 기리는 동상에게 인사를 건넨 뒤 건물 안뜰로 들어선다.

교장이 집무실 문턱에 서서 그에게 응원의 제스처를 보낸다.

그는 화장실부터 들른다. 여전히 남아 있는 꺼림칙한 기분을 떨치고 싶어 스마트폰으로 한 번 더 센강 익사자 관련 뉴스가 있는지 확인한다.

검색 결과가 화면에 올라오는 순간 그의 피가 얼어붙는다.

〈센강에서 시체가 한 구 발견됐습니다. 서쪽 강변에서 주로 기거하던 헬무트 크란츠라는 노숙자 남성으로 신원이 밝혀졌습니다. 이 사건의 목격자나 관련 제보를 하실 분은 즉시 경찰서로 연락 주시기 바랍니다.〉

드디어 올 것이 왔어. 시체가 발견됐으니 지금부터 내 신원을 확인하고 소재를 찾아내는 일은 시간문제야.

르네는 다시 자수할 마음을 먹었다가, 금세 또 마음을 접는다.

게브와의 만남 덕분인지 이전만큼 두렵지 않아. 〈세상에 하늘이 무너질 일 같은 건 없어. 살아 있다는 사실만으로 충분해.〉 그가 말했던 이 주문 같은 한마디가 효력을 발휘하는 모양이야.

그 말을 떠올리다 보면 어느새 긴장감이 풀어진다.

어차피 경찰이 나를 찾아내거나 찾아내지 못하거나 둘 중 하나야. 내가 걱정한다고 달라지는 건 아무것도 없어.

그는 변기의 물을 내리고 나서 일과와 맞닥뜨릴 준비를 한다.

전쟁터로 들어가 학생들을 하나씩 훑어본다.

저 아이들은 어떤 전생을 살았을까? 쟤들도 나처럼 전쟁에 나가 무자비하게 사람을 죽였는지도 몰라. 나처럼 괴물 같은 인격의 소유자였는지도 몰라.

르네가 심호흡을 크게 하고 나서 준비해 온 강의를 시작한다. 스크린에 강의 제목을 띄운다. 〈공식 역사 속 거짓말과 밝혀져야 할 진실.〉 그가 말문을 연다.

「여러분이 구체적인 예를 요구하길래 여기 한 가지 가지고 왔어요. 자, 지금부터 카르타고의 경우를 함께 살펴봅시다.」

화면에 고대 갤리선들이 맞부딪치는 전투 장면 그림이 나타난다.

「포에니 전쟁은 해방자 민족과 정복자 민족 간에 벌어졌습니다. 카르타고의 한니발 바르카 장군은 기원전 218년 히스파니아에 이어 갈리아에 군대를 파견했는데, 그가 이끈 카르타고 군대는 원정길에서 만난 민족들을 해방시켜 주고 민주적인 집권 체제를 갖추게 도와주었죠. 그는 2차 포에니 전쟁 때는 코끼리 군단을 이끌고 알프스산맥을 넘었어요. 뛰어난 지략가 한니발은 이탈리아 북부에서, 특히 그 유명한 칸나에 전투에서 로마군에게 참패를 안겼죠. 그는 이탈리아 북부의 민족들을 로마의 속박에서 해방시켜 주었어요. 폭력이 해결책이 아니라는 신념을 가지고 있었던 그는 적들을 학살하지 않고 목숨을 살려 주었습니다. 로마인들이 다른 민족을 복속의 대상이 아닌 존중의 대상으로 바라보게 만들려고 했죠.」

한 학생이 손을 번쩍 든다.

「저, 선생님, 그런데 다른 선생님들 말씀은 왜 다르죠?」

「그게 다 미슐레 때문이다. 그 19세기 역사가가 옛날에 떠돌던 얘기들을 모아 자기 식으로 해석한 다음 반박 불가능한 진실로 만들어 놨기 때문이에요. 그는 침략자인 로마인들을 미화하는 역사를 기술했죠. 로마 역사가들은 살아남았지만 카르타고 역사가들은 다 살해당했으니 한쪽 입장만 후세에 전해질 수밖에.」

「우리 조상인 갈리아인들도 그런가요?」

「조상이지만 갈리아인들의 진짜 역사를 우리는 잘 모른단다. 그들에게는 드루이드만 있었지 역사가가 없었거든. 바드만 있었던 켈트족도 마찬가지예요. 구전 역사가 전부죠. 갈리아 침략에 대해 우리가 참고할 수 있는 문헌은 카이사르의 『갈리아 전쟁기』밖에 없어요. 이건 당연히 카이사르가 경쟁자인 폼페이우스를 견제하고 로마에서 자신의 권력을 강화하기 위한 정치적 의도를 가지고 쓴 것이죠. 카이사르는 갈리아 침공을 한 편의 드라마로 만들어 기술했어요. 수십만 로마인들이 그가 지어낸 드라마를 본 셈이니 카이사르는 유명해질 수밖에 없었죠. 한 로마인이 야만 종족의 땅을 정복하는 이야기는 권태로운 로마인들에게 재밌게 보일 수밖에 없다는 걸 카이사르는 정확히 간파했던 거예요. 그러니 사실관계를 중요시하기보다 서스펜스를 극대화하는 것이 그의 목적이었죠. 우리가 아는 베르킨게토릭스[4]도 어쩌면 카이사르가 자신에게 필적할 만한 적을 찾다가 만들어 낸 가공의 인물일지도 몰라요.」

「그리스인들이 미노타우로스 얘기를 지어낸 것과 똑같이 말이죠?」 맨 앞줄에 앉은 학생이 묻는다.

「바로 그거야. 가공의 적을 만들어 내야 가혹한 수탈도 정당화시킬 수 있을 테니까.」

---

4 갈리아의 부족장으로 카이사르에 맞서 싸웠으나 결국 패배해 처형당했다.

고개를 갸웃거리는 한 학생에게 르네가 질문할 기회를 준다.

「어쩌다 쥘 미슐레가 공식 역사의 유일한 권위자로 인정받게 됐을까요, 선생님?」

「열정적으로, 흥미진진하게 역사를 들려주는 재능이 있었기 때문이야. 감정을 불러일으킬 줄 알았던 거지. 다른 역사가들은 사실과 인명, 날짜를 나열하기에 급급한데 그는 비극과 희극을 연출하는 능력이 뛰어났던 거야. 그 재능을 진실을 전하는 데 쓰지 않고 현실을 지극히 개인적인 관점에서 해석하는 데 쓴 게 안타깝지.」

르네는 적확한 표현을 찾기 위해 고심한다.

「글자를 가지고 역사가들을 보유한 민족은 여럿이 있었지만, 그중에서 결국 역사를 감동적으로 기술하는 능력을 지닌 역사가들을 보유했던 민족의 역사가 집단 기억의 선택을 받게 됐죠.」

그가 슬라이드를 계속 넘기며 보여 준다.

「로마의 티투스 리비우스, 수에토니우스, 타키투스, 키케로, 그리스의 투키디데스와 헤로도토스 같은 역사가들이 바로 그런 사람들이었고, 그들이 바로 인류의 고대 집단 기억을 만든 거죠.」

「우리가 가진 로마인에 대한 지식이 전부 거짓이라는 뜻인가요?」

「아니, 전부 다 그런 건 아니에요. 하지만 우리 지식이

단편적이고 편파적인 관점들에 불과하다는 걸 명심해야 합니다. 현실의 복잡성을 보지 못하게 해 피지배자들의 문명에 가혹한 태도를 취하는 게 그런 지식의 속성임을 잊지 말아야 해요. 크레타 문명에도 그랬고 카르타고 문명에도 그랬죠. 항해술에 뛰어난 카르타고인들이 해상 교역을 발전시키고 수준 높고 세련된 문명을 일군 민족이었다는 사실을 우리가 쉽게 간과하는 게 바로 그런 이유죠. 거리를 두고 생각해 보면 야만인은 바로 로마인들이었어요. 그들은 원형 경기장에서 검투사들의 결투를 구경하면서 시간을 보냈고, 구경거리를 위해 잔인한 형벌을 연출했고, 통치자들끼리 서로 죽고 죽이는 민족이었어요. 로마 제국을 통치한 164명의 황제 중 자연사한 사람이 단 48명에 불과하다는 게 신기하지 않습니까? 나머지 116명은 살해됐다는 뜻이에요. 그들은 피에 굶주린 폭력적인 민족이었어요. 그런 그들이 카르타고나 갈리아 같은 평화주의자들을 침략하고 그들의 업적을 깨끗이 지워 버렸어요. 그들을 말살하는 데 그치지 않고 집단 기억을 오염시켜 버린 거죠.」

중간에 앉은 한 학생이 손을 든다.

「그 말씀은 우리 역사가 처벌받지 않은 범죄들로 이루어진 역사라는 뜻인가요?」

이 녀석이 뭘 좀 아는데?

「난 그렇게 믿어요. 하지만 다 지나간 얘기예요. 더 이상 범죄자들에게 죄를 물을 수 없어요. 그러니 그들을 용서하는 수밖에 없죠. 하지만 용서가 망각으로 이어져선 안 돼요. 바로 이 지점이 역사에 요구되는 역할입니다. 죄를 묻는 게 아니라 역사적 사실의 진정한 의미를 상기시키는 게 역사가 해야 할 역할이라는 뜻이에요.」

「방금 말씀하신 그대로 바칼로레아에 답을 써야 하나요?」

르네가 도발적인 질문을 던진 학생을 노려보며 그의 전생을 궁금해한다.

저 녀석은 분명히 눈엣가시였을 거야.

학생 역시 비아냥거리는 표정으로 그를 빤히 쳐다보고 있다.

전생에서부터 나한테 깐죽거렸던 녀석인지도 몰라.

르네는 그냥 질문을 무시해 버린다. 학생들 분위기가 아무래도 그에게 반감을 품고 있는 듯하다. 그동안 익숙해져 있는 공식적인 역사 버전들과 달라도 너무 다른 선생의 〈황당한〉 이야기에 거부감을 느끼는 게 분명하다. 하지만 르네는 조금도 개의치 않는다. 자신이 냉정을 유지할 수 있다는 사실에 뿌듯함까지 느낀다.

이제 더 이상 죄의식에 얽매이지 않아. 경찰에 체포돼 남은 생을 감옥에서 보낼 수 있다는 가능성도 얼마든지 받아들일 수 있어. 괜찮아, 하늘이 무너질 일은 아니니까. 살아 있으면 됐지 무슨 걱정이야. 나를 당신의 초연함에 물들게 해줘서 고마워요,

게브.

앞으로도 지금처럼 사람들을 계몽하는 일에 최선을 다할 거야.

르네가 분주히 흘러가는 조각구름들을 창문 너머로 물끄러미 바라본다.

나는 살아 있다, 고로 행동한다. 나머지는 부차적이다.

22

엘로디 테스케가 조니 알리데 동상 밑에서 담배를 피
우고 있다. 걸어오는 르네를 보고 담배를 비벼 끄더니 그
를 따라 학교 식당으로 들어간다.

「어제보다 컨디션이 훨씬 좋아 보이네.」

「푹 잘 잤거든.」

내 안에 있는 범죄자와 화해했거든.

「안색이 좋아 보여 마음이 놓여.」 둘이 늘 앉는 자리로
그를 이끌면서 엘로디가 말한다.

「네가 시킨 대로 어제 최면사를 찾아가 만났어. 역시
네 조언대로 헤집어 놓은 걸 원상 복구시키라고 요구했
지. 그녀가 내 요구를 들어줬어.」

「걱정이 돼서 전화도 하고 혹시 거기 가 있나 해서 찾
아도 갔었어.」

「네가 찾아왔을 때 안에 있긴 있었어. 심층 기억으로
한창 내려가는 중이라 방해받고 싶지 않았을 뿐이야.」

르네는 자신이 만난 여러 전생들의 이야기를 들려주기 시작한다.

「어제 내 과거의 진실과 지금의 나이기 이전의 나를 알게 됐어. 덕분에 나에 대한 몇 가지 의문이 풀렸지. 가령 내가 가족을 꾸리지 않은 이유, 조정을 싫어하고 요트 항해를 좋아하는 이유, 혼자의 시간을 즐기고 포도주를 유독 좋아하는 이유 같은 거. 이뿐만이 아니야. 생각지도 못했던 재능도 발견하게 됐어.」

「농담이지? 설마 그런 허황한 얘기들을 정말 믿는다는 거야?」

「퇴행 최면은 무의식에 접근하는 한 방법이 될 수 있어. 정신 분석보다 훨씬 빠르고 효과적인 자기 관찰 방식이 될 수 있을 거야. 이 방법을 〈일상적으로〉 적용하면 신경 쇠약 환자들의 정신 상태를 들여다보고 맺힌 매듭을 풀 수 있을지도 몰라. 신경 쇠약의 원인을 밝혀내는 데 도움이 될 거야. 가령 말이야, 물 공포증이 있는 사람은 전생에 물에 빠진 경험이 있을지도 몰라. 폭식증 환자는 전생에 기아에 시달렸던 사람인지도 모르고.」

그녀가 못마땅한 표정을 짓는다.

「그건 심리 조작에 불과하다고 내가 이미 말했잖아. 네가 의식하지 못하는 사이에 머릿속에 거짓 기억을 심어 놓은 거라고. 〈제안과 수용〉의 원칙, 그러니까 너한테 전생을 상상해 보라고 제안했고, 네가 그 제안을 수용한 결과일 뿐이야. 머리 쓰는 놀이를 좋아하는 네가 재미난 이야기들을 지어낸 거고. 그 이상도 그 이하도 아니야. 마술을 좋아하니까 내 얘기가 무슨 뜻인지 이해할 거야. 네 정신이 만들어 낸 환상일 뿐이야. 그게 다라고.」

그녀가 자신의 논지를 입증할 방법을 고민한다.

「그래, 이 방법이 좋겠다. 지금부터 자율적이라고 믿는 생각이 사실은 어떻게 외부의 영향을 받는지 보여 줄게. 눈을 감아 봐.」

그는 순순히 시키는 대로 한다.

「공중에 레몬이 하나 떠 있다고 상상해 봐. 그런 다음 손을 시각화해 보는 거야. 손으로 칼을 쥐고 레몬을 반으로 잘라 한쪽을 꾹 눌러. 과육이 터져 나와. 이제 다시 눈을 떠봐.」

그가 이번에도 시키는 대로 한다.

「입 안에 침이 고였지?」

「응!」 그가 믿기지 않는 듯 말한다.

「봐, 이것처럼 단순한 원리인 거야. 내가 너한테 외부에서 자극을 가했어. 〈레몬〉이라고 말해 그걸 시각화시킴으로써 네 뇌에 레몬이라는 신호, 즉 산성의 신호를 보낸 거야. 그러자 네 침샘에서 레몬즙의 산성을 예상하고 그걸 희석하기 위한 액체를 분비했지. 너도 봤듯이 마술 같은 건 여기 전혀 개입하지 않았어. 연상을 일으키는 단어들로 네 정신에 영향을 미친 것뿐이야. 너는 그 자극에 반응한 거고.」

「방금 전 레몬 실험은 그렇다 쳐. 하지만 제1차 세계 대전과 로마 갤리선을 내가 그토록 상세히 기억하는 건 그녀가 그 기억을 심어 놔서가 아니야. 난 확신할 수 있어! 오괄은 그 정도 수준으로 최면술을 제어하지 못해.」

「최면사가 네 상상력을 한 방향으로 유도해 조작한 거야. 여전히 믿지 못하는 눈치인 듯하니 내가 또 다른 실험으로 이번엔 아예 못을 박아 주지. 조금 있다 네 입에서 틀림없이 〈젠장, 아깐 내가 왜 그렇게 순진한 소리를 했을까〉 하는 소리가 나올걸?」

엘로디가 종이에다 뭐라고 적은 다음 반으로 접어 그에게 건넨다. 르네가 종이가 올려진 손바닥을 오므린다.

「자, 공구 하나와 색깔 한 가지를 머릿속에 떠올려 봐.」

「떠올렸어.」

「뭔지 말해 봐.」

「망치와 빨간색.」

그녀가 그에게 손바닥을 펴서 종이에 적힌 것을 읽어 보라고 한다. 〈망치, 빨간색.〉

「어떻게 알았어?」

「별거 아니야. 이건 80퍼센트의 사람들이 〈빨간색 망치〉라고 대답하는 실험이야. 〈파란색 드라이버〉나 〈흰색 드릴〉, 〈주황색 스패너〉라고 답하는 사람은 극히 드물지. 내가 말머리에서 〈못을 박다〉와 〈젠장〉[5]이라는 표현을 써서 이미 너한테 영향을 미치는 잠재의식 메시지를 보내 놨잖아. 네가 그 공구와 그 색깔을 말할 가능성 80퍼센트를 믿고 시작한 거지. 너도 봤지만, 내가 그 여자 최면사의 마술 능력보다 대단히 뛰어난 텔레파시 능력을 가져서 이걸 맞출 수 있었던 게 아니야. 반면에 너는 무의식중에 영향을 받았으면서도 너 스스로 한 선택이라고 확신하고 있어.」

홍미롭긴 하지만 여전히 납득할 수 없다는 눈치를 보이는 르네에게 엘로디가 다그치듯 말한다.

「이제 그 놀이 그만해. 계속하다간 머리가 이상해지고 말 거야.」

그런 게 아니야, 엘로디, 그게 전부가 아니라고! 네가 내 사정을 알 리가 없지.

「그녀를 다시 찾아가 보라고 한 사람은 너잖아. 난 네 조언대로 했어.」

「괜히 그랬다고 지금 후회하는 중이야. 도움이 될 줄 알았는데 결과적으로 역효과를 낳았어. 다시 조언해 줄게. 그 최면사와 연락을 완전히 끊어. 그리고 과도한 상상력 놀이는 그만둬. 너희 아버지를 봐. 잠시도 두뇌를 가만히 두지 않아서 갑자기 우울증에 걸렸고, 기억 상실까지 왔다면서.」

5 프랑스어 원문은 〈Bon sang〉인데, 〈sang〉에는 피[血]라는 뜻이 있다.

르네가 자리에서 일어나 식당 셀프서비스 줄에 가서 선다.

「화났어?」

「우리 아버지는 엄마의 죽음으로 심리적 충격을 받으셨던 거야.」

「밤낮으로 마리화나를 피우셨다고 했잖아.」

「아버지는 어머니의 죽음을, 나아가서는 어머니가 존재했었다는 사실까지도 잊고 싶으셨던 거야. 고통을 없애는 아버지 나름의 방식이었던 거지. 그런데 한 번 가동을 시작한 기억 파괴 장치가 작동을 멈추지 않은 거야. 마치 컴퓨터 속의 바이러스처럼.」

그녀가 끼어든다.

「그런 증상을 PTSD, 즉 외상 후 스트레스 장애라고 하지. 미국 심리학자들이 나치 강제 수용소 생존자들을 관찰하면서 발견한 거야. 그 생존자들도 너희 아버지와 마찬가지로 기억 파괴 장치를 가동시켰어. 그러다 돌이킬 수 없는 지경에 이르게 됐지. 너도 조심해. 그저 아버지 일로만 생각하지 마. 슈맹 데 담의 지옥에 다녀온 너한테도 얼마든지 벌어질 수 있는 일이니까.」

「그건 비교 대상이 될 수 없어.」

「아니, 그렇지 않아. 황당무계한 생각 하나가 뇌에는 염산만큼 치명적인 영향을 미칠 수도 있어.」

그들은 음식을 받아 들고 테이블로 돌아와 먹기 시작

한다. 잠잠하게 있던 그녀가 다시 말문을 연다.

「그걸 진짜로 믿는 거야? 응?」

「내가 경험한 걸 직접 경험하지 않는 이상 넌 이해 못 해.」

그녀가 결정적 한 방을 날리기 위해 고심한다.

「네가 이해하고 싶지 않은 거겠지! 이건 과학 차원의 문제라고. 우리가 의식하지 못하는 사이에 얼마든지 생각을 주입할 수 있어.」

「미안하지만 조금 전에 네가 말한 레몬과 빨간색 망치로는 나를 설득할 수 없어. 궁금해서 그러는데, 그건 누구한테 배웠어?」

「고티에라는 친구한테. 대학 때 같이 어울리던 사람들 중 하난데, 내 주변을 꽤 오랫동안 맴돌았지. 나처럼 마술과 심리 실험을 좋아하고 거짓말과 심리 조작에도 관심이 많은 친구였어. 그 점이 마음에 들어서 사귀기 시작했어. 내 첫 남자이자 마지막 남자라는 생각을 한 적도 있었지. 결혼해서 아이를 낳고 행복하게 사는 꿈도 꿨을 정도로.」

그녀가 허공에 시선을 던진 채 말을 이어 간다.

「내 여자 친구들은 걔가 연애에 이골이 난 바람둥이라고 싫어했지만, 난 걔가 나를 만나고 나서 변하리라고 확신했어. 걔를 만나고 나서 내가 변했으니까. 여자를 가지고 노는 놈을 내가 가지고 놀 수 있다는 착각을 했었는지도 몰라.」

그녀가 애피타이저를 포크로 푹푹 떠서 입에 넣는다.

「결국 친구들 말이 맞았어. 내가 임신했다는 걸 알고 나서 얘기할 기회를 보던 차에, 친한 친구와 간 나이트클럽에서 걔를 만났어. 여자 둘을 무릎에 앉히고 난잡한 짓을 하고 있더라.」

그녀가 한숨을 내쉰다.

「그 장면을 보고 나는 낙태를 결정했어. 해명을 위해 찾아온 걔와 대판 싸웠지. 고티에는 술에 취해 판단력을 잃은 상태에서 벌어진 해프닝이었다고, 그 여자들 이름조차 모른다고 말했어. 다시는 그런 일이 없을 거라고 맹세하면서 무릎을 꿇고 용서를 빌었지. 하지만 난 받아들이지 않았어. 그 일 이후 나는 누군가를 신뢰하는 순간 한 사람을 잃는 불행이 찾아온다고 믿게 됐어. 쇼브를 만나 심리를 조작당하는 바람에 삼촌을 잃었고, 고티에한테 농락당하는 바람에 아기를 잃었으니까.」

「마음이 아프네.」 마치 남자 전체를 대표해 용서를 구하듯 르네가 말한다.

「시간이 흐르고 결국은 그를 용서했어. 다시 친구가 됐지, 그것도 아주 절친한 사이 말이야. 내가 과학 교사가 되려고 준비하는 동안 그가 먼저 방송 기자가 됐어. 지금은 제1채널의 과학 기자로 활약하고 있는데, 아주 유명인이지. 배우를 만나 결혼도 하고 아이도 둘 낳아 행복하게 잘 살고 있어. 지금도 가끔 만나 서로 안부를 주고받지만, 솔직히 걔 때문에 남자를 무조건 경계하게 됐어.」

「〈자라 보고 놀란 가슴 솥뚜껑 보고 놀란다〉?」

「쇼브 박사와 고티에, 이 두 사람을 겪고 나니 더 이상 위험을 감수하기 싫어졌어. 남자와 연인 관계로 발전하기보다 계속 친구로 지내는 게 낫다고 생각하게 됐지. 그래서 너랑도 이렇게 친구 사이로 지내잖아.」

르네는 묵묵히 듣기만 한다.

「친구와 연인의 차이를 알아?」

「글쎄.」

「연인은 오기도 하고 가기도 하지만, 친구는 남아 있어. 그 이유가 뭔지 알아? 친구끼리는 무슨 얘기든 할 수 있고 무조건 믿을 수 있지만, 둘 사이에 성관계가 개입하는 순간 이득을 보는 쪽과 손해를 보는 쪽이 반드시 생기게 마련이거든.」

그녀가 르네의 손을 덥석 잡는다.

「네가 나한테 소중한 존재이기 때문에 그 초록색 눈 마녀한테 휘둘리게 놔둘 수 없어. 너를 어린아이처럼 마음대로 좌지우지하는 걸 뻔히 알면서 가만히 있을 수 없다고.」

르네를 완벽하게 설득하려면 그리스 신화와 역사, 과거에 심취한 그의 언어를 사용하는 게 효과적이라고 생각하며 엘로디가 말한다.

「그 유람선 이름이 〈판도라의 상자〉라는 것부터 미심쩍게 여길 필요가 있어. 그 신화의 내용을 한번 잘 생각해 봐. 지금 너한테 벌어지고 있는 일을 상징적으로 보여 주는 것 같으니까.」

르네가 판도라의 상자 신화를 머릿속에 떠올린다.

23
므네모스: 판도라의 상자

그리스 신화에서 프로메테우스는 대장간의 신인 헤파이스토스에게서 불을 훔쳐 인간들에게 주었다. 그러자 신들의 신인 제우스가 — 늘 그렇듯이 — 노발대발했다. 어리석은 인간들은 강한 힘을 갖게 해줄 그 선물을 받을 자격이 없다고 여겼기 때문이다. 불을 되찾아 오기는 불가능했기 때문에 제우스는 괘씸한 짓을 한 프로메테우스를 벌주기로 결정했다. 그는 복수를 위한 자신의 계획에 미끼로 쓸 인간 여자를 하나 만들어 달라고 헤파이스토스한테 부탁했다. 헤파이스토스가 찰흙과 물로 여자의 몸을 빚자 아테나가 이 형상에 생명을 불어넣고 옷을 입힌 뒤 천을 짜는 재능을 부여했다. 아프로디테는 이 여인에게 아름다움과 유혹의 힘을, 아폴론은 음악적 재능을, 헤르메스는 거짓말하는 기술과 남자를 마음대로 주무르는 능력을 주었다. 이렇게 갖가지 재능을 받고 태어난 인간 여인은 모두의(판) 선물(도론)을 뜻하는 〈판도라〉라

171

는 이름으로 불리게 됐다.

제우스의 기준에서 그녀는 여신 못지않게 아름다운 완벽한 여인이었다. 판도라는 미모와 지성과 매력을 모두 겸비한 여인이었다.

헤르메스가 나서서 판도라를 프로메테우스에게 소개했다. 하지만 (이름이 〈먼저 생각하는 자〉를 뜻하는) 프로메테우스는 위험을 감지하고 그녀에게 마음을 주지 않았다. 그는 동생인 에피메테우스에게도 제우스가 선물을 주면 절대 받지 말라고 경고했다.

하지만 판도라를 만난 (이름이 〈뒤늦게 생각하는 자〉를 뜻하는) 에피메테우스는 그녀의 매력에 빠져 곧 결혼했다. 그런데 그와 함께 살게 된 신부 판도라가 제우스한테서 절대 열어 보지 말라는 경고와 더불어 받은 신비한 상자 하나를 들고 왔다. 이 마법의 상자 속에는 인류의 모든 고통이 들어 있었다. 에피메테우스의 아내가 된 판도라는 헤르메스가 불어넣은 호기심에 이끌려 매일 상자 — 사실은 항아리 — 주위를 맴돌았다.

그러던 어느 날, 상자 하나에 그렇게 끔찍한 것들이 담겨 있으리라고는 상상도 못 한 그녀가 참다못해 상자를 열고 말았다.

그 속에서 그녀는 무엇을 발견했을까? 상자를 여는 순간 인류의 모든 불행이 밖으로 빠져나왔다. 노화, 질병, 전쟁, 기근, 가난, 광기, 방탕, 간통.

판도라가 실수를 깨닫고 마법의 상자를 다시 닫으려 했을 때는 이미 불행들이 세상으로 쏟아진 뒤였다. 그러나 아직 희망 하나가 그 안에 남아 있었다. 판도라의 상자 신화가 가르쳐 주듯이 이날부터 인간은 오직 희망만을 위안으로 삼으면서 고통스럽게 살아가고 있다.

24

르네의 오른쪽 눈이 다시 씰룩씰룩한다.

운동장으로 나온 학생들 대부분이 스마트폰에 눈을 박고 있다. 공놀이를 하는 학생들도 간혹 눈에 띈다. 교장이 초콜릿을 베어 먹으면서 학생들을 지켜보고 서 있다. 르네의 머릿속에 우리 속 양 떼의 가치를 가늠하고 있는 가축상의 이미지가 떠오른다.

처음에는 털을 깎아 양모를 생산하겠지. 그러다 더 이상 수익성이 없다는 판단이 들면 푸줏간에 팔아 진열대 위의 넓적다리나 갈비로 만들어 버릴 거야.

일단 그때까지는 차분하고 조용히 양 떼를 관리하겠지. 그래야 연한 양고기가 나올 테니까. 그래야 양들로서는 상상도 못 하는 일이 벌어지고 있다는 걸 눈치채지 못할 테니까.

펑크, 록, 고딕, 스킨헤드, 무정부주의, 공산주의, 뭐든 다 마케팅에 동원되지. 그것들 특유의 반항심이 물건을 더 파는 데 도움만 된다면 말이야.

르네는 오후 수업에 앞서 학교 문헌 정보 센터에 들러 기원전 300년 이전에 천문학이 발달했던 문명이 존재했는지 찾아본다.

수메르 문명이 가장 먼저 머리에 떠오르지만, 그가 최면에서 봤던 풍경에는 부합하지 않는다. 더운 날씨, 희고 고운 모래가 깔린 해변, 야자수, 청록색 바다, 돌고래들은 차라리 카리브해나 인도양, 태평양 어딘가를 연상시키게 만든다.

그는 고대 문명들 중 발전 수준이 높은 문명을 더 찾아본다. 이집트와 히브리 문명이 있기는 하지만 거기에도 그런 해변은 없었다. 게브의 몸이 햇볕에 검게 그을리긴 했으나 분명히 눈은 파란색이었다. 그건 아프리카인이나 중국인, 폴리네시아인, 오스트레일리아 원주민일 가능성은 없다는 뜻이다. 그의 신체로 보아 코카서스 인종일 가능성이 크다.

그리고 그가 자신의 〈섬〉이라고 말한 것을 르네는 똑똑히 기억한다. 그러므로 대륙에 위치한 이집트와 수메르, 유대와 인도 문명은 제외해야 한다.

불현듯 엘로디가 한 말이 생각난다.

계속 그러다간 너희 아버지처럼 될지도 몰라.

그는 생각난 김에 아버지를 찾아간다. 아버지가 계신 파피용 클리닉은 정신 착란이나 기억력 장애를 앓는 노인들을 전문적으로 돌보는 병원이다. 〈모든 것은 기억이다)라는 요양원의 모토와, 갈라진 두개골에서 나비들이 날아오르는 로고가 갑자기 섬뜩한 의미로 그에게 다가온다.

이 요양원도 건축학적 고민 없이 지은 건물이기는 마찬가지다. 콘크리트 벽에 통유리 창, 리놀륨 바닥이 방문객을 맞는다. 안내 데스크는 비어 있다. 출입하는 사람을 전혀 통제하지도 않아 르네는 아버지 병실로 가는 동안 한 사람과도 마주치지 않는다.

복도 양편으로 병실들이 보인다. 흰색 출입문 위에 번호 대신 환자의 이름이 적혀 있다. 르네는 〈에밀 톨레다노〉라는 이름 앞에서 걸음을 멈춘다.

문을 두드려도 안에서 대답이 들리지 않아 그는 문을 열고 들어간다.

아버지가 TV 앞에 앉아 전 세계적 차원에서 벌어진 거대 음모 사건을 다룬 다큐멘터리를 시청하고 있다. 이런 채널에서는 일루미나티, 프리메이슨, 장미십자회, 자본가들, 외계인들이 꾸미는 음모에 관한 정보를 모아 시청자에게 내보낸다. 아버지는 화면에서 눈을 떼지 못한다. 르네는 아버지가 공식 언론 매체에서 다루는 진실들을 지나치게 의심하다 결국 편집증적 망상에 빠지게 됐을지도 모른다고 생각한다.

「아버지?」

에밀은 아들이 불러도 돌아보지조차 않는다.

「뉘신지? 누군데 나를 아버지라고 부르시나?」

「저예요, 아버지 아들 르네예요.」

알려고도 기억하려고도 하지 않는 것, 사람을 알아보려는 노력조차 하지 않는 것 역시 아버지의 선택일지 모른다.

대학생처럼 보이는 젊은 의사 하나가 입원실로 걸어 들어온다.

「아드님이신가 봐요? 만나서 반갑습니다. 제가 담당 의사예요.」

그가 친절하게 말하며 르네에게 손을 내민다. 뻔한 대답이 돌아올 줄 알면서도 르네가 그에게 묻는다.

「저희 아버지 병은 치료가 가능한가요?」

「현대 의학으로는 불가능합니다.」

「상태가 호전될 수는 있나요?」

「기억의 작동 원리에 대해 알고 계세요? 사람은 감정이 발생하는 것만 기억합니다. 그런데 당신 아버님께서는 전혀 감정을 느끼지 못하세요. 이분한테는 모든 게 그저 우중충한 회색으로 느껴질 뿐이죠. 다른 색은 없는 거예요. 한마디로 이분의 정신은 모든 것이 똑같고 천편일률적인 세계를 유영하고 있어요. 그러니 모든 것에 무관심할 수밖에요.」

「음모론을 다룬 이런 프로그램들은 다르게 느끼시는 걸까요?」

「그럴 수도 있죠. 아버님이 흥미를 느끼는 걸로 봐서.」

「저희 아버지는 역사 교사였어요.」

「아, 그건 몰랐네요.」

「젊은 시절엔 반사회적인 히피족이었다고 들었어요. 거리에서 CRS[6]와 맞부닥치는 것보단 마리화나를 피우거나 록 음악을 듣는 걸로 저항하셨다고 하더군요.」

「흥미로운 정보네요. 마리화나는 기억력을 떨어뜨리거든요.」

「어머니가 돌아가신 후 한번은 엄청 많은 양을 피우고 나서 평소보다 훨씬 길고 강력한 배드 트립[7]을 경험하신 적이 있어요…… 다른 차원에 간 사람처럼 망상을 일으켰죠. 거울 반대편으로 갔던 거예요. 그 일 이후 아버지는 완전히 딴사람이 됐어요. 그때 절벽이 무너져 내리듯이 머릿속에서 어떤 일이 벌어졌던 게 분명해요. 사람도 알아보지 못할 지경이 됐죠. 마침 퇴직을 앞둔 때여서 그나마 다행이었어요. 동료들과 윗분들이 덮어 주신 덕분에 학기는 무사히 마칠 수 있었죠. 그리고 나서 여기로 오시게 된 거예요.」

「그런 사연이 있었군요. 마약 복용이 급격한 기억력 감퇴를 부르는 건 사실이에요.」

르네가 아버지 침대 옆 협탁에 물 잔과 나란히 놓여 있

---

6 프랑스 경찰에서 시위 통제 등을 담당하는 기동대.
7 마약 등에 의한 불쾌한 환각 체험.

는 알록달록한 알약들을 가리키며 의사에게 묻는다.

「저건 뭐죠?」

「수면에 도움이 되라고 드리는 수면제예요.」

「어떤 종류죠?」

「벤조디아제핀 계열의 약인데, 긴장을 풀어 주죠. 저 약이 없으면 아마 아버님은 지금보다 훨씬 예민하고 공격적인 모습일 거예요. 가끔 이런 방송 프로그램을 보다가 은행, 국회 의원, 어떤 때는 소비 사회 전체를 싸잡아 욕하면서 분노를 폭발시키고 사납게 돌변하죠. 그러면 아버님 본인은 물론이고 다른 환자들에게 위험한 상황이 벌어질 수도 있어요.」

화학 지식이 모자란 그는 벤조디아제핀이 어떻게 아버지를 바꾸어 놓는지 알 길이 없다. 그는 그저 현실에 저항하는 거친 숫양이었던 아버지가 식탁에 오르기를 기다리는 거세 양으로 변해 허무맹랑한 다큐멘터리에 중독된 모습이 안타까울 뿐이다.

「조금이라도 호전시킬 수 있는 방법이 뭐 없을까요?」

「감정을 불러일으켜야 하는데, 솔직히 방법을 모르겠어요.」

르네는 차마 입 밖에 내지는 못하고 혼자 이런저런 방법을 상상해 본다.

아버지한테는 위험과 모험과 섹스와 록 음악이 필요해. 하지만 여기서 그런 것들을 처방할 리는 만무하겠지?

「더 자주 면회를 오세요. 아시겠지만 아버님은 여기 친구가 별로 없어요. 호의를 베풀어 줘도 금방 잊어버리니까 사람들이 고마움을 모르는 양반이라고 오해해 다가오려고 하지도 않고 다시 도와주려고도 하지 않아요.」

이미 외아들인 나조차 알아보지 못하는 상태인걸.

「이런 말씀 드려 죄송하지만, 당신 아버님이 다른 환자들에게 불편을 주고 계세요. 이런 분들은 요양원 생활에서 점차 고립되게 돼 있죠. 가족마저 찾아와 주지 않으면 상황은 더 악화될 거예요. 아직까지 다행히 그런 정도는 아니지만 별도의 외부 자극이 없으면 하루 종일 이런 음모론적 다큐멘터리만 보고 있을 수밖에 없어요. 지금이야 식사 시간에는 그나마 TV에서 눈을 떼지만, 상태가 악화되면 어떻게 될지 몰라요.」

아버지는 여전히 눈을 휘둥그레 뜨고 턱을 살짝 아래로 떨군 채 TV 앞에 앉아 있다.

눈물을 감추려고 르네가 얼른 고개를 돌린다.

25

괘종시계가 22시 51분을 가리키고 있다.

긴장감이 엄습해 온다. 오늘 밤에는 과연 어떤 일이 벌어질까? 최면사 도움 없이 혼자 무의식의 계단을 내려가서, 문들이 나 있는 복도로 들어간 다음, 멋진 만남을 경험했던 1번 문으로 다시 들어갈 수 있을까?

게브라고 했지? 특이한 이름이야.

르네는 기억력에 좋다고 알려진 재료로 간단한 저녁상을 차린다. 간유 한 잔을 단숨에 입에 털어 넣고 나서 고등어 한 토막과 방울양배추 한 접시, 디저트로 먹을 살구와 건포도, 호두를 준비한다.

그는 식사를 하면서 센강에서 발견된 노숙자 시체에 관한 새로운 뉴스가 없는지 인터넷에서 찾아본다.

그의 생각이 어느새 학교 수업과 자신에 대한 학생들의 반감으로 옮겨 가는 순간 아버지가 했던 말이 떠오른다. 〈거짓에 익숙해진 사람의 눈에는 진실이 의심스럽게

보이게 마련이란다.〉

조지 오웰이 쓴 미래 소설 『1984년』도 기억의 문제를 다루고 있다. 소설에서 공식 프로파간다의 책임자들은 현재의 정치적 요구에 부합하기 위해 매일 아침 역사를 고쳐 쓰지만, 누구도 그 모순에 이의를 제기하지 않는다. 교육을 통해 사람들에게 망각을 가르치기 때문이다.

양 떼는 자신들에게 가르치는 역사에 조금의 의문도 제기하지 않은 채 그저 따를 뿐이야……. 사실을 확인할 생각조차 하지 않지. 검증할 생각 같은 건 아예 없어. 그저 남들이 생각하는 대로 생각하면서 다 함께 같은 음으로 음매음매 울고 싶어 할 뿐이야.

르네는 숨을 깊이 들이마신다.

날이 갈수록 역사는 정치적 이슈로 변질돼 가고 있어. 쥘 미슐레가 후대를 위해 집필한 프랑스 공식 역사의 주인공들은 그가 고른 사람들이야. 그런 사람들만 기억의 대상이 될 수 있었던 거지. 베르킨게토릭스, 루이 11세, 잔 다르크, 앙리 4세, 프랑수아 1세, 루이 14세, 나폴레옹…….

공식적인 과거, 공식적인 진실을 만들어 당시 집권 세력을 철저히 정당화한 것은 다른 나라들도 마찬가지였어. 그게 필연적인 다윈적 진화의 결과인 것처럼 말이지.

그런 과정에서 약자들은 지도에서 지워지고 강자들만이 살아남았어. 하지만 자연은 그런 방식으로 작동하지 않아. 자연은 더할 뿐, 제거하지 않으니까. 인간만이 시간이 지나고 나서 자신의 이해관계에 따라 해석을 내놓을 뿐이야.

〈그들이 이긴 데는 분명히 이유가 있다〉라는 다윈의 생각은 폭압적인 정치 체제들에 정당성을 부여해 줬지.

생각이 여기에 미치자 은근한 분노가 치솟는다. 르네가 주먹을 불끈 쥔다.

이런 생각을 하게 된 건 우연이 아닐 거야. 마음 밑바닥으로부터 내가 투쟁해야 할 대상이 있다고 느끼기 때문일 거야. 내겐 기억의 의무가 있어. 패자들을 기억할 의무. 증언이 불가능한 사람들, 혹은 그들이 증언한 역사가 훼손된 사람들을 기억할 의무. 학살자들에게 짓밟힌 희생자들을 기억할 의무.

그는 오래 버틸 수 있게 진한 커피를 한 잔 마시고 나서 거실 소파 위에 특별한 시간을 위한 특별한 자리를 만든다. 〈자가 최면〉의 공간.

그는 쿠션 여러 개를 둥글게 놓고 나서 중간에 하나를 더 놓는다. 거실 군데군데 초를 놓아둔다. 23시 6분.

거실 벽에 걸린 가면들이 조롱하듯 그를 지켜본다. 스킨헤드와의 〈뜻밖의 사건〉만 없었어도 가면들 앞에서 우쭐한 심정이었을 텐데, 게브를 만나고 나서도 여전히 머릿속에서 죽음을 떨쳐 내기가 쉽지 않다.

내가 사람을 죽였어. 마치 그게 전생이라는 판도라의 상자를 연 대가처럼 느껴져.

초조해지기 시작한다. 그는 인공조명의 간섭을 받기 싫어 집 안의 불을 다 끈 다음 초마다 불을 붙인다. 손목시계가 23시 22분을 가리킨다.

이제 몇 초밖에 안 남았어. 드디어 알게 되겠구나.

그는 쿠션 위에 자리를 잡고 앉아 게브가 그랬던 것처럼 척추를 꼿꼿이 세우고 어깨를 나란히 편 상태에서 가부좌를 튼다.

이게 최상의 자세니까 게브도 그렇게 앉아 있었겠지. 어쨌든 그동안의 내 습관처럼 소파에 늘어져 있는 것보다는 훨씬 나아.

그는 숨을 깊이 들이마셨다 다시 길게 내뱉는다.

23시 23분.

그는 눈꺼풀의 장막을 내린다. 호흡을 느리게 유지한 상태에서 계단의 이미지를 불러온다.

그는 천천히 열 개의 계단을 내려간다. 첫 번째 계단, 두 번째, 세 번째. 열 번째 계단을 내려서자 무의식의 방화문이 보인다. 그는 열쇠를 꺼내 자물쇠에 밀어 넣고 비튼다. 두꺼운 문이 열리고 빨간 카펫이 깔린 복도가 나타난다. 번호가 붙어 있는 문들이 보인다.

그는 멀리 있는 1번 문 앞으로 성큼성큼 걸어간다.

숨이 탁 막히며 멈칫한다. 그가 손잡이를 잡아 돌린다. 문이 열린다.

26

날이 훤하다. 축축한 해풍이 큰 파도를 실어 오고 야자수들의 허리를 꺾어 놓는 소리에 해변이 온통 수런수런하다. 어제 보이던 돌고래들은 자취를 감추었다. 멀리 전날과 똑같은 자세로 앉아 있는 게브의 모습이 보인다. 다른 점이 있다면, 오늘은 눈을 뜨고 있다. 르네가 그의 앞으로 가서 선다.

「좋은 아침이에요, 게브. 어제 발생한 지진은 어떻게 됐어요?」

「좋은 아침이네, 르네. 걱정해 줘서 고맙네. 심각하진 않았어. 예상대로 몇몇 집의 벽에 금이 가는 걸로 끝난 약한 지진이었네. 심각한 수준은 아니었어.」

두 남자가 다시 서로를 빤히 쳐다본다.

「자네 쪽은 몇 신가?」

「밤이에요.」

「〈좋은 저녁〉이라고 인사를 했어야 하는데 잘못 말

했군.」

「이쪽은요?」

「여긴 여명일세.」

바람이 거세지더니 파도가 바위들을 때리고 뛰어넘으며 존재감을 과시한다.

「그 말을 들으니 갑자기 궁금해지네요, 당신이 어떤 시대에 살고 있는지.」

「난 2020년에 살고 있네. 묻는 자네는?」

「아, 그래요…… 나도 똑같은데…… 아무래도 우리가 사용하는 역법이 다른 것 같아요.」

「나는 최초의 인간이었던 아툼 기원 후 2020년에 살고 있네.」

「나는 기독교의 메시아로 여겨지는 예수 그리스도 기원 후 2020년에 살아요.」

「자네 말이 맞네. 우리가 서로 다른 역법을 따르는 게 분명하네. 각자가 살고 있는 시대를 확인할 수 있는 유일한 방법은 자네가 머리 위 하늘을 나한테 보여 주는 것밖에 없어. 내가 천문학자니까 행성과 별의 위치를 보면서 우리가 각각 어떤 해에 살고 있는지 추론할 수 있네.」

「당신한테 어떻게 〈내〉 머리 위 하늘을 보여 주죠?」

「눈을 뜨게.」

「눈을 뜨는 순간 당신과의 접속이 끊길 텐데.」

「이보게, 할 수 있다는 확신만 가지면 불가능한 게 없네. 눈을 떠서 자네가 사는 세상의 이미지를 나한테 보여 주면서도 얼마든지 지금처럼 정신 대 정신으로 얘기를 계속할 수 있어.」

「소통이 중단될 거예요.」

「날 믿고 시도해 보게.」

르네가 아주 천천히 눈을 뜬다.

「아직 거기 있어요?」

「물론이네. 자네가 보는 걸 나도 보고 있어. 여전히 대화가 가능하다는 걸 이제 확인했지? 자, 이제 창가로 가서 하늘을 올려다보겠나?」

게브와의 접속이 끊어지지 않았다는 사실이 믿기지 않아 르네가 재차 물으면서 천천히 몸을 일으킨다.

「여전히 있는 거죠?」

그가 거실 창문을 활짝 열어젖힌다. 다행히 날씨가 춥지 않고, 별이 돋은 하늘에는 희미한 구름 한 점 없다.

게브가 어느 방향으로 하늘을 올려다봐야 하는지 일러 준다. 서쪽, 이어서 동쪽 그리고 최대한 높은 지점, 다시 낮은 지점.

「자, 이제 원래 자리로 돌아가도 좋네. 그사이에 내가 계산을 해보지.」

르네가 다시 소파에 앉아 가부좌를 틀고 눈을 감는다. 그는 게브의 세상 속 해변으로 들어간다.

「우리 사이에 1만 2천 년의 시간이 흘렀네.」

게브가 한참 만에 입을 연다.

「2천 년이라고요?」

「아니, 1만 2천 년.」

르네는 최초의 문명은 대략 기원전 5000년에 출현했고, 그 수메르 문명의 중심 도시는 에리두라고 알고 있다.

게브의 주장대로 우리 둘 사이에 1만 2천 년이 흘렀다면 그는 공식적으로 알려진 최초의 문명 이전에 살고 있다는 얘기가 돼. 기원전 1만 년에 말이야!

「그건 말이 안 돼요. 계산 착오가 있었던 것 같으니 다시 해봐요.」

르네가 말한다.

「무슨 착오 말인가?」

「현재 내 지식으로는 1만 2천 년 전에…… (혹시 원시인들이라면 몰라도?) 당신이 지금 나한테 말해 준 정보를 아는 천문학자가 존재했을 리 만무해요.」

상대는 전혀 흔들리는 기색이 없다.

「자네 시대의 역사 지식에 허점이 있어 보이는군. 내가 단언하지, 내가 살고 있는 시대에는 분명히 천문학자들이 존재하네. 이 고귀한 학문을 하는 사람이 나 혼자만도 아니야. 우리에게는 아주 오래전 역사까지 밝혀내기 위해 애쓰는 역사학자들도 있네. 내가 보기엔 우리 학자들이 자네 시대보다 훨씬 뛰어난 사람들인 것 같군.」

르네는 더 이상 물고 늘어지지 않고 화제를 돌린다.

「그러면 천문학자 선생께서 지금 살고 있는 곳은 어디죠?」

「내가 사는 도시는 멤세트, 당연히 하멤프타섬의 수도지.」

「다 생소한 이름들이군요.」

「나는 한 번도 바다 한가운데에 있는 우리 섬을 떠나 본 적이 없네. 이 바다 역시 세상의 한가운데에 위치해 있지.」

세상 한가운데 있는 바다의 한가운데 있는 섬이라니, 대체 무슨 말이야? 지구상 어디에 그런 곳이 존재한다는 건지 모르겠네.

하지만 게브가 도시 이름을 언급했다는 것은 그가 수메르 문명 이전에 존재했던 어떤 문명의 일원이라는 의미가 아닌가.

르네가 다시 묻는다.

「내가 눈을 떠도 접속 상태가 유지되는 게 확실하죠?」

「물론이네.」

르네가 자리에서 일어나 지구본을 찾아 들고 온다.

「이게 뭔지 알아요?」

「우리 지구를 둥글게 본떠 만든 물건이군. 내 전공 분야인데 모를 리가 있나.」

「그렇다면 대륙들의 위치도 다 알겠군요?」

「다시 말하지만 난 한 번도 우리 섬을 떠난 적이 없네.

여기 사람은 누구나 다 그렇지. 하지만 내 영혼은 유체 이탈을 통해 가고 싶은 곳은 어디든 다 다녀왔네.」

「유체 이탈이라고 했어요? 그러면 망원경이나 특수 안경 같은 게 없다는 거예요? 천체 관측 도구가 전혀 없다고요?」

「유체 이탈로 가보고 싶은 행성이나 별에 갔다 올 수 있는데 거추장스럽게 도구를 쓸 이유가 없지 않은가?」

단호한 대답에 르네는 더 이상 따져 묻지 못한다.

「그러는 자네가 사는 곳은 어딘지 보여 주게.」

르네가 손가락으로 지구본 위를 가리킨다.

「여기예요. 내가 사는 도시는 파리라는 곳인데, 유럽이라는 대륙에 있는 프랑스라는 나라에 있죠.」

「아하? 유체 이탈로 이미 다녀온 적이 있네. 우린 〈동북쪽의 척박한 땅〉이라고 부르지. 솔직히 그런 곳에 인간이 존재하리라고는 상상도 못 했네.」

「이번엔 당신이 사는 곳을 가리켜 봐요. 당신 섬은 어디 있죠?」

르네가 지구본 위에서 손가락을 파리 아래쪽으로 천천히 움직인다.

「조금 더 밑에, 왼쪽으로, 조금 더 왼쪽, 더 아래, 다시 조금 더 왼쪽. 거기!」

르네가 검지가 멈춘 곳을 확인한다.

「여긴 대서양 한가운데예요!」

「자네 시대에는 역사 지식처럼 지도도 엉성하군.」

르네는 게브가 살고 있다고 주장하는 지점에서 눈을 떼지 못한다.

「당신의 섬 하멤프타가 내 지구본에 표기돼 있지 않다니 믿기지 않네요. 수면 위에 떠 있는 땅이라면 위성들이 위치를 파악하지 못했을 리 없는데. 아니면 혹시······.」

아니야, 그럴 리가 없어.

「혹시 뭐?」

르네가 한참 말을 고른다.

「고대 문헌들에서 바로 이곳에, 아주 오래전에 존재했던 섬을 언급하고 있기는 해요. 그 섬의 이름은······.」

그는 잠시 머뭇거린다. 말이 힘들게 입술을 빠져나온다.

「······아틀란티스.」

「그게 뭐지?」

「신화적 섬이에요.」

「신화적? 무슨 의도로 하는 말이지?」

「그러니까 그건, 우리들한테는, 우리 시대의 사람들한테는 당신이 사는 섬의 존재 자체가······ 신화라는 뜻이에요.」

상대가 아무 말이 없자 르네가 덧붙인다.

「달리 말하면, 우리 시대를 사는 대부분의 사람들은 당신들이 존재하지 않았다고 믿는다는 거죠. 우리한테 아틀란티스는 일종의 전설이나 마찬가지라는.」

게브는 여전히 침묵을 지킨다.

「게브, 아직 있는 거죠?」

르네는 원래 자세로 돌아와 다시 게브가 있는 곳으로 들어간다. 게브는 적잖이 당혹한 표정이다.

「자네들한테 우리 섬이…… 〈신화〉라니, 그게 대체 무슨 말인가.」

「미안하지만 사실이에요.」

「내가 지금 자네와 말을 하고 있다는 게 우리가 존재한다는 결정적 증거 아닌가?」

바람이 �솨쏴 소리를 내고 물결이 끊임없이 바위에 부딪히며 하얗게 물보라를 일으킨다.

「당신들의 존재를 믿는 사람이 더러 있긴 하지만 대부분은 그렇지 않아요. 이럴 수밖에 없는 우리 입장도 이해해 줘야 해요. 너무 오래전인 데다 당신들의 문명이 존재했었다고 입증할 수 있는 유적이나 유물, 아무것도 없으니까요. 당신과 나 사이에 1만 2천 년이 흘렀다고 아까 말했죠……. 아주 긴 시간이에요! 미안한 말이지만 우리 문명은 당신 문명의 존재를 잊었어요.」

「다시 묻겠네, 자네 시대 사람들은 우리가 존재조차 하지 않았다고 믿는다는 건가?」

「나도 마음이 아파요. 당신이 느끼는 당혹감을 이해하지만 거짓말을 할 순 없어요. 우리는 당신들을 잊었을 뿐 아니라, 당신들이 실제로 이 세상에 존재했었다는 것조차 의심하고 있어요.」

「점입가경이군.」

치마를 두른 사내가 르네를 똑바로 쳐다본다. 후두두하는 소리와 함께 야자 열매들이 해변으로 쏟아진다. 게브가 여전히 노려보는 듯한 시선으로 르네를 바라보며 묻는다.

「그러면, 미래의 인간인 자네는 어떻게 생각하나?」

「글쎄요.」

르네가 더듬더듬한다.

「당신의 세계가 분명히 실재하는 것 같긴 같은데, 그 세계가 존재한다고 믿는 게 혹시…….」

「혹시……?」

「……내 머릿속에서만 그런 게 아닌가, 그래서…….」

「그래서……?」

「……그래서 이 모든 것이 내 상상력의 산물이라는 것도 배제할 순 없어요. 내가 지금 꿈속에 있을지도 모른다는 거죠. 꿈속에서 일종의 유토피아를 만든 거죠, 지금 내가 살고 있는 세계보다 나은 과거의 세계에 대한 나의 희망 사항을 모두 담아서 말이에요. 내 무의식이 지금의 이 꿈을 꾸게 했을 수도 있다는 거죠.」

게브가 눈을 흘겨 그를 한 번 쳐다보고는 몸을 일으키더니 말없이 사라진다. 바람이 집어삼킬 듯이 불어오는 해변에 르네는 혼자 남겨진다.

그는 괜한 짓을 했다는 자책감에 사로잡혀 문을 넘는다. 복도로 돌아와 무의식의 문을 지나 계단을 반대로 올라온다. 이번에는 출구에서 숫자를 세면서 그를 기다려주는 사람이 없다. 그는 눈을 뜬다.

내가 게브를 화나게 했어. 항상 다 된 밥에 재를 뿌린다고 나를 야단치던 어머니 말이 맞아.

그는 심호흡을 하며 마음을 가라앉힌다.

게브가 진짜 **아틀란티스인**일 수도 있을까? 와, 만약 그게 사실이라면…… 정말 대단한 발견이야!

그는 가부좌를 풀고 일어나 다시 창문 앞으로 가서 선다. 게브와 함께 올려다봤던 하늘에 별이 쏟아져 내릴 듯이 총총히 박혀 있다. 그의 시선이 지구본 위, 게브가 가리켰던 멕시코와 마주 보고 있는 바다로 옮겨 간다.

미안한 마음은 금세 사라지고 자부심이 르네의 가슴을 부풀어 오르게 한다.

내가 아틀란티스인과 얘기를 했는지도 몰라.

그는 컴퓨터를 켜서 최면 중에 일어난 일을 상세히 기록해 놓고 나서 문자 메시지를 보낸다.

오팔에게

약속대로 내 퇴행 최면 결과를 적어 보내요. 이제 1번 문 뒤에 있는 과거의 나 자신에 대해 더 많은 걸 알게 됐어요. 그가 언제 살았는지 궁금해했죠? 그는 1만 2천 년 전에 살았어요. 어디에서 살았냐고요? 그의 말로는 대서양 한가운데 위치한 하멤프타라는 섬에 있는 멤세트(신화 속 아틀란티스를 얘기하는 것 같아요)에 살고 있대요. 역사 전공자로서 지금 내게 벌어지고 일은 그야말로 가슴이 벅차요. 이토록 간단하고도 효과적인 무의식의 탐험 도구를 발견하게 해줘서 고마워요. 이 모든 것이 환상이라고도 해도 좋아요, 너무나 멋진 환상이니까.

곧 다시 만나요.

당신의 첫 번째 피험자 르네 톨레다노로부터

27
므네모스: 아틀란티스

아틀란티스의 존재를 최초로 언급한 사람은 철학자이자 수학자인 피타고라스다. 그는 기원전 547년 이집트 멤피스 신전에서 수학할 당시 헤라클레스의 기둥들(현재의 지브롤터해협) 건너편 한 섬에 높은 정신적 수준을 지닌 문명이 존재했었다는 사실을 알게 됐다고 『황금 시편』에 적고 있다.

그는 이 섬을 아틀란티스라고 부른다.

피타고라스에 따르면 아틀란티스는 여타 문명들과 달리 공포와 폭력을 거치며 탄생하지 않았고, 〈야만의 유년기〉를 경험한 적도 없다. 그렇다 보니 공포와 폭력을 사용할 이유도, 당연히 그것들을 확산시킬 이유도 알지 못했다.

피타고라스는 아틀란티스인들이 영혼의 불멸을 믿었다고 적고 있다. 그들은 사후에 영혼이 새로운 몸으로 육화되며, 이 과정은 육신의 경험에서 해방된 영혼이 원초의 에너지 속으로 다시 녹아 흩어질 때까지 계속된다고 믿는다. 피타고라스는 이 과정을 〈윤회〉라고 부른다.

피타고라스는 아틀란티스인들이 앞선 천문학 지식을 가지고 있었다고 기록하고 있다. 또 그들은 음악, 춤, 노래, 회화, 시 같은 예술 분야를 중요시하고 즐겼지만 기술이나 무기에는 관심이 없었다고 한다. 젊은 아틀란티스인들은 피라미드 속 그늘에서 이기주의 대신 연대감과 공동체 의식에 눈을 떴으며, 동식물 같은 다른 형태의 생명체들과의 연결성을 배웠다.

피타고라스에 이어 두 번째로 아틀란티스의 존재를 언급한 사람은 (피타고라스의 제자의 제자인) 플라톤이다. 그는 기원전 360~350년에 집필한 두 권의 저서 『크리티아스』와 『티마이오스』에서 아틀란티스를 언급한다. 그는 『크리티아스』와 『티마이오스』에서 이 섬이 리비아보다 훨씬 크기가 컸다고 말하면서, 아틀란티스는 계속된 지진과 해일로 인해 하룻낮 하룻밤 만에 가라앉아 사라져 버렸다고 한다.

플라톤은 등장인물의 입을 통해 이것이 〈중대한 가치를 지닌 이야기〉이자 〈틀림없는 실화〉라고 덧붙인다.

이로부터 많은 시간이 흐른 뒤 기원후 480년, 로마 철학자 프로클로스는 아틀란티스의 존재와 멸망을 언급한 이집트 비문(碑文)을 찾았다고 밝혀 피타고라스와 플라톤의 주장을 뒷받침했다.

아틀란티스 가설은 1천 년이 더 흐르고 나서 르네상스 시대에 와서야 다시 제기됐다. 영국 철학자 프랜시스 베이컨은 1624년경 집필한 저서 『새로운 아틀란티스』에서, 플라톤의 『크리티아스』에 영감을 받았다고 밝히고 나서 현인들이 살았던 한 섬의 존재를 언급한다.

보다 근래에 들어서는 미국의 유명 예언가이자 영매인 에드거 케이시가 아틀란티스의 존재를 언급한 바 있다. 그는 1900년경 자신이 트랜스 동안 과거 포르투갈 서쪽에 존재했던 한 섬의 존재를 알게 되었다고 했다. 이 섬은 대략 기원전 1만 년 이전으로 추정되는 해에 천재지변이 일어나 물속으로 가라앉았고, 살아남은 아틀란티스인들은 이집트로 피신해 그곳의 원주민들에게 글자와 의술, 수학과 천문학 지식을 전수했다고 그는 덧붙였다. 에드거 케이시는 지금의 세계가 아틀란티스와 똑같이 문명의 절정에서 급작스러운 파멸에 이를 가능성이 있다고 경고한 뒤, 1만 2천 년 전 아틀란티스에서 벌어진 일을 반면교사로 삼을 것을 충고한다. 그는 우리 시대의 뛰어난 석학들은 사라진 고대 문명 아틀란티스의 영혼들이 환생한 것이라고 주장하기까지 한다.

28

수요일 아침, 르네 톨레다노의 표정이 확 달라져 있다. 기운이 빠져 있던 어제와 달리 오늘은 생기가 넘친다. 오른쪽 눈의 경련도 사라졌다. 학생들 앞에서 간신히 웃음을 참고 있는 것처럼 연신 싱글벙글한다.

방금 좋은 소식을 접한 사람처럼 말소리에도 힘이 실려 있다. 그가 그리스 철학자 피타고라스의 조각상을 스크린에 띄운다.

「오늘이 세 번째 수업인데, 아틀란티스 얘기로 시작하려고 합니다. 자, 아틀란티스는 신화인가 현실인가?」

그는 다양한 문헌에서 발췌한 내용을 소개하고 켈트, 중국, 인도, 한국, 일본, 마야 문명 등이 하나같이 과거 다른 문명들에 영향을 주고 사라진 위대한 문명의 존재를 언급하고 있다고 설명한다.

교실 구석에서 손이 하나 올라온다. 큰 키에 체격이 우람하고 얼굴에는 여드름이 우툴두툴한 남학생이다.

「저, 선생님, 그게 신화에 불과하다는 건 누구나 다 아
는 사실이에요. 아틀란티스는 존재한 적이 없어요.」

르네가 학생을 향해 걸어간다.

「물론 아틀란티스가 존재했다는 사실을 증명하는 것
은 아무것도 없지. 하지만 그 반대를 증명하는 것도 없긴
마찬가지란다.」

남학생이 반박에 나선다.

「하지만 누구나 알아요…….」

이 녀석이 왜 이래? 한판 붙자는 거야?

「어느 누구도 그 어떤 것에 대해서도 확신할 순 없다.
설마 네가 이 주제에 대해 내가 모르는 독점적인 정보를
가졌을 리는 없겠지.」

「제 말은, 권위 있는 역사가들에 따르면…….」

「그 〈권위 있는〉 역사가들 또한 이 주제에 대해 정확한
정보를 가지고 있지 않아. 그들은 자신들의 입장을 정하
고 나서 확인이나 검증 절차 없이 그것을 고수할 따름이
야. 사료 대신 그간의 습관대로 앞선 역사가들, 모르긴
매한가지인 그 선배 역사가들이 집필한 문헌을 참고해
이야기하는 것뿐이야. 그렇게 해서는 절대 정신의 진화
가 불가능하다!」

눈먼 목동들은 자신들이 알고 있는 오솔길로 양 떼를 이끌 수
밖에 없는데, 양들은 철석같이 그 길이 진리라고 믿지.

녀석은 호락호락 넘어가지 않는다. 부루퉁한 얼굴로

토를 단다.

「그렇긴 하지만…… 그래도 아틀란티스가 신화라는 사실은 달라지지 않아요. 이빨 요정이나 산타클로스, 악마, 세이렌, 이런 것들과 다르지 않아요. 어느 누구도 입증하지 못했잖아요…….」

녀석이 무슨 생각으로 이러는 거지? 여자애들 눈에 띄고 싶어서? 아니면 내가 절대 단언할 수 없는 주제라고 믿고 도발하는 건가?

「일어나 봐.」

앉은키로 짐작했던 대로 녀석은 르네보다 머리 하나 정도는 키가 크다.

「이름이 뭐지?」

「필리프입니다.」

급우들이 숨을 죽이며 지켜보는 앞에서 학생이 도전적인 어조로 말한다.

「저희 아버지께서 선생님이 로마인과 그리스인에 대해 한 얘기가 싱거운 소리라고 하셨어요. 교사 지위를 남용해 우리들한테 교과 과정에도 없고 사실과도 다른 얘기를 하는 거라고.」

갑자기 르네의 오른쪽 눈이 씰룩 움직인다.

흥분하면 안 돼. 내 안의 이폴리트가 살아나게 해선 안 돼. 쟤는 학생일 뿐이야, 괜히 대들고 있는 거라고.

「앉아라, 필리프.」

녀석이 건방지게 입술을 비죽거리며 서 있다.

「더 이상 거짓말을 듣기 싫어 그렇게 못 하겠다면요?」

다시 눈이 씰룩한다.

르네가 다짜고짜 학생의 팔목을 잡아 비튼다. 남학생이 아픈 인상을 쓰다가 하는 수 없이 자리에 앉는다. 학생들이 술렁대기 시작하자 르네가 손아귀의 힘을 푼다.

내가 무슨 짓을 한 거지? 이폴리트. 다시 튀어나오는 이폴리트를 제어하지 못했어. 내가 두려움을 느끼는 순간 그는 나를 압도하고 말아. 가만히 놔두면 무슨 짓을 저지를지 몰라.

당황하면 안 돼. 상황이 걷잡을 수 없게 되기 전에 빨리 수습해야 해.

「다들 조용히 해!」

젠장, 분위기가 왜 이런 거야. 학생들이 아틀란티스 때문에 이렇게 민감하게 반응하는 건 아닐 텐데.

남학생이 팔목을 문지르면서 여전히 그를 노려보고 있다. 봉변은 당했어도 선생을 회까닥 돌게 만들었다는 사실이 자못 흐뭇한 눈치다.

이폴리트의 목소리를 누르려면 게브를 불러내는 수밖에 없어. 괴물을 제거하진 못해도 현자를 이용해 기세를 꺾어 놓는 건 가능할지도 몰라.

르네가 느닷없이 필리프의 복장뼈에 손을 얹는다. 그의 심장이 느껴지고 그의 영혼이 손에 잡힌다.

일순간에 정보가 쏟아져 들어온다.

이럴 줄 알았어, 이 녀석과는 이미 전생에 인연이 있었어. 전생에 한 번 맞붙은 경험이 있는 녀석이 다시 싸움을 걸어오는 거야.

싸움에 응하면 내가 이기긴 하겠지만 그 순간 나는 모든 걸 잃게 될 거야.

선생이 자기 마음속을 읽었다는 걸 눈치챈 듯 학생이 흠칫 몸을 뒤로 뺀다.

「지금 뭐 하시는 거예요? 선생님 게이예요, 뭐예요?」

교단으로 돌아오는 르네 톨레다노의 뒤통수에 대고 학생들이 수군거리는 소리가 들려온다. 〈봤어? 쟤 가슴을 만졌어!〉

「자, 어디까지 했더라? 그렇지, 아틀란티스는 존재했나 존재하지 않았나? 여러분도 봤듯이 아주 민감한 주제죠.」

르네는 태연하게 수업을 계속한다. 더 이상 대응할 방법이 없는 필리프가 어깨를 으쓱해 보이더니, 모든 문명들에 앞서 존재했다는 그 미지의 문명에 대해서는 노트 필기를 할 의사가 없다는 듯 르네를 거만하게 쳐다본다.

29

점심시간에 르네는 교장실로 불려 간다.

피넬 교장의 머리 위에는 역대 교육부 장관들, 여러 정치인들과 악수를 하는 사진이 빼곡히 걸려 있다.

가장 크기가 크고 서명이 적힌 사진 속에서 교장과 함께 포즈를 취하고 있는 사람은 다름 아닌 조니 알리데.

방 주인이 르네에게 초콜릿을 한 쪽 건넨다.

「사라지고 없는 신비한 문명에 매료되지 않는 사람이 어디 있겠나. 우린 누구나 다 동화를 좋아하는 몸만 큰 어린아이들인걸. 성인이 된 사람들은 어린 시절의 신화에 다시 생명력을 불어넣고 싶어 하지. 그래서 고고학자가 되고 탐험가가 되고 민속학자가 되는 거야. 발굴 현장에서 발견한 돌멩이 하나를 들고 먼지를 털어 내느라 여념이 없지. 그런데 말이야, 오로지 자신의 상상력에만 의존하는 사람은 거의, 내 말 새겨듣게, 거의 없어. 자네 빼고는 거의 없네. 자네는 확언으로도 모자라 감히 자신의

〈개인적 직관〉을 역사적 진실인 양 가르치기까지 하고 있어. 아무런 증거도 없이 말이야. 과유불급이라 했네. 미안한 말이지만 교육 현장은 무모함이 칭찬받는 곳이 아닐세. 근거가 빈약하면 더더욱 그렇지. 여긴 모두가 받아들이는, 확인을 거친 지식만 전달하는 곳이네. 그 밖의 것들은 전달의 대상이 될 수 없어. 그런데 오늘 아침에 벌어졌던 일을 들으니 자넨 그거로는 부족하다고 여기는 모양이더군.」

르네는 잠자코 듣기만 한다.

「그런 일은 교육의 전당으로 인정받는 이 학교 안에서 절대 일어나선 안 되네. 사람들이 〈조니 알리데 고등학교에서는 아틀란티스가 존재했다고 가르친다면서?〉 하고 떠들기 시작하면 어떻게 되겠나?」

교장은 메모를 들춰 보면서 말끝을 단다.

「자네가 한 학생의 팔목을 비틀었다고 하던데?」

「권위에 도전하기에 그랬습니다. 저보다 키도 크고 덩치가 좋은 학생이기 때문에 상황이 악화되기 전에 대응했을 뿐이에요. 학생을 강제로 자리에 앉힌 게 다예요.」

「그러고 나서 학생의 가슴을 만졌나?」

「심장에 손을 얹었죠.」

「말장난하지 말게. 문제의 학생이 벌써 부모한테 알려 학부모가 내게 전화를 했더군. 오전에 있었던 언쟁뿐만 아니라 자네 수업의 〈비상식성〉도 지적했네. 바로 어제 수업에서도 자네가 그리스인들을 크레타와 트로이 같은 발전된 문명의 파괴자로 묘사했다고 전하던데, 사실인가?」

「그렇습니다.」

「그건 교과서와 다른 얘기가 아닌가. 자네 학생들은 바칼로레아에 합격하려고 여기 모인 거지, 2천 년 전의 과거에 대한 논쟁적인 학설이나 들으려고 와 있는 게 아닐세.」

교장이 초콜릿 한 쪽을 더 권하지만 그는 사양한다.

「거짓말을 믿는 사람이 많다고 해서 그게 진실로 둔갑할 수는 없습니다.」

「어쨌든 학부모들의 압력이 교과 과정도 바꿀 수 있다는 걸 자네도 알지 않나. 아직 우리 프랑스에는 그런 경우가 없지만, 그만큼 진실과 거짓의 구분이 희미하다는 것을 우리에게 시사해 주지. 그리고 무엇보다 학부모들은 납세자가 아닌가. 우리를 고용한 사람들이라는 의미네. 그러니 당연히 그들을 만족시켜 줘야지. 그들의 자녀들한테 아틀란티스 얘길 들려줘서 바칼로레아에 떨어질 확률을 높이거나, 자네의 허무맹랑한 이론을 문제 삼는다고 손목을 비틀고 가슴을 만지거나 해서는 절대 안 된다는 얘길세.」

자기가 뱉는 한 마디 한 마디가 득보다는 독이 될 것이라고 판단한 르네가 입을 꾹 다문 채 고개만 끄덕인다.

대답하지 말자. 이폴리트는 가둬 두고 게브가 나서게 해야 해.

「이보게, 내 말 귀담아들어, 톨레다노 선생. 이렇게 불러서 얘기하는 건 내가 자네를 높이 평가하기 때문이기도 하고, 한때, 미안하네, 〈지금도〉 나와 친구인 자네 아버지를 생각해서이기도 하네. 하지만 자네의 불미스러운 행동을 보고하지 않을 순 없네. 자네 그러다 해고될 수도 있어.」

「어쨌든 저는 제 판단에 따라 아틀란티스에 관한 수업을 계속할 겁니다.」

피넬 교장이 왼쪽 눈썹을 치켜올린다.

「그 아틀란티스 얘기가 자네한테 이토록 중요한 이유가 대체 뭔가?」

「저한테는 중요합니다.」

「자네 직업이 뭔가, 톨레다노 선생?」

「역사 교사죠. 그건 왜 물으세요?」

「그렇다면 자네 직업에 충실하게. 내가 자네한테 요구하는 건 그게 전부일세.」

30

엘로디가 학교 식당에서 르네를 기다리고 있다. 동료 교사들이 멀리서 두 사람을 흘깃흘깃 쳐다본다.

「교사들 사이에 벌써 오늘 아침 일이 쫙 퍼졌어. 어쩌면 좋아. 네가 팔목과 가슴을 어쨌니 저쨌니 하면서 말들이 많고, 학생들은 네가 수업 시간에 신화를 현실인 양 가르친다고 불만을 터뜨리는 모양인데……. 수업을 스마트폰으로 찍은 애들이 있는지 벌써 인터넷에 동영상이 올라와 난리가 났어. 온갖 조롱과 악의적인 농담의 대상이 되고 있다고.」

르네가 고개를 끄덕인다.

「교장 선생님과 면담하고 오는 길이야.」

「어땠어?」

「안 좋았지.」

「너도 정신이 나갔어! 어쩌자고 학생의 신체를 건드렸어?」

「녀석이 덤비잖아.」

「아무리 그래도 그렇지…… 그렇게 하면 안 되지. 게다가 교과 과정에도 없는 얘긴 왜 또 해가지고! 언제부터 우리가 역사 수업에서 아틀란티스를 가르쳤다고?」

「피타고라스와 플라톤 때부터. 물론 플라톤 역시 그 이야기 때문에 당대의 모든 철학자들에게 웃음거리가 된 건 사실이지만.」

「난 그건 몰랐네.」

「아테네 전체가 헤라클레스의 기둥들 반대편에 있는 섬에 현자들의 문명이 존재했다는 그의 〈주장〉을 비웃었지. 플라톤은 비웃음과 조롱과 회화화의 대상이 됐어.」

「그 말은, 네가 결과를 뻔히 알면서도 그랬다는 거잖아. 네 망상을 그토록 고집하는 이유가 대체 뭐야?」

「최면을 통해 먼 과거의 내가 아틀란티스인이었다는 사실을 알게 됐어.」

「뭐라고? 다시 최면사를 만나러 갔단 말이야? 너 왜 내 조언을 무시하고 계속 그 허풍쟁이 여자에게 놀아나는 거야?」

「아니야, 이번엔 혼자 자가 최면을 했어. 외부의 영향력이 조금도 없었다고. 그런데 말이야, 이번 경험은 지난번 경험과는 비교가 안 될 정도로 훨씬 더 좋았어! 지금 내가 네 앞에 있는 것처럼 그곳에 가 있었어. 가장 놀라운 건 게브의 여유로움과 편안함이었어.」

엘로디가 신경질적으로 고개를 세게 흔든다.

「지금부터 내가 너한테 벌어진 일을 과학적으로 설명해 줄 테니까 잘 들어. 그건 그냥 꿈이었어. 자다가 꿈을 꿨는데, 그 꿈을 네가 최면이었다고 믿게 된 거라고. 물론 그것 자체는 비난받을 일이 아니야. 하지만 그걸 네가 하는 일과 뒤섞어 놓으면 얘기는 달라지지. 엄청난 직업상 위험이 따르게 되니까.」

「교장 선생님도 너랑 정확히 똑같은 지적을 했어.」

그들은 음식을 담아 오기 위해 자리에서 일어난다. 르네가 음식 앞을 지나가면서 말을 계속한다.

「그럼, 무지한 자들이 확립한 질서에 따르기 위해 진실을 덮고 거짓을 퍼뜨려야 한다는 거야?」

엘로디는 쿠스쿠스와 큼지막한 양고기 꼬치구이 토막을 식판에 담고 르네는 렌틸콩과 두부를 담아 테이블로 돌아온다.

「그걸 진짜로 믿는다고?」

「응, 이제는 믿어. 그건 절대 망상이나 꿈일 수가 없어. 장담해. 얼마나 구체적이고 생생한데. 나와 얘기하는 남자는 나와는 확연히 다른 개성의 소유자야. 불안에 시달리는 나와 달리 그는 정말 차분하고 태연한 사람이야. 손톱만큼의 스트레스나 두려움, 불안감도 느껴지지 않아. 아틀란티스인들의 위대한 지혜를 압축적으로 보여 주는 말이 이걸 거야. 〈하늘이 무너질 일은 아니야.〉 1만 2천 년 후에 자신들이 신화로 남게 된다는 얘기를 나한테 듣고 아마 게브는 태어나 처음으로 걱정거리를 갖게 됐을 거야.」

이 말을 듣더니 그녀가 그를 빤히 쳐다본다.

「사람들이 네 무의식에 접근하는 순간 발휘하는 조작의 위력을 너무 과소평가하고 있는 것 같아. 난 너를 잘 알잖아. 너는 여전히 동화적인 이야기들에 목말라하는 어린아이 같아. 환상적인 것이면 무조건 매료되지. 물론 그게 네 매력이기도 하지만 동시에 약점이기도 해. 다른 사람이 너를 마음대로 주무를 수 있으니까. 그게 최면사라면 더더욱 그렇겠지. 그런 점에서 너는 나랑 닮았어. 우리 둘 다 감동을 잘 받기 때문에 사람들한테 이용당하기가 쉬워. 사람들은 우리를 살짝 매료시켜 놓고 자기들이 원하는 것을 실컷 뽑아 가지. 그래서 나는 남자들한테 당하고 너는 여자들한테 당하는 거야.」

「그게 이 일과 무슨 상관이라는 거야?」

「내가 잘못 알고 있는 게 아니라면 우린 지금 둘 다 싱글이야. 게다가 비극적인 연애사를 가지고 있지. 상대방은 우리의 순진함을 철저히 이용했고…….」

르네는 대답 대신 포크를 든다. 지금까지 사귀었던 여자들이 주마등처럼 눈앞을 스쳐 간다. 엘로디 말대로 그는 아직 자기한테 맞는 짝을 만나지 못했다. 천천히 음식을 씹으면서 그는 옛 기억을 하나씩 떠올린다.

그는 소심한 청소년이었다. 욕망을 느끼는 순간 어리바리하게 되거나 몸을 떨었다. 나이 스물셋이 되어서야 최초의 성 경험을 했다.

연애다운 연애는 쥐스틴이 처음이었다. 같은 대학 같은 과에 다녔던 그녀는 예쁜 얼굴에 당돌한 성격이었고, 야한 옷 수집이 취미였다. 남학생들은 그녀를 꼬시려고 안달이었다. 대학 축제 중이던 어느 날, 그가 술김에 용기를 내어 그녀의 볼에 뽀뽀를 했다.

뜻밖에도 그의 행동을 받아 준 그녀는 경고하듯 말했다. 〈난 남자를 파멸시키는 여자야. 나를 거쳐 간 남자들은 하나같이 자살하거나 정신 병원에 입원해 있어. 이게 네가 원하는 게 확실해?〉

그가 허세를 떨며 대답했다. 〈에로스와 타나토스는 불가분의 관계지. 삶의 충동과 죽음의 충동, 이 두 가지는 가장 강렬한 감정이니까.〉

이 말 끝에 그녀가 딥 키스를 해오더니 끌다시피 그를 화장실로 데리고 가 그의 위에 올라타서는 온갖 동작을 시도했다.

이날부로 연애가 시작됐다. 이해할 수 없게도 그녀는 늘 느지막이 약속 장소에 나타나거나 막판에 약속을 취소했지만, 어쩌다 만나 줄 때는 그에게 엄청난 기쁨을 선사했다.

그는 사랑에 〈빠졌다〉. 이 표현이 안성맞춤인 게, 그에게 둘의 관계는 일종의 자기 파멸이었다. 그는 암컷에게 서서히 잡아먹히는 사마귀 수컷이 느끼는 황홀감을 느꼈다.

쥐스틴은 뜻밖의 장소에서 사랑을 나누고 싶어 했다. 처음에는 화장실이나 엘리베이터 안이었다가 가구점 옷장 안, 건물 뒤뜰, 숲속으로 바뀌었고 나중에는 한적한 시골의 철길 위에서 관계를 갖자고까지 제안했다.

에로스와 타나토스.

최고의 섹스 교사였던 그녀는 롤 플레잉 게임을 좋아하고 가방 가득 섹스 토이와 변장용 옷을 넣어 다녔다. 쥐스틴과 몸을 섞을 때마다 그는 놀라움을 기대했고, 그녀는 그의 기대를 저버리지 않았다. 그녀는 선구자였다. 그의 친구들은 그녀가 그를 선택한 이유를 의아해하며 질투에 찬 시선을 보냈다.

그녀가 르네 한 사람에게만 만족하지 못하고 다른 남자들과도 잔다는 걸 알았지만 르네는 아무렇지 않았다.

이 연애가 학업에 심대한 영향을 끼치는 바람에 그는 모든 과목에서 낙제하고 말았다. 하지만 당연히 치러야 할 대가라고 여길 만큼 그는 쥐스틴에게 중독돼 있었다. 모든 대화의 주제가 그녀였다. 그녀는 그의 정신을 점령해 버렸다.

혹자는 이렇게 멋진 로맨스가 또 어디 있겠느냐고 말할지 모른다. 상호적인 관계였다면 그 말이 틀린 말은 아닐 것이다! 문제는 쥐스틴이 사랑받는 건 좋아했지만, 르네가 그녀에게 느끼는 만큼의 애정을 그에게 느끼지는 못했다는 사실이었다. 그녀는 한 남자가 자신을 미치도록 좋아하게 만들 수 있는지가 궁금했을 따름이었고, 그것에 대한 확신을 얻었다는 생각이 드는 순간 실컷 가지고 논 장난감에 싫증을 내는 어린아이처럼 상대에게 권태감을 느꼈다.

그러던 어느 날, 그녀가 아무 이유도 없이 관계를 중단하겠다고 선언했다. 그녀의 생각이 달라지기를 바랐지만, 그다음 날 쥐스틴은 같은 과 동기 남학생 한 명과 떡하니 르네의 앞에 나타났다. 하늘이 무너지는 것 같았다.

파랗게 질려 자신을 쳐다보는 르네에게 그녀는 태연히 말했다. 〈놀란 얼굴 하지 마. 처음부터 내가 얘기했잖아.〉

회복에 많은 시간이 걸렸다.

시간이 흘러 차분한 성격의 여자와 사귀게 됐지만 그는 금세 지루함을 느꼈다. 〈고추의 매운맛을 보고 나면 다른 음식이 밍밍하게 느껴지는 법이지〉 하고 아버지가 훈수를 뒀다.

몇 사람을 더 거친 후에 영화 CG 디자이너인 아그리핀을 만났다. 그녀는 쥐스틴에 비해 팜 파탈 기질은 약했지만 다른 특징이 있었다. 술을 좋아했다. 술이 들어가면 완전히 통제력을 잃고 발작하곤 했다. 하루는 만취 상태에서 날뛰다 포크로 그의 손등을 찌르기까지 했다. 이 사건으로 르네는 두 가지 결심을 했다. 하나는 아그리핀과 헤어질 것, 다른 하나는 커플을 이루려고 더 이상 애쓰지 않을 것.

이때부터 그는 역사에 온 열정을 쏟아부었다. 물론 이 지적인 활동이 에로스와 타나토스의 결합만큼 강렬한 감정을 일으키진 못해도 그의 삶에 어떤 의미가 있다는 느낌을 주기에는 충분했다. 그는 고등학교 교사가 돼 지식을 전달하는 일을 하다가 동료인 엘로디를 만났다. 이 만남은 남녀 관계가 꼭 밋밋하거나 자극적이거나, 뜨겁게 타오르거나 서로 상처만 주거나, 이 둘 중 하나일 필요는 없다는 것을, 그저 편안한 융화여도 충분하다는 것을 그에게 가르쳐 주었다.

그들은 더 이상 이상적인 커플에 대한 환상을 키우면서 골치 아프게 살지 말자는 소망으로 뭉친 동지가 되기로 했다. 매일 만나 점심을 같이 먹고 일주일에 한 번은 저녁 식사를 함께했다. 엘로디의 표현대로 〈단점은 없고 장점은 무수한 관계〉였다.

성관계 횟수가 줄어들다 보면 필요 자체가 사라진다는 것을 르네는 경험했다. 단기적인 행복이 아닌 장기적인 행복을 고민하면서 그는 이 두 가지 개념이 상호 모순적이라는 것을 깨달았다. 그는 사랑 대신 우정을 선택했다.

다정한 눈빛으로 친구의 생각을 읽던 엘로디가 드디어 입을 연다.

「이제 몽상 끝났어? 자, 다시 말할게. 내 마지막 충고야. 그 최면사를 다시는 만나지 마. 그 최면사가 구사하는 건 백마술이 아니라 흑마술이니까.」

이때 그의 호주머니에 메시지 도착을 알리는 진동이 전해진다.

르네,

메시지 고마워요. 놀라우면서도 어찌나 반가운 소식이던지. 아틀란티스라니! 말도 안 돼. 1만 2천 년 전이라니…… 당신이 내 궁금증을 자극했어요. 다시 만나고 싶은데, 오늘 오후 4시에 샤틀레 광장 근처 빅토리아 대로 19번지로 올래요?

오팔

31

가게 전면에 로고 대신 칵테일 잔을 들고 빌딩을 무너뜨리는 거대한 외눈박이 문어가 그려져 있다.

오팔이 약속 장소로 정한 곳의 이름은 〈세상의 종말을 앞둔 최후의 바〉. 다방면의 괴짜들과 SF 팬들, 롤 플레잉 게임 신봉자들, 그 외 다양한 파리 젊은이들의 피난처다.

문을 밀고 들어가자 「스타워즈」, 「스타 트렉」, 「매트릭스」, 「블레이드 러너」, 「반지의 제왕」, 「왕좌의 게임」 같은 작품에서 아이디어를 얻어 꾸민 실내에서 변장한 웨이터들이 연기가 나는 형광 초록, 파랑, 주황색 음료를 나르고 있다.

생전 처음 와본 곳에서 어리둥절해진 르네는 오팔이 이런 이상한 장소에서 만나자고 한 의도가 불순하다는 생각을 한다.

그는 단을 만들어 높이를 올리고 H. P. 러브크래프트의 초상화와 마야 신전의 원화창(圓華窓)으로 장식한 곳에 있는 테이블에 가서 앉는다. 〈던전 앤 드래곤〉류의 보드게임을 즐기는 변장한 손님들로 가득한 홀이 내려다보인다.

대형 스크린에는 소행성이 날아와 도시 전체가 파괴되는 재난 영화가 틀어져 있다.

「와줘서 고마워요.」

뒤통수에서 익숙한 목소리가 들려 고개를 돌리자 큰 초록색 눈에 빨간 머리를 길게 늘어뜨린 오팔이 서 있다. 그녀가 그와 마주 보고 앉는다.

가까이서 본 그녀는 눈이 부시도록 아름답다. 그녀가 먼저 말문을 연다.

「당신 문자 메시지를 받고 깜짝 놀랐어요. 그 자가 최면 경험을 자세히 얘기해 줄 수 있어요?」

르네가 최초의 경험을 최대한 상세히 묘사하기 시작하자 그녀가 지난번보다 훨씬 호의적인 얼굴로 그를 쳐다보며 이야기에 귀를 기울인다.

「당신이 너무 부러워요. 〈고객 만족〉은 실현된 셈이군요. 솔직히 말하자면 당신 문자 메시지에서 〈아틀란티스〉라는 단어를 보는 순간 몸에 소름이 돋았어요. 나 역시 늘 전생에 아틀란티스인이었다고 믿고 있었거든요.」

그녀는 〈나는 왼손잡이예요〉, 〈나도 스시를 먹어요〉하고 말하듯이 아무렇지 않게 이 말을 툭 내뱉었다.

「그런 말을 들은 사람들이 어떻게 반응하던가요?」

「나는 늘 이 주제에 매료돼 있었어요. 가끔씩 꿈속에서 어떤 사람을 만나거나 어떤 사건이 일어나는 풍경이 내가 상상하는 그곳이 아닐까 생각하죠.」

갑자기 그녀의 어조에 흥분이 감돈다.

「내가 당신을 도와줬으니 당신도 날 도와줬으면 해요. 당신이 다녀온 곳에 나도 갈 수 있게 안내해 줘요.」

다스 베이더로 변장한 웨이터 하나가 주문을 받으러 다가온다. 오팔이 재빨리 메뉴판을 훑어 내려가더니 팬 갤럭틱 가글 블래스터(보드카, 진, 피스타치오 시럽, 스프라이트, 젤리를 섞은 칵테일)를 고른다. 그에게는 마션 트리트먼트(진, 수박 시럽, 여주 주스, 사과 주스, 오이, 바질을 섞은 칵테일)를 권한다.

「어쩌다 당신과는 조금 특별한 상황에서 만났지만, 나는 스스로 최면사뿐만 아니라 과학자라고 믿고 있어요. 나 나름대로 말이죠. 내가 생각하는 과학자는 탐험의 최전선에 있는 사람이에요. 우리야말로 앎의 경계를 확장하기 위해 존재하는 사람들이죠. 나는 다른 사람들이 아직 모르는 것을 알고 싶어요.」

그녀가 게임에 열을 올리는 손님들을 손으로 가리키며 말끝을 단다.

「나는 우리 각자에게 특별한 재능이 있다고 믿어요. 우리 한 사람 한 사람은 서로 다른 것에 천재적인 재능을 가지고 있죠. 어디에도 어떤 사람에게도 없는. 롤 플레잉 게임의 규칙과 비슷한 면이 있어요. 우리는 태어나기 전에 주사위를 던져 각자의 재능과 핸디캡을 뽑은 거예요.」

웨이터가 연기가 피어오르는 빨간 혼합액 한 잔과 노란 형광색 혼합액 한 잔을 들고 온다. 이상하게 보이는 음료를 르네가 미심쩍은 눈길로 내려다본다.

「고마워요, 제임스.」

그녀가 다정하게 인사를 하고 나서 르네 쪽으로 의자를 당겨 앉는다.

「어때요, 자가 최면의 길에 내 안내자 역할을 해줄래요?」

「설마 진짜 한 번도 해본 적이 없는 건 아니겠죠.」

「나 스스로는 한 번도 성공해 보지 못했어요. 누가 나한테 해줬으면 하는 걸 다른 사람들한테 해주고 있죠.」

「자신의 전생을 한 번도 탐험한 적이 없는 사람이 퇴행 최면 전문 최면사라니, 어불성설이군요.」

「듣고 보니 그렇네요. 하지만 그런 패러독스가 어디 내 인생뿐이겠어요. 베토벤은 귀가 어두웠고 니체는 광인이었고 모네는 말년에 앞을 보지 못했으며 마리아 칼라스는 목에 병을 앓았죠. 내 단골 정육점 주인은 채식주의자고 내 주치의는 늘 아픈걸요. 〈구두장이 신발이 제일 엉망〉이라는 속담도 있잖아요.」

르네는 긴장이 풀리고 한결 편안해진 모습이다.

「자, 그럼 말이죠, 본격적인 얘기에 앞서 당신이 어떤

사람인지부터 내게 알려 주시죠, 최면사 선생님. 당신은
나에 대해 많은 걸 알고 있지만 나는 당신에 대해 아는
게 거의 없으니까요.」

「당신한테 감춘 건 하나도 없어요.」

「맞아요, 그렇다고 당신 얘기를 나한테 해준 적도
없죠.」

「뭐가 알고 싶은 거죠?」

「최면사인 당신이 최면에 걸리고 싶어 하듯이 역사 교
사인 나는 당신의 역사가 알고 싶은 거예요.」

「내 역사요?」

「우리는 누구나 스스로 만든 신화에서 벗어나지 못하
죠. 나는 당신 신화의 내용이 궁금한 거예요.」

「당장? 라이브로요?」

장난치듯 대꾸하는 그녀의 모습에 르네는 문득 매력
을 느낀다. 다른 사람들처럼 그녀도 자기 얘기를 하는 걸
좋아하겠지. 누구나 그걸 통해 존재한다는 느낌을 갖게
되니까.

르네가 앞에 놓인 칵테일 잔을 들어 입에 댄다. 괴상한
맛이라고 느끼는 순간 그녀의 이야기가 시작된다.

32

오팔 에체고옌의 아버지는 카바레에서 공연하는 마술
사였다. 그는 눈속임 마술을 펼쳐 어린 딸을 환상의 세계
로 이끌었다. 옷소매에서 꽃이나 카드, 머플러를 빼내고,
입 안에서 탁구공을 꺼내고, 실크 모자 속에 있던 토끼의
귀를 잡아 들어 올리는 아버지의 모습을 넋을 잃고 지켜
보던 어린 소녀는 함박웃음을 지으며 손바닥이 아프도록
박수를 치곤 했다.

아버지가 딸에게 설명해 준 마술의 작동 원리는 이랬
다. 일단 서스펜스를 깔아 놓은 다음 쭉 끌고 가다가 이
긴장감이 절정에 달하는 순간 뜻밖의 것을 터뜨려 놀라
움을 선사한다.

각각의 마술에는 비밀이 숨겨져 있는데, 이 비밀을 알
고 나면 다른 사람들은 모르는 보물을 혼자 가지게 된 것
같은 느낌이 든다고 아버지는 말했다.

아버지는 딸에게 같은 반 친구들을 놀라게 할 수 있는

간단한 마술, 가령 엄지를 안으로 구부려 절단된 것처럼 보이게 하는 마술, 티스푼을 떨어지지 않게 콧등에 올려 놓는 기술, 컵과 작은 공을 가지고 하는 다양한 종류의 마술을 가르쳐 주었다. 그러고 나서는 카드 마술의 세계로도 딸을 안내해 주었다. 어린 소녀는 마술을 선보이기 위해서는 많은 시간이 필요하며, 자신이 좋아하는 마술을 골라 그 기술을 완벽하게 터득하려면 엄청난 연습이 필요하다는 것을 금세 깨달았다.

그녀는 자연스럽게 아버지를 따라 무대에 올랐다. 아버지의 공연에서 몸이 둘로 나뉜 사람 역할을 했다. 빤짝거리는 옷을 입고 처음 선 무대에서, 자신을 대견하게 쳐다보는 아버지의 손을 잡고 인사했을 때 관객석에서 쏟아지던 함성과 박수 소리를 그녀는 지금도 생생히 기억한다.

오팔의 어머니는 심리학자였다. 딸에게 몸소 마술을 가르쳐 주던 아버지와 달리 어머니는 마술은 취미 활동에 불과하니 생계를 위해 진지한 직업을 가져야 한다고 늘 말했다.

오팔은 어머니의 길을 걷기로 정했다. 그녀는 의학과 심리학을 같이 전공하고 나서 정신 분석 전문가가 되어 개인 병원을 열었다. 하지만 임상 경험은 그녀의 기대와는 달랐다. 그녀가 한 일은 실제든 상상이든 환자들이 일상에서 겪는 소소한 문제들을 들어 주는 것이었다. 그녀는 정신 분석가가 신자들의 하소연을 듣고 기도가 해결책이라는 결론을 내려 주는 사제나, 손님들의 머리를 감겨 주면서 내밀한 사생활을 알게 되는 미용사와 이름만 다를 뿐 유사한 직업이라는 생각을 하게 됐다.

환자들은 평가나 훈계 없이 오직 자신의 이야기를 들어 주는 사람을 찾아 그녀에게 왔다. 하지만 실수의 원인을 알려 주고 재발을 막기 위한 조언을 해주면, 그것을 받아들여 행동을 바꾸려는 사람은 지극히 적었다.

임상 경험을 통해 오팔은 누구에게나 숨겨진 상처가 있으며, 이것을 치료하지 않는 한 절대 단단해질 수 없다는 것을 깨달았다. 그런데 정신 분석은 이 상처의 현상 유지에만 집중할 뿐 현실적인 해결책은 주지 못하는 것 같았다.

오팔은 자신의 방법이 본질적인 해결책이 아니라는 사실에, 자신의 진료 내용 중에서 가장 효과적인 것은 쿠에[8]의 암시 요법 ─ 〈진료비를 내고 앞으로 10년간 꾸준히 상담을 받으러 오다 보면 언젠가 치료가 될 거예요〉 ─ 뿐이라는 사실에 좌절감을 느꼈다.

정신 분석 상담은 그녀의 월세 외에 아무것도 해결해 주지 못했다.

그녀는 자신이 겪는 무기력증의 원인이, 환자들이 그

---

8 프랑스의 약사이자 심리학자. 자기 암시 요법의 창시자로 알려져 있다.

들의 진짜 깊은 상처는 빼고 표면적인 상처만 털어놓는 데 있다는 결론에 이르렀다. 하지만 깊은 상처를 치료하지 않고서는 표면적인 상처도 결코 낫게 해줄 수 없었다. 최대한 상처의 근원까지 거슬러 올라가야 한다는 뜻이었다.

오팔은 아주 먼 과거까지, 유아기, 심지어 태어나기 전이나 태중(胎中)의 시간까지 탐구할 필요를 느꼈다.

그러다 보니 점점 멀리까지 가게 됐고, 끝내는 잉태 이전으로 가야 할지 모른다는 직관에 도달했다. 진정한 심리적 문제는 영혼의 시원(始原)에서 비롯되는 게 아닐까? 그녀의 눈에는 오직 최면만이 이 무의식의 경계를 뛰어넘을 수 있는 힘을 가지고 있었다.

그녀는 즉시 정신 분석가의 길을 버리고 최면 공부에 매진했다. 나중에는 방향을 틀었지만 지크문트 프로이트도 초기에 프랑스에 와서 샤르코 교수에게 최면술을 배워 가지 않았던가.

최면에는 흡연 중독이나 불면증, 공포증 등을 없애기 위한 치료용 최면과 관객을 상대로 하는 공연용 최면, 이 두 가지가 있다는 것을 오팔은 알게 되었다.

그녀는 두 분야를 모두 공부했다. 뇌의 작동 메커니즘을 이해하기 위해 배운 치료용 최면은 임상에서 마취가 필요한 환자들에게 사용했다. 최면 공연을 하는 카바레에 드나들면서 배운 공연용 최면은 훗날 그녀가 자신만의 무대를 올리는 데 밑거름이 됐다. 그녀는 최면 경험을 외부가 아닌 내부의 시선으로 직접 경험해 보고 싶어 여러 번 즉석에서 피험자로 자원하기도 했다.

최면 공부를 통해 그녀는 뇌에 접근하는 가장 간단한 방법이 3+1의 원칙이라는 것을 알게 됐다. 먼저 상대에게 별것 아닌 세 가지 제안을 받아들이게 한 다음 자연스럽게 네 번째 제안을 하는 것이다. 가령 〈눈을 감아요〉, 〈호흡을 천천히 해요〉, 〈몸의 긴장을 풀어요〉 같은 간단한 암시를 먼저 받아들이게 한 상태에서, 〈이제 흡연 욕구가 사라졌어요〉처럼 수용하기가 훨씬 힘든 네 번째 암시를 들이미는 것이다. 그러면 이미 세 가지 암시를 수용한 상대는 새로운 암시를 받아들이고 싶은 욕구를 느끼게 된다. 이다음이 가장 어려운 단계인데, 암시에 시간을 도입해야 하기 때문이다. 가령 환자에게 까맣게 변한 폐의 이미지를 시각화하게 해 강렬한 감정을 불러일으킴으로써 암시를 수용하게 만든다.

하지만 치료용 최면은 그녀에게 실망감만 안겨 주었다. 일찍이 프로이트도 감지했듯이 치료 목적의 최면은 천성적으로 〈영향을 쉽게 받는〉 20퍼센트에게만 통했지 나머지에게는 효과가 없었다. 공연용 최면 역시 실망스럽기는 마찬가지였다. 위험을 지기 싫은 최면사들 대부분이 공연에 눈속임 기술을 동원하거나 관객석에 조력자를 심어 놓고 우연히 선택된 것처럼 꾸몄기 때문이다.

오팔이 아버지에게 그런 최면사들에게 환멸을 느낀다고 고백하자 아버지는 그들이 관객 앞에서 최면에 실패해 웃음거리가 되지 않으려고 어쩔 수 없이 그런 선택을 하게 된다고 말했다.

그녀는 아버지와 여러 차례 진지한 대화를 나누고 나서 〈1백 퍼센트 정직한〉 자신만의 공연을 무대에 올리고 싶다는 포부를 밝혔다. 딸의 뜻을 이해한 아버지가 그녀에게 직접 유람선 공연장을 찾아 주고 무대 장치와 초보적인 무대 연출에 도움을 주었다. 그녀의 실험적 공연을 몇 번 지켜본 아버지는 이렇게 조언했다. 〈예술가라면 누구나 자신의 트레이드마크가 될 만한 특별한 공연 하나쯤은 가지고 있어야 한단다. 네 경쟁자들이 하지 않는 최면 실험으로 너만의 색깔을 만들어 보렴.〉 오팔은 아버지의 조언을 듣고 전생으로 거슬러 올라가는 퇴행 최면에 대한 아이디어를 얻었다. 퇴행 최면에 대한 강한 믿음이 있었기 때문에 사람들을 상대로 최면을 걸다 보면 자연스럽게 완벽한 기술을 터득할 수 있으리라고 기대했다.

그런데 그만 〈슈맹 데 담 전투의 이폴리트 펠리시에〉 사고가 일어나고 말았다.

33

〈세상의 종말을 앞둔 최후의 바〉 안, 음악 소리가 점점 커지자 본능적으로 손님들의 목소리도 따라 커진다.

황소 눈처럼 커다란 그녀의 눈망울이 르네를 빨아들일 것 같다.

지금까지 그녀를 자세히 본 적이 없었어. 제대로 한 번 쳐다보지도 않았어. 나는 늘 사람들을 지나쳐 가기만 했을 뿐 그들을 응시하지도, 이해하려고 애쓰지도 않았어.

당혹스러워. 나 아닌 다른 이의 삶, 그리고 그 삶의 깊이가.

그녀가 도리질하듯 긴 머리를 우아하게 흔들어 댄다. 처음으로 그녀의 나무향 향수 냄새가 진하게 느껴진다.

오팔 에체고엔, 대체 당신은 무엇 때문에 내 삶의 여정에 나타난 거야?

당신은 내가 존재조차 몰랐던 정신의 문을 열어 줬어. 그런데 이제는 나더러 막혀 있는 당신의 문을 열어 달라니……

지난 며칠간의 경험으로 내가 진짜 누군지 조금 더 알게 됐어. 그리고 다른 사람들은 누구인지 궁금증을 가져야겠다는 생각을 하게 됐지. 내 삶에 나타나는, 나를 진화시키기 위해 거기 있는, 또한 내가 진화시킬 수 있는 대상인 그들은 누구인지에 대해.

그녀가 칵테일을 홀짝거리며 다시 흥분한 어조로 말을 잇는다.

「당신 반응이 처음에는 너무 당황스러웠어요. 내가 사고에 충분히 대비하지 못하고 너무 빨리, 너무 멀리까지 갔다는 걸 깨달았기 때문에. 공연 다음 날 당신이 날 찾아왔을 때, 가슴이 덜컥 내려앉더군요. 공연장 밖까지 뒤따라왔을 때는 복수하려는 줄 알고 무서웠죠. 그런데 그 후 몇 차례의 퇴행 최면이 있었고……. 이제 당신은 내게 의심의 대상이 아닌 질투의 대상으로 변했어요.」

오팔을 바라보는 르네의 눈빛이 달라져 있다.

「당신 덕분에 전생의 기억에 접근하는 게 우리에게 얼마나 많은 가능성을 열어 주는지 알았어요. 이제 나는 유년기를 넘어 모든 전생들로 거슬러 올라가는 이 방법이 정신적 상처를 치료하는 데 정신 분석보다 적합하다는 확신을 가지게 됐어요.」

당신이 좋아졌어요. 하지만 당신은 나 같은 사람에게 관심이 있을 리 없겠죠. 일개 교육 공무원인 나 같은 사람한테.

게다가 살인자이기까지 한 나한테.

「우리는 저마다의 로맨스와 범죄와 끔찍한 시련과 영

웅적인 순간들을 품고 살아가요. 배경 소음처럼, 들릴락 말락 작게 틀어져 있는 음악 소리처럼 그것들은 우리의 현재 삶에 영향을 미치죠.」

「경험자로서 말인데, 그것들을 선명하게 기억해 내면 트라우마로 남을 수도 있어요.」

「그 반대로 정신적 풍요를 가져다줄 수도 있죠. 아직 나는 거기에 이르지 못했지만 당신과 같이하면 가능할지도 몰라요. 멋진 경험을 시작한 당신이 이번에는 나를 그 길로 안내해 줄 수 있다고 믿는 거예요. 심해 잠수 경험자에게 잠수를 배우는 것만큼 좋은 일이 어디 있겠어요.」

르네가 속을 꿰뚫어 보려는 듯 한참 그녀의 눈을 응시하더니 주위를 한번 휘둘러보고 말한다.

「왜 내가 당신을 도와줘야 하죠?」

「보답 차원이죠. 당신의 전생을 발견하게 내가 도와주지 않았던가요?」

「그걸 내가 믿지 않는다고 하면요? 당신이 나를 조종했다고 생각한다고 하면요?」

「그게 사실이라면 내가 당신한테 똑같은 요구를 할 이유가 있을까요? 난 그 정도로 바보는 아니에요.」

그가 곰곰이 생각에 잠긴다.

「정직하게 말해 봐요. 당신은 정신을 조작할 수 있죠?」

「있어요.」

「내 정신을 조작했어요?」

「꼭 그렇진 않아요.」

「했다는 고백이나 마찬가지군요.」

「얼마든지 할 수는 있지만 당신한테 조작 같은 건 하지 않았어요. 정말로 되더군요.」

「그렇다 치고, 당신이 어떤 식으로 조작을 하는지 나한테 보여 줘요.」

그녀가 뜨악한 표정으로 그를 바라본다.

「당신 요구를 이해 못 하겠군요.」

「내가 한 경험과 단순한 심리 조작의 차이를 비교할 수 있게 마술을 하나 보여 줘요.」

「그러니까 당신 말은, 내가 당신의 정신을 조작하지 않았다는 증거가 필요하니까, 나한테 당신의 정신을 조작해 달라, 이거예요?」

「당신이 속이는 걸 직접 봐야 비교가 가능할 테니까요. 그렇게라도 속이지 않는다는 확신을 갖고 싶은 거예요.」

그녀가 어깨를 으쓱하더니 가방을 뒤진다.

「좋아요. 그렇게 원한다니까 아버지한테 배운 간단한 마술을 하나 보여 주죠. 얼마나 쉽고 빠르게 상대방의 정신에 영향을 끼칠 수 있는지 알 수 있을 거예요. 당신이 원하는 게 이런 거죠, 안 그래요?」

그녀가 가방에서 카드 세트를 하나 꺼내더니 그의 눈높이로 들어 올려 보여 준다.

「내가 당신 눈앞으로 이 카드들을 재빨리 지나가게 하

는 동안 마음속으로 하나를 골라요.」

그녀가 오른손에 카드 뭉치를 쥐고 왼손 엄지로 카드를 비틀듯이 펼치기 시작한다. 3초 만에 카드 52장이 르네의 눈앞을 휙 지나간다.

「하나를 골랐어요?」

「골랐어요.」

그녀가 눈을 감는다.

「아무 말도 하지 말아요. 뭔지 맞출 수 있을 것 같으니까.」

그녀가 커다란 눈으로 그를 응시하더니 조심스럽게 말한다.

「일단 빨간색인 건 확실해요.」

「둘 중 하나의 확률이지만, 뭐, 빨간색은 맞아요.」

「감정과 관계가 있는 거. 하트예요.」

「넷 중 하나의 확률이죠. 하지만 하트가 맞긴 맞아요.」

「숫자가 아니고 그림이에요.」

「제법인데요.」

아니야, 그럴 리가 없어, 설마 맞추진 못하겠지.

「왕관을 쓴 여자. 하트 퀸이에요.」

젠장.

「그래요, 맞아요. 어떻게 알았어요?」

「간단한 마술이에요.」

「어떻게 했는지 설명해 줘요.」

「설명을 해주면 전생으로 가는 퇴행 최면을 나한테 걸어 줄 거예요?」

맛이 그다지 나쁘지 않다는 생각을 하며 르네는 칵테일 잔을 비운다. 그가 잔을 테이블에 내려놓으며 고개를 끄덕인다.

「그러죠.」

「사실은 내가 당신의 무의식에 들어가 그 카드를 심어 놨어요. 당신은 그 카드를 고른다고 믿었지만 실제로 당신이 고른 게 아니라는 뜻이에요. 마술 용어로는 이걸 〈강요된 선택〉이라고 하죠.」

「내 눈앞에서 몇 초 동안 카드 52장을 보여 주면서 어떻게 특정 카드를 고르게 강요할 수 있단 말이죠?」

「영화의 원리인 〈망막 지속성〉 덕분이에요. 우리는 1초당 최대 24개까지 이미지를 지각할 수 있어요. 25번째 이미지가 나타나면 우리 의식은 그걸 볼 수 없어요. 하지만 무의식은 볼 수 있죠. 내가 당신한테 보여 준 52장의 카드 중에 하트 퀸이 3장 들어 있었어요. 나는 엄지손가락으로 플립 효과를 내면서 일종의 짧은 영화를 만들었어요. 당신이 세 번이나 똑같은 이미지, 즉 하트 퀸을 봤기 때문에 그게 다른 것들보다 당신 망막에 조금 더 새겨지게 된 거예요. 그래서 당신 무의식은 그걸 자유 의지로 선택했다고 믿은 거고요. 하지만 당신 입에서 나올 말을 골라 놓은 사람은 바로 나예요.」

르네가 카드 세트를 자세히 들여다보니 그녀 말대로 하트 퀸이 세 장 들어 있다.

「당신이 그런 능력을 가진 게 맞네요. 내가 특정 카드를 생각하면서 그 생각을 나 스스로 했다고 믿게 만들 수 있다는 거잖아요?」

「이걸 알아 둬요. 당신한테 이 마술을 보여 준 이유는, 내가 당신을 얼마든지 속일 수 있지만 그러지 않았다는 걸 증명하기 위해서예요.」

그가 여전히 믿기지 않는다는 얼굴을 하자 그녀가 다른 설득의 논거를 찾으려고 애를 쓴다.

「더군다나 당신은 자가 최면으로 퇴행 최면에 성공한 사람이에요. 당신 내부에서 만들어진 이미지들이지, 외부에서 그것들을 당신 머릿속에 집어넣을 수는 없었다는 얘기예요.」

「내가 스스로에게 그렇게 하도록 당신이 조작했을지도 모르죠.」

「솔직히 나로서는 위험을 감수하면서 이 마술을 당신한테 보여 줬어요. 내가 속이지 않았다는 걸 당신한테 증명해 보이기 위해서. 속일 줄 알지만 속이지 않는다는 걸 말하기 위해서. 맹세해요, 당신의 퇴행 최면은 정말로 그렇게 성공한 거라고요! 나 참, 당신의 그 아틀란티스인이 존재한다고 내가 진짜 믿고 있다니까요! 그렇지 않다면 내가 이 자리에 있을 이유가 없잖아요.」

바 안의 음악 소리가 한층 더 높아진다. 르네의 머릿속에서 오만 가지 감정이 뒤섞여 부딪친다. 눈앞의 아름다운 여성을 향한 끌림, 스킨헤드의 죽음에 대한 죄책감, 감옥에 갈지 모른다는 두려움, 게브를 만난 감격과 황홀함, 교사의 삶에서 느끼는 권태로움, 아틀란티스로 돌아가고 싶은 갈망.

「언제 퇴행 최면을 할래요?」

순간 그녀의 얼굴에 함박웃음이 걸린다.

「내일이 어떨까요. 저녁 6시에 우리 집에서, 괜찮아요? 오르페브르 거리 7번지예요. 아파트 현관 비밀번호는 1936, 외우기 쉬워요, 유급 휴가 제도가 시행된 첫해니까. 4층으로 올라와서 오른쪽 집이에요. 그 경험을 당신과 공유할 순간을 내가 얼마나 고대하는지 당신은 모를 거예요! 의식의 벽을 넘어 가장 심층에 존재하는 과거의 기억 속으로 들어가는 것, 상상만으로도 황홀해지는 경험이에요.」

그녀는 그의 마음이 바뀌기 전에 서둘러 자리에서 일어나 재킷을 챙겨 들고 〈세상의 종말을 앞둔 최후의 바〉를 나선다.

르네는 묘한 기분에 휩싸인다.

내 도움을 받아 전생의 문을 열게 되면 그녀 역시 나처럼 살인 충동을 불러일으키는 범죄자와 마주하게 될까?

이상한 상상이라는 생각이 드는 순간 피식 헛웃음이

나온다.

그렇게 되면 우린 〈공범〉이 되는 거네……. 지금보다 덜 외
롭다고 느껴질 수도 있겠어.

34

괘종시계가 드디어 마법의 시간을 가리킨다. 23시 23분. 다른 세계로 가기 위해 이 세계의 열린 커튼을 내려야 하는 순간.

그의 안에 있는 열 개의 계단이 이제는 아파트 계단만큼이나 친숙하게 느껴진다.

무의식의 문이 벌써 빠끔히 열려 그를 부른다. 111개의 문이 나 있는 복도로 들어서는 순간 마음이 평온해진다. 불쑥 아무 문이나 열고 들어가 보고 싶어진다. 하지만 이미 마음에 쏙 드는 신비로운 전생을 발견한 마당에, 어떤 새로운 트라우마를 안겨 줄지 모르는 다른 전생의 문을 열 용기가 선뜻 나지 않는다. 과연 아틀란티스만큼 그의 정신을 자극할 전생이 더 있을까?

르네는 야자수로 둘러싸인 해변에 이른다. 바람은 잔잔해졌는데 모래사장 어디를 봐도 그는 보이지 않는다. 수면 위로 몸을 솟구치며 비웃음 같은 울음소리를 내는 돌고래들만이 그를 맞는다.

게브가 있던 자리는 비어 있다. 아무 생각 없이 그의 문명은 잊혔다고 한 말에 충격을 받고 화가 난 건 아닐까.

그는 과연 올까?

한 시간 가까이 기다렸다는 생각이 들자 그는 아쉬운 마음을 간직한 채 해변에 있는 문을 향해 다시 발걸음을 옮긴다. 문손잡이를 돌리는 순간, 뒤에서 그를 부르는 소리가 들린다.

「기다리게!」

르네가 재빨리 뒤를 돌아본다.

「잘 지냈어요, 게브? 얼굴을 보니까 좋네요. 당신이 화가 나서, 습관으로 굳어진 우리 만남에 나오지 않으면 어쩌나 걱정했어요.」

게브는 계속 굳은 표정을 하고 있다.

「날 따라오게. 자네가 신화라고 믿는 걸 두 눈으로 직접 확인하게 해줄 테니까.」

르네는 1만 2천 년 전 자신의 뒤를 따라 걷기 시작한다.

35

오솔길은 밀림으로 나 있다. 해변의 야자수와 다르게 생긴 처음 보는 나무들이 르네를 맞는다. 잎사귀며 껍질, 줄기 모두 르네가 흔히 보던 나무들과는 다르다.

길이 넓어지면서 고갯마루까지 쭉 이어진다. 드디어 〈그의〉 세계가 한눈에 들어온다. 발아래 펼쳐진 광경에 감격해 르네는 잠시 말문이 막힌다. 〈기시감〉과 황홀감이 뒤섞여 밀려온다.

멀리서 도시를 병풍처럼 두르고 있는 삼각형 모양의 화산이 눈에 들어온다. 눈 덮인 정상에서 희부연 연기가 하늘로 구불구불 올라가는 것만 다를 뿐 후지산과 흡사하다.

화산 정상의 수원(水源)에서 시작된 물줄기가 산비탈을 따라 골을 이루고 다시 시내를, 강을 만들며 흘러내려 청록색 호수로 모여든다. 호수를 따라 언덕 비탈에 아담한 마을이 들어서 있다. 강줄기는 휘어지다 펼쳐지다 하면서 아틀란티스의 수도까지 이어지고 있다.

저긴가 보구나, 멤세트……

르네는 자신의 상상을 뛰어넘는 경관에 압도당한다.

멤세트……

아침 햇살이 찬연스럽게 도시로 쏟아져 내린다. 도시를 굽어보는 그의 머릿속에 가장 먼저 떠오르는 단어는 바로 〈찬란함〉이다. 그는 주변의 자연에 이토록 융화되는 도시를 지금껏 본 적이 없다. 꽃의 도시.

밀림 한가운데 호젓하게 들어앉은 멤세트는 반짝이는 잎이 달린 한 송이 커다란 분홍색 해바라기꽃을 연상시킨다.

다른 고대 도시들과 달리 이곳에는 성벽이 없다. 경작지도 목초지도 눈에 띄지 않는 대신 점처럼 작아 보이는 조그만 호수들이 여러 개 있다.

원형 도시 한가운데는 넓은 광장이 있고, 광장 가운데는 파란색 피라미드가 하나 서 있다. 이 피라미드에서 여섯 개의 대로가 뻗어 나가고 있다. 집들은 2층 높이를 넘지 않고, 모두 테라스를 가지고 있다.

르네와 게브는 길을 따라 천천히 언덕을 내려간다.

도시의 세세한 풍경이 하나둘 눈에 들어온다. 나지막한 집들의 외벽은 덩굴식물로 덮여 있고, 꽃과 과일나무로 빼곡한 테라스들에는 르네가 지금까지 본 적이 없는 나비들과 형형색색의 새들이 떼를 지어 날아와 앉아 있다.

도시 안에도 이상하게 말이나 나귀 한 마리, 마차나 짐수레 한 대 보이지 않는다. 거리를 어슬렁거리는 개도 눈에 띄지 않는다.

여섯 개의 대로 가운데를 급수원 겸 쓰레기 처리장 역할을 하는 여섯 개의 강이 가로지르며 흐르고 있다.

강가에는 올리브 나무와 생김새가 비슷하지만 빨간색 열매가 달리고 몸통이 뒤틀린 고목들이 서 있다.

주민들은 서두르지 않고 조용히 걸음을 옮긴다. 그들은 이따금 가던 길을 멈춰 서서 한가롭게 이야기를 나누기도 한다. 어린아이와 임신한 여성은 눈을 씻고 봐도 없다. 사람들은 주로 청록색 장식이 달린, 게브와 똑같은 베이지색 치마를 입고 있다. 여자들은 복잡하게 땋아 내린 머리끝을 하나같이 파란색으로 염색했다. 몇몇은 크레타 문명의 조각에 등장하는 여성들처럼 가슴 높이에 구멍이 뚫려 있어 유방이 완전히 드러나 보이는 딱 붙는 상의를 입고 있다.

르네는 아틀란티스인들의 차분한 분위기에 경이로움마저 느낀다. 어느 한 사람도 부산을 떨거나 서두르거나 뛰어가지 않는다. 천천히 걸음을 옮기는 사람들에게서 선한 기운이 배어 나온다. 마주치는 사람들이 웃으면서 인사를 건네면 게브가 반갑게 손을 흔들어 화답한다.

「저 사람들 눈에 내가 보여요?」

「자네를 지각할 수 있는 사람은 나뿐이네. 어쩌지, 나도 〈미안하게〉 됐네. 자넨 다른 아틀란티스인들한테는 말을 걸 수 없어.」

「도시 중심에 있는 저 파란색 피라미드의 용도는 뭐죠?」

「장거리 유체 이탈을 하는 곳이네. 저기 가서 천체 관측을 하지. 내 에테르체가 우주를 유영하면서 행성과 별을 관찰하네.」

르네는 그간 해왔던 상상과는 달리 아틀란티스인들이 고도로 발전된 기술 문명을 가진 게 아니라 정신을 부리는 데 뛰어난 사람들이라는 생각을 한다.

「지나다니는 수레가 보이지 않는데, 여긴 수레가 없나요?」

「수레?」

「바퀴를 굴려 움직이는 물건 말이에요.」

「바퀴가 뭐지?」

르네는 기술적 간극이 생각 이상으로 크다는 사실을 깨닫는다.

「수레 없이 수확물을 어떻게 운반하죠?」

「뭘 운반해?」

「설마 농사를 짓지 않는다는 말은 아니겠죠? 논밭이 없으면 주식을 해결할 방법이 없을 테니까.」

「개인별로 다 텃밭과 과수원이 있네. 거기서 가꾼 걸

식탁에 올리지. 모든 집이 자급자족을 하고 있네.」

그의 말대로 집집이 작은 텃밭들이 있는 게 보인다.

「그럼 목축은 어떻게 해요?」

「목…… 뭐?」

「내 말은 나중에 먹으려고 소나 양, 닭, 토끼 같은 짐승을 우리에 가둬 키우지 않느냐고요?」

게브가 기분이 몹시 상한 얼굴로 걸음을 멈춘다.

「자네 세계에서는 동물을 먹는다는 건가?」

「당신 세계는 아닌가요?」

「혐오스럽군. 지금으로부터 1만 2천 년 뒤에는 오로지 죽일 목적으로 기른 동물들의 사체를 먹는다는 얘기를 어떻게 나한테 할 수 있나!」

「맛이 좋아요. 단백질원이죠, 에너지원이고. 당신도 한 번 시험 삼아…….」

르네가 객쩍은 소리를 한다.

「우린 썩은 고기를 먹는 독수리가 아니야, 사체를 먹는다는 건 있을 수 없는 일이네! 자, 자네 질문들에 요약해서 답해 주지. 우리한테는 〈바퀴〉도 〈말〉도 〈망원경〉도, 나중에 잡아먹으려고 가둬 키우는 동물들도, 〈논밭〉도 없네.」

「그러면 상거래는 어떻게 하죠?」

「그 단어가 무슨 뜻인가?」

「그러니까 내 질문은 물건과 돈을 맞바꾸는 방법이 있

「냐고요.」

「돈이라고 했나?」

「그게 있어야 우리 스스로가 소비하지 않는 걸 팔 수 있으니까요.」

「우리한테는 잉여가 발생하지 않네, 그러니 〈돈〉이 필요 없지.」

「그럼 부족한 건 어떻게 구하죠?」

「우린 부족한 게 전혀 없네.」

「그래도 구하기 어려운 것들이 틀림없이 있을 텐데.」

「내 과수원에 없는 과일이 필요하면 그게 있는 사람한테 달라고 하네. 그 반대 경우에는 내가 주면 되고.」

「물물 교환을 한다는 말인가요?」

「그게 뭔지 나는 모르지만, 어쨌든 우린 다른 사람에게 대가를 기대하지 않고 주네. 그건 그냥 자연스러운 행동이야.」

「당신이 나한테 천문학자라고 밝힌 걸 보면 여기서도 노동을 하긴 한다는 뜻인 것 같은데.」

「어떤 별이나 행성의 위치가 궁금한 사람이 있으면 나한테 물어보네. 그럼 내가 가르쳐 주지. 모두가 자신이 하고 싶은 일을 하고 싶은 때에 한다네. 남에게 이래라저래라 강요할 수 없지. 자네가 말한 〈노동〉이라는 게 무슨 뜻인지 나로선 도무지 이해되지 않는군.」

「상거래도 돈도 노동도 없다고 했는데, 아무것도 하기

싫다는 사람은 어떻게 하죠?」

「무척 지루할 테니 본인만 손해지. 자네 걱정은 순전히 기우야. 여기선 모든 사람이 아주 어릴 때부터 자기가 좋아하고 재미를 느끼는 걸 찾아서 하고 있으니까.」

아틀란티스인들의 인상이 그토록 여유롭고 편안한 이유를 이제야 알 것 같다고 르네는 생각한다.

「그럼 집은, 집은 어떻게 지어요? 그거야말로 무척 고된 노동인데.」

「집을 짓고 싶은 마음이 생기면 친구를 몇 명 불러 모아 함께 짓네. 집 짓는 데 도움을 준 친구들이 나중에 집을 지을 때 나도 도와주면 되는 거야.」

「의사는 있어요? 설마 몸이 아플 때 찾아가는 치료사가 없지는 않겠죠? 당연히 치료의 대가는 치러야 할 테고.」

「우리는 아픈 일이 별로 없네. 하지만 필요할 때 우리를 치료해 주는 건강지기들은 물론 있지. 그 일 역시 재능이 있는 사람들이 하는 거야.」

「자, 그렇다면 말도 없고, 목축도 농사도 하지 않고, 돈도 없고, 노동의 개념도 없는 이 도시는 누가 어떤 방식으로 통치하죠?」

「무슨 말인지 도통 모르겠군.」

「공동체의 의사 결정은 어떻게 해요?」

「64명의 현자가 모이는 총회가 있네. 그분들은 우리

중 가장 연장자이고, 따라서 가장 경험이 많지. 그분들은 결정을 내린다기보다 조언을 주네. 그러면 대부분 그 말에 귀를 기울이지.」

「정부가 없어요? 그럼 경찰이나 군대도 없는 건가요?」

「그 모든 게 나한테는 무척 생소한 개념들로 들리는군.」

「어쨌든 국방을 담당하는 주체는 있어야 하잖아요. 침략자가 있으면 어떡하죠? 당신들한테 해를 끼치려는 외부인들이 나타나면 어떡하냐고요?」

「우린 바다 한가운데 떠 있는 고립된 섬이고 이 섬엔 우리밖에 없네. 우리는 서로 다 알고 있고 사이도 원만한 편이지.」

「그럼 종교는 없어요? 사제는요? 숭배하는 신이 한둘 정도는 분명히 있겠죠?」

「어떻게 자네는 내가 모르는 소리만 골라 하는지 참 신기하군.」

「종교 의식 같은 게 전혀 없다고요? 당신들의 정신에 영향을 미치는, 어떤 보이지 않는 마법의 힘 같은 건 틀림없이 있을 텐데요.」

「아마도 나무와 꽃과 동물과 지구와 우리 자신들 속을 흐르는 생명 에너지를 얘기하는 것 같은데, 우린 그 에너지를 〈루아흐〉라고 부르네. 우리들, 그리고 자네한테도 흐르는 영원한 생명의 숨결 말이야. 그것 때문에 우리는 절대 동물을 죽이거나 식물을 빽빽이 심어 두지 않네. 그러면 루아흐가 흐를 수 없게 되거든.」

이 모든 게 너무나 당연하다는 듯 말하는 게브를 보면서 르네는 문득 그런 지극히 자연스러운 원칙들을 망각하거나 개인들의 권력을 강화하기 위해 다른 것으로 대체한 자신의 세계가 이상하다는 생각을 한다.

「농사도 안 짓고 목축도 하지 않고 노동의 개념도 없고 정부나 군대, 경찰도 없는 사회에는 야심을 품은 개인도 없나요? 다른 사람들 위에 군림하려는 사람은 없어요?」

「우리 모두는 공동체 전체가 조화롭게 살기를 바라고 있네. 타인들의 행복을 바라지. 집단의 행복이 곧 우리 자신의 성취라고 믿는다네. 우리보다 수천만 년 앞서 출현한 개미나 벌의 공동체처럼 말이야.」

「이 섬에 몇 명이 살죠?」

「전체 인구 말인가? 80만 명이 살고 있네. 그 인구의 절반 이상이 사는 가장 큰 대도시인 이 멤세트의 인구는 50만 명에 이르네. 나머지 도시들은 이보다 인구가 훨씬 적지. 미래의 자네 세계는 어떤가?」

「파리 인구는 5백만 명이지만 지구 전체 인류는 80억에 가까워요.」

「80억! 내 단견이네만, 그런 거대 집단을 유지하려면 사람을 애 다루듯 하는 체제가 필요할 것 같군.」

서너 마리씩 무리를 지어 꼬리를 곧추세우고 느긋하게 거리를 활보하는 고양이들이 눈에 띈다. 지붕 위에도 집과 집 사이를 곡예하듯 건너 뛰어다니는 고양이들이 있다.

「자네 시대에는 고양이도 먹나?」

미래의 자신이 고양이들을 바라보는 눈길이 예사롭지 않다고 느낀 게브가 조심스럽게 묻는다.

「아니에요, 그런데 여기처럼 자유롭게 돌아다니진 않아요. 이렇게 눈에 띄는 방식은 아니에요.」

이 도시는 르네에게 경외감마저 불러일으킨다. 색이 살아 있는 이 도시의 심미성, 도시의 중심축이 되고 있는 파란색의 웅장한 피라미드, 그리고 무엇보다 이곳 사람들의 차분함과 여유.

행복한 사람들의 섬이란 말인가?

「자, 지금도 여전히 눈앞에 보이는 이 도시가 자네 상상력의 소산일 뿐이라고 믿나? 꿈이라고, 〈환상〉이라고?」

이 도시의 이국적 삶의 방식은 어떻게 가능한 것일까. 아틀란티스인들이 이토록 〈쿨한〉 이유를 르네는 머릿속에 되뇐다. 돈과 노동이 존재하지 않는다. 상하 관계도 정부도 경찰도 군대도 종교도 없다.

우리 세계에서는 이런 삶의 방식을 시도해 본 경험이 없었어. 앞선 원시 부족 사회에서조차 군대와 우두머리와 물물 교환의 형태와 화폐가 존재했었지. 굳어진 내 사고 체계가 지금 통째로 뒤흔들리고 있어.

「자, 자네가 신화라고 부르는 걸 직접 눈으로 본 감상이 어떤가?」 게브가 르네를 몽상에서 끌어낸다.

「그게…… 정말 놀랍네요. 이런 방식으로 사는 게 가능할지 몰랐어요.」

이들은 함께 살아가는 실현 가능한 방법을 찾아냈어. 자신들끼리, 나아가 자연과 일체를 이루어 살고 있어. 이러니 게브가 천하태평일 수밖에.

게브의 입가에 엷은 미소가 감돈다.

「이제는 더 이상 이 모든 게 가능하지 않다는 소리를 못 하겠지?」

르네는 그동안 이런 사회가 존재할지 모른다는 직감에 가까운 믿음을 가지고 있었는지도 모른다. 그런 그의 눈앞에 지금 보이는 것은 하나의 발견에 그치는 게 아니라 정신 깊숙이 묻혀 있다 떠오른 일종의 기억이다. 전생들이 쌓이며 지워져 버렸던 기억. 1백 번이 넘는 전생들은 인간이 절망과 두려움 속에서, 국가와 종교라는 미명하에 만들어지는 거짓말들 속에서 헤어나지 못한 채 살 수밖에 없다는 생각을 그에게 심어 주었다.

벤치처럼 길쭉하고 평평하게 생긴 돌을 가리키며 게브가 르네에게 앉으라고 권한다. 두 사람은 그들 앞을 지나가는 사람들과 고양이들을 구경하면서 멀리 있는 화산에 간간이 눈길을 준다.

「이제 내가 미래의 세계, 자네 세계로 가볼 차례가 됐군. 어쩌다 자네들이 1만 2천 년의 진화 끝에 동물들의 사체를 먹고 복닥복닥 살게 됐는지 알고 싶네.」

르네는 선뜻 수락하지 못한다. 회색 고층 빌딩, 교통체증, 무채색 일색인 사람들의 옷차림, 지평선에 안개처럼 내려앉아 두꺼운 띠를 형성한 대기 오염, 입에 토마토를 물고 정육점 진열대에 올라가 있는 돼지머리, 지뢰처럼 인도에 널려 있는 개똥, 낭비한 음식과 플라스틱 포장 용기가 넘쳐 나는 쓰레기통을 보면 게브가 충격을 받을 게 뻔하다. 형형색색의 새들이 아닌 잿빛 비둘기들이, 나비가 아니라 모기가 점령해 버린 도시, 꽃도 과일나무도 반갑게 인사를 나누는 행인들도 없는 도시가 그의 눈에는 어떻게 비칠까. 그 미래는 게브에게 실망감만 안겨 줄 게 분명하다.

「나중에 다른 기회에……」 르네가 어물쩍 화제를 돌린다. 「그건 그렇고 당신한테 꼭 해줄 말이 있어요. 사실, 당신들이 잊히고 당신들 문명의 존재 자체가 부인되는 데는 이유가 있어요.」

게브가 미간을 좁힌다.

어서 말을 해줘야 해. 빠르면 빠를수록 좋아.

「당신들의 세계를 언급하는 몇몇 문헌에 보면 당신들이 사라진 이유, 아틀란티스가 소멸해 신화로만 남게 된 이유에 대해서도 나와 있죠. 그 이유가 뭐냐면…….」

　말을 뱉어야 해.

　「……대홍수 때문이래요.」

　「그게 무슨 말인가?」

　「자연재해가 원인이었다는 거예요. 지진이 일어나고 해일이 밀려와 당신 섬을 완전히 삼켜 버렸다고 해요.」

　게브가 르네를 보며 고개를 한 번 끄덕인다.

　「섬 전체를? 아니면 수도만?」

　「섬 전체를요. 수도를 비롯한 모든 도시와 사람들 전부를.」

　게브는 믿기지 않는다는 표정으로 고개를 갸웃거린다.

　「확실한 얘긴가?」

　「분명히 말할 수 있어요. 당신들은 머지않아 바다에 잠겨 버리게 돼요.」

　르네는 나쁜 소식을 전할 수밖에 없는 게 안타까워 입술을 깨문다.

　「자네 말을 못 믿겠네.」

　「내가 아는 당신들의 소멸은 그런 걸 어쩌겠어요.」

　그들은 지나가는 행인들에게로 시선을 옮긴다. 게브와 비슷한 차림의 사내가 손을 들어 반갑게 인사를 전한다. 나뭇잎들이 바람을 맞아 사르륵사르륵 소리를 낸다. 빨강, 노랑, 검정이 섞인 긴 날개를 흔들며 나비 한 마리가 게브의 손등에 와 앉는다. 그가 손을 콧등 높이로 들어 올리더니 후 입김을 불어 나비를 날려 보낸다.

「자네가 하는 말은, 우리 모두가 그렇게 순식간에, 한 번의 천재지변으로 세상에서 사라지게 된다는 거군……」

르네는 게브가 받아들이기 쉽게 표현을 조금 누그러뜨린다.

「어쩌면 다는 아닐 수도 있어요. 방금 말한 신화와 맥이 닿아 있는 신화가 하나 더 있거든요.」

「말해 보게.」

「그 재난을 미리 알게 된 한 사내에 관한 얘기예요. 그는 큰 배를 만들어 사람들과 동물들을 태웠죠. 바로 이 부분에서 내가 당신한테 도움을 줄 수 있을지도 몰라요, 게브. 지금부터 당신은 어떻게든 그 배를 만들어야 해요. 그 배가 있어야 최대한 많은 아틀란티스인들과 당신들의 문명이 대홍수에서 살아남을 수 있어요.」

「그렇게 우리가 사라져 잊힌다는 게 도무지……」넋이 나간 게브가 같은 말을 계속 되뇐다. 너무 충격적인 정보여서 받아들이기 힘든 모양이다.

「언제 닥칠지 몰라요. 서둘러야 해요.」

게브는 여전히 복잡한 생각에 갇혀 있다.

「날 믿지 못하겠어요?」

아틀란티스인이 몸을 일으키더니 파란 피라미드를 응시하며 말한다.

「내일 여기서 같은 시간에 다시 만나세. 자네가 가진

우리 미래에 대한 정보를 이용해 살릴 수 있는 걸 최대한 살릴 방법을 함께 모색해 보기로 하세. 지금은 일단 가주게. 혼자 생각할 시간이 좀 필요해.」

아틀란티스를 본 황홀감에서 여전히 벗어나지 못한 르네는 과거의 자신에게 상처를 주었다는 죄책감에 시달리기 시작한다. 하지만 해야 할 일을 한 것뿐이다. 최소한 그들 모두가 사라지지는 않을 가능성을 갖게 해주었으니까.

그는 아쉬운 마음을 안고 찬란한 문명의 도시, 그러나 사라질 수밖에 없는 운명인 도시를 뒤로한 채 발걸음을 옮긴다.

36

그는 다시 눈을 뜨는 순간 시간을 확인한다. 새벽 3시 20분.

세 시간 넘게 아틀란티스에 머물다 왔구나.

그는 컴퓨터를 켜서 얼른 기록해 놓지 않으면 잊어버릴지도 모른다는 불안감 속에 자신이 본 것을 므네모스 파일에 적기 시작한다. 아틀란티스의 수도 멤세트와 그 도시의 주민들, 넓게 뻗어 있는 대로, 구불구불 도시를 흐르는 강물, 파란 피라미드, 그들의 텃밭과 공원과 호수, 가슴을 드러낸 멤세트 여성들, 웃통을 벗고 치마를 걸친 남성들, 고양이들, 나비와 새들. 우리가 없어서는 안 된다고 생각하는 것에 필요를 느끼지 못하는 그들은 불안감을 알지 못한다고 르네는 적는다.

제1차 세계 대전 동안 독일군 병사들을 무수히 죽이고 현생에서는 노숙자를 살해한 그에게 한 문명 전체를 구해야 하는 소명이 주어졌다.

그렇다, 시간을 거슬러 올라가는 기계를 만들 수는 없지만 과거에 있었던 존재의 정신에 영향을 끼쳐 그가 동시대인들의 운명을 바꾸어 놓을 수도 있는 결정을 내리게 할 수는 있다.

우린 여전히 태생적으로 공격적인 영장류에 머물러 있어. 우리 안에 내재된 동물성을 승화시키지 못했어. 그래서 영역 본능에 이끌리고, 소유욕에 사로잡혀 실제로 필요하지도 않은 물건들을 더 가지려고 갈망하면서 두려움 속에 살고 있지.

스킨헤드는 내 돈을 원했고, 내 수업을 듣는 필리프는 자신이 아직 청소년이지만 권위로 대변되는 어른에게 얼마든지 도전할 수 있다는 걸 보여 주길 원했어. 피넬 교장은 자신과 내가 상명하복 관계라는 걸 각인시켜 주고 싶어 했어. 영장류들과 똑같이.

르네는 이를 닦으면서 라디오를 튼다.

아나운서의 무미건조한 음성이 흘러나오기 시작한다. 〈꿀벌의 멸종을 초래할 수도 있는 살충제 사용 금지와 관련해 UN이 합의를 도출하는 데 실패했습니다. 농화학 관련 업계의 로비가 결국 이 곤충의 운명을 결정짓고 말았습니다.

스페인의 한 역에서 출퇴근 혼잡 시간에 또다시 자살 폭탄 테러가 발생했습니다. 범인으로 지목되는 젊은 남성이 폭발 직전 구호를 외쳤지만 경찰은 정신적 문제를 겪고 있는 이 용의자의 단독 범행에 무게를 두고 수사를

255

펼치고 있습니다.

주식 시장의 인공 지능 시스템이 오작동을 일으키는 바람에 주가가 폭락하는 사태가 벌어졌습니다.〉

이게 우리 세대가 처한 상황이야. 인공 지능의 위험과 인간 본성의 어리석음 사이에서 이러지도 저러지도 못하게 된 거지.

〈이번에는 철도가 아닌 항공기 파업이 예고돼 있습니다. 리비아에서 백인 여성과 노예 인신매매 조직이 일망타진되었다는 소식이 들어와 있습니다.〉 아나운서는 영국 왕실에 로열 베이비가 태어났다는 소식, 수단에 페스트와 콜레라가 다시 돌고 있다는 소식, 카리브 해안을 휩쓸고 간 태풍 소식, 이란이 핵탄두를 장착할 수 있는 미사일 실험을 재개했다는 소식을 연이어 전한다.

아나운서는 마지막으로 두 노르웨이 과학자의 연구 결과를 인용해 세계인들의 IQ가 전반적으로 낮아지는 추세라는 소식을 전한다. 1975년생의 평균 IQ는 102였던 반면 1991년생의 평균 IQ는 99로 낮아졌다면서, 그 원인은 대기 오염뿐만 아니라 음식과 교육의 질 저하, 스크린에 수동적으로 노출된 시간의 증가 등 다양한 부분에서 찾아야 한다는 연구진의 설명을 덧붙인다.

진행자는 당분간 맑은 날씨가 이어지는 가운데 깜짝 무더위가 찾아올 수도 있다는 일기 예보를 끝으로 뉴스를 마친다.

르네는 센강에서 발견된 노숙자의 시신에 관한 새로

운 소식이 없다는 사실에 안도하며 라디오를 끈다.

르네는 IQ에 관한 노르웨이 과학자들의 연구 결과를 다시 떠올리다가, 인류가 갈수록 머리가 나빠진다는 사실을 경고해 봤자 다들 콧방귀만 뀔 것이라는 생각이 들자 허탈해진다.

간밤에 다녀온 아틀란티스의 모습이 머릿속에서 맴돈다.

우리 세계가 각성해 지금보다 나아질 수만 있다면, 1만 2천 년 전의 아틀란티스처럼 될 수 있다면 얼마나 좋을까. 돈도 종교도 전쟁의 필요도 느끼지 않는 섬세한 사람들이 사는 곳이 된다면 말이야.

그는 다시는 고기를 먹지 않기로 결심한다. 부정적인 파동을 발산하는 검은색과 회색 대신 화사한 노란색, 빨간색, 초록색 옷을 입겠다고 마음먹는다.

지금부터는 1분 1초가 중요하다. 카운트다운이 시작된 것이다.

그의 생각을 읽기라도 한 듯 번개가 번쩍하면서 방 안에 은빛 섬광이 비친다. 빗방울이 희뿌연 무늬를 만들면서 창문에 부딪치기 시작한다.

순간 몸이 오싹한다. 르네는 아틀란티스가 남긴 기억의 잔상들을 마음에 품은 채 잠을 청한다. 이제야 비로소 삶의 의미를 찾았다는 생각이 든다.

아틀란티스인들을 내가 구해야 해.

37
므네모스: 집단의 기억

　개인의 기억과 마찬가지로 일단 형성된 집단의 기억
은 시간이 갈수록 강화되는 특성이 있다. 집단 기억은 여
러 층위로 다음 세대에 전달된다.

　첫 번째 층위는 가정 교육이다. 두 번째 층위는 학교
교육이다. 세 번째 층위는 이 집단 기억을 부단히 매만지
고 단단하게 굳히는 미디어다. 마지막 네 번째 층위는 기
존 기억의 층위들을 구체화하는 개개인의 경험이다.

　개인의 기억은 그 존재의 소멸과 더불어 사라지는 반
면 집단 기억은 불멸해 계속 전파된다.

　하지만 개인의 기억처럼 집단의 기억 역시 시간이 흐
르면 사소하다고 여기는 것들은 지우고 강렬한 감정과
결부된 순간들만 붙들어 남기게 된다.

제2막

아틀란티스

38

「그 순간 수평선에 집채만 한 파도가 일었어요. 해를 가릴 정도로 거대한 파도였죠. 그 파도가 땅을 덮쳐 모든 것을 집어삼켰고, 집과 사람이 물속에 잠기고 말았어요. 끔찍한 순간이었죠. 한 사람도 살아남지 못했습니다. 찬란한 문명과 도시가 파도에 휩쓸려 사라졌어요. 훗날 그 섬의 위치를 찾아낸 사람은 없었습니다.」

르네가 이 말을 하는 순간 다시 번개가 번쩍하며 교실이 환해진다. 그는 잠시 말을 중단하고 앞에 앉아 있는 학생들을 바라본다. 필리프는 결석했다. 아틀란티스를 다룬 이전 수업에 이어 오늘은 대홍수로 이야기를 시작했다. 학생들은 논란의 여지가 많은 소재들을 그가 끝까지 고집하자 모두 놀라는 눈치다. 그들은 이런 엉뚱함 때문에 자신들의 선생님이 이제 교단에서 열외로 취급받는다고 생각한다.

「기원전 1600년에 히브리인들이 쓴 창세기 7장에 노아의 이야기가 나옵니다. 〈너는 식구들을 다 데리고, 방주로 들어가거라. 내가 40일 동안 밤낮으로 땅에 비를 내려서 내가 만든 생물을 땅 위에서 모두 없애 버릴 것이다.〉」

르네가 새로운 이미지를 스크린에 띄운다.

「힌두교 경전에서는 최초의 인간인 마누가 배를 만들어 대홍수에서 탈출하는 이야기가 있습니다. 마누는 그 배에 동물과 식물과 인간을 태워 홍수에서 구해 주죠.」

화면은 금방 새로운 그림으로 바뀐다.

「중국 사상서 『회남자』에도 비슷한 얘기가 등장해요. 천구가 갈라지고 비가 쏟아지는 바람에 세상이 물에 잠기고 사람들은 물속에서 허우적대는데, 이때 여와 신이 하늘에 난 구멍을 막아 남녀 한 쌍을 구했다고 합니다.」

이번에는 한 아메리카 원주민의 옆얼굴이 스크린에 올라온다.

「마야 경전인 『포폴 부』에는 인류가 죄를 범하자 거무튀튀한 비가 하늘에서 쏟아졌고 오직 옥수수 인간들[9]만 살아남았다는 이야기가 있습니다.」

「그런데요, 선생님.」 맨 앞줄의 남학생이 묻는다. 「대홍수가 진짜 있었다는 과학적인 증거가 남아 있나요?」

필리프 친구인가?

9 마야 문명은 옥수수와 밀접한 관련이 있으며, 마야인들은 신이 옥수수로 인간을 빚었다고 믿었다.

「좋은 질문.」

다시 벼락이 가까이에서 내리치더니 우르릉 천둥이 울린다.

「현재까지 확보된 명백한 증거는 단 한 가지, 거의 모든 민족의 우주 생성론에 대홍수와 관련된 에피소드가 하나씩 언급돼 있다는 점뿐이다.」

학생들이 드디어 흥미를 보이기 시작한 것은 대홍수가 집단 무의식에 각인돼 있다가 자신이 그것을 언급하는 순간 묻혀 있던 기억을 일깨웠기 때문인지도 모른다고, 르네는 생각한다. 하지만 안간힘을 다해 그들의 편견과 의심의 벽을 부숴 버리지 않으면 안 된다.

「선생님, 어제는 아틀란티스가 실제로 존재했다고 하고, 오늘은 또 대홍수가 인류의 초기 문명을 쓸어버렸다고 하면서 모든 역사를 걸고넘어지시면 저희는 좀 곤란해요. 저흰 교과 과정을 따라가야 하고 학년 말에는 바칼로레아도 봐야 하는데, 이렇게 배우면 시험 때 가서 어떻게 이 주제들을 다뤄야 하는지 헷갈린단 말입니다.」

이 학생이 동급생들의 속마음을 시원스레 밖으로 꺼내 뱉어 주자 여기저기서 동조의 웅성거림이 들리기 시작한다.

「아무래도 지금이 근본적인 질문을 던져야 할 때인 것 같군요. 여러분에게 가장 중요한 건 뭐죠? 진실을 찾는 것인가요, 아니면 교과서를 앵무새처럼 따라 외우는 것인가요?」

학생들이 딱히 대답할 말을 찾지 못해 서로 멀뚱히 쳐다보고만 있을 때 간이 큰 학생 하나가 총대를 메고 나선다.

「저기…… 어쨌든 저희는 학년 말에 바칼로레아에 붙고 싶어요.」

「무지한 채로? 호기심을 발동시켜 실제로 역사에 일어난 일을 알기보다, 남들과 똑같이 되기 위해 거짓말들로만 머릿속을 채우고 싶다는 건가?」

학생들은 우왕좌왕 어쩔 줄을 모른다.

「여러분의 문제가 무엇인지 내가 아시의 실험을 근거로 설명하겠습니다.」

그가 칠판에 〈아시의 실험〉이라고 적는다.

「20세기 심리학자 솔로몬 아시는 17세에서 25세 사이의 청년 열 명을 대상으로 시력 테스트를 가장한 아주 간단한 실험을 진행했습니다. 그는 실험 대상자들에게 각각 길이가 다른 선 세 개를 보여 주고 나서 어떤 선이 길이가 가장 짧은지 물었어요. 사실 실험에 참가한 열 명 가운데 아홉 명은 가짜였고 한 명만 진짜 피험자였죠. 이 가짜 피험자 아홉 명에게는 미리 가장 긴 선을 가리켜 달라고 부탁한 상태였고요. 아시는 이 아홉 명에게 먼저 차례로 답을 묻고 나서 진짜 피험자에게 맨 마지막으로 발언 기회를 줬어요. 그런데 앞선 아홉 명의 선택을 듣고

난 열 번째 피험자는 가장 긴 선을 가리키면서 그것이 가장 짧다고 대답했죠.」

학생들이 점점 흥미를 느끼는 눈치다.

애들이 구체적인 에피소드를 재밌어하는구나. 이런 방식을 잘 쓰면 설득이 쉬워질지도 몰라.

「이런 게 바로 순응주의의 위력입니다. 오류에 빠진 집단이 개개인의 사고에 미치는 위력이 어마어마할 수 있다는 것을 보여 주는 예죠. 정말 놀라운 건 뭔지 알아요? 솔로몬 아시는 똑같은 실험을 여러 차례 반복했는데, 실험이 끝난 뒤에 진짜 참가자에게 나머지 참가자들이 오답을 가리키게 미리 짰다고 설명을 해줘도, 참 이상하지, 60퍼센트의 진짜 피험자는 여전히 가장 긴 선이 가장 짧다고 우겼다는 사실이에요.

이런 현상을 파뉘르지슴이라고 부릅니다. 라블레의 『제4서』에 나오는 파뉘르주의 양들[10]에서 비롯된 표현이에요. 어느 쪽을 선택해야 할지 모를 때 개인은 아무 생각 없이 집단의 선택을 따르고 싶은 마음을 갖게 되죠. 하지만 동화되고 싶어 무조건 남들과 똑같이 하려는 것은 무척 해로운 발상입니다. 그 선택의 결과가 뻔하기 때문이에요. 그렇게 시스템으로 편입되면 우리는 집단적인

---

10 『제4서』 8장에 나오는 이야기로, 상인에게서 양을 한 마리 산 파뉘르주가 비싼 값에 속아서 샀다는 걸 알고 화가 나 양을 바다에 던져 버리자 다른 양들도 그 양을 뒤따라 바다로 뛰어들었다고 한다.

유권자이자 소비자로 만들어질 뿐이니까. 나는 여러분을 똑똑한 사람들로 만들어 주고 싶단 말입니다. 젠장, 이게 그렇게 이해하기가 어렵나? 그게 바로 교사인 내 역할이 에요. 여러분을 고양시키는 것. 다시 말해 여러분의 의식 수준을 높여 주는 것 말이에요. 기껏 여러분을 노예로 만들 졸업장을 따게 해주는 것 말고.」

이번에는 학생들의 눈빛이 완전히 달라져 있는 걸 보고 르네는 길이 보일지도 모른다는 희망을 품는다.

거짓을 듣는 데 익숙해진 세상에서는 사람들이 진실을 의심하게 마련이지. 하지만 끈질기게 설득하면 결국 스스로 생각하고 싶은 마음을 갖게 만들 수도 있을 거야. 나는 저 아이들이 생각에 게으른 사람이 되지 않게 스스로 생각해서 자기만의 의견을 갖는 방법을 가르쳐 주고 싶어.

자신의 말을 경청하는 학생들을 보며 미약하나마 성과가 있었다는 생각에 르네는 뿌듯해진다. 동시대인들의 사고를 변화시키는 것은 어차피 시간과 인내심이 요구되는 일이다.

그는 점심시간까지 세 학급을 상대로 똑같은 수업을 더 하고 나서 학교 식당으로 향한다. 피넬 교장이 교장실 쪽에서 손짓으로 그를 부른다.

39

조니 알리데 고등학교의 최고 책임자가 몹시 못마땅한 표정으로 역사 교사를 쳐다보고 있다.

「그리스인들은 평화를 사랑하는 발전된 이웃 문명을 파괴하는 침략자들이라고 했지? 한 학생이 수업 내용을 문제 삼자 다짜고짜 팔목을 잡아 비틀었지? 그걸로 모자라서 이제는 아틀란티스와 대홍수를 역사적 내용인 것처럼 애들에게 소개하나? 내 경고를 귓등으로 흘린 모양이군, 톨레다노 선생. 자네가 과로 상태에 경미한 우울증 증세까지 있다고 조금 더 핑계를 만들어 줄 순 있네만 이런 식으로 오랫동안 자네를 감싸 줄 수 있으리라고는 기대하지 말게. 자네 행동을 상부에 보고할 수밖에 없을 테니까. 그러니 제발, 정신 차리게.」

「제게 그럴 마음이 없다면요?」

「그럼 나로서는 자네를 해고할 수밖에 없네. 그런 극단적인 결론이 나면 정말 어처구니가 없을 거야.」

내가 전생에 이미 이 양반과 만난 적이 있었나?

「어차피 자네에겐 선택의 여지가 없어.」

「없긴요. 누구에게나 항상 선택의 여지가 있어요.」

르네는 즉시 말을 행동으로 옮긴다. 그가 교장의 책상 위에 놓인 종이 뭉치에서 한 장을 빼내더니 볼펜을 들고 뭔가를 빠르게 써 내려간 다음 종이를 뒤집어 놓는다.

「저는 학생도 아니고 애도 아니에요. 아무도 제 직업을 이렇게 해라 저렇게 해라 할 수 없어요. 여기 사직서입니다. 교장 선생님의 양 떼한테 지금처럼 계속 살인자들의 영광을 칭송하도록 가르치세요. 합의가 도출된 주제들만 잔뜩 머릿속에 집어넣어 주면 무식이 자랑인 줄 아는 교양 없는 학부모들이 아주 좋아라 하겠네요.」

그는 교장실 문을 세게 닫고 나온다. 화장실로 뛰어 들어가 안에서 문을 걸어 잠근다.

이걸로 완결이군. 살인을 저지르고 사표까지 던졌으니. 나를 〈정상적인〉 세계에 묶어 놓고 있던 끈이 다 풀어져 버렸어. 그런데도 오히려 진짜 나 자신과의 일체감이 느껴지니 이상한 일이지. 어쨌든 나는 지금 귀를 막고 듣지 않으려는 사람들 앞에서 진실을 폭로한 대가를 치르고 있어.

밖에서 벼락이 때리더니 작은 화장실 창문이 환해진다.

이렇게 될 수밖에 없는 일이었어. 이 지경까지 올 거라고 내가 오래전부터 직감하고 있었는지도 몰라.

40

르네가 늦게 학교 식당 안으로 들어선다. 먼저 와 있던 교사들이 곁눈질로 그를 흘끔거리며 쑥덕쑥덕한다.

르네는 벌써 셀프서비스 줄에 가서 서 있는 엘로디를 발견하고 그쪽으로 걸어간다.

「기다렸어?」

그녀가 줄을 따라 움직인다.

「수업 시간에 또 바보 같은 짓을 했다더라. 어제는 아틀란티스, 오늘은 대홍수, 내일은 또 무슨 얘길 하려고 그래?」

「〈내일〉은 없을 거야. 사표를 냈으니까. 이게 내가 학교 식당에서 먹는 마지막 점심이야. 네가 실업자를 여전히 만나 주겠다고 하면, 앞으로는 밖에서 만나 먹자.」

「설마, 진짜 그런 건 아니지?」

그가 웃음으로 대답을 대신한다.

「미쳤어! 당장 생계는 어떻게 해결하려고 그래?」

「틱타알릭은 물에서 나와 지느러미를 움직여 뭍으로 올라왔어. 그 물고기에게 응원을 보내 준 동종 생물은 하나도 없었어. 당연히 고통스러웠겠지만 틱타알릭은 그렇게 했지. 기존 시스템에서 벗어나 다른 방식으로 살아 보려 했던 틱타알릭의 갈망에 결정적인 영향을 미친 피넬 교장 같은 존재가 물속에 있었는지는 몰라. 어쨌든 그 선택 덕분에 뭍이라는 새로운 터전에서 생명의 진화가 가능했던 거야.」

「뜬구름 잡는 소리 좀 그만해. 직장을 잃으면 대책이 없다는 걸 잘 알면서.」

엘로디가 비네그레트소스를 곁들인 송아지 머리 고기가 담긴 접시를 집는다. 르네는 이 요리의 재료를 이제 막 알게 된 사람처럼 헛구역질이 날 만큼의 혐오감을 느낀다. 그가 메스꺼운 속을 가까스로 다스리고 나서 말한다.

「어제 거기에 갔었어. 그들의 도시를 봤어.」

「그들의 도시?」

「멤세트, 아틀란티스의 수도 말이야. 형용할 수 없을 만큼 멋진 곳이었어. 미학과 조화와 평화로움이 모두 구현된, 아틀란티스인들이 세운 이상적인 세계였어.」

엘로디가 눈썹을 치켜올린다.

「첩첩산중이군…….」

르네가 포도주를 한 잔 집어 든다. 엘로디는 육즙 많은 큼지막한 소시지를 곁들인 슈크루트 요리를 담아 주는 곳으로 식판을 밀고 간다. 이번에도 르네는 소시지가 다진 돼지 홍두깨살을 돼지 창자에 넣어 만든 혐오스러운 음식이라는 생각을 머리에서 지우지 못한다. 그는 브로콜리 찜이 담긴 접시를 식판에 담는다.

「고기는 안 먹어?」

「새롭게 실업자가 된 김에 채식을 시작해 보려고.」 그가 대충 둘러댄다.

그는 과일을, 그녀는 버터크림 케이크 한 쪽을 디저트로 선택한다.

「아틀란티스에 대한 얘기는 자세히 안 물어봐?」

「됐어.」

그녀가 짜증 섞인 한숨을 내뱉는다.

「아쉽네. 물어보지 않아도 내가 얘기해 줄게. 정말 환상적인 곳이야. 이상적인 세계더라. 정부도 군대도 노동의 개념도 돈도 없는 곳이야. 농사를 짓거나 목축을 하지도 않고 말이나 쇠붙이, 바퀴 같은 것도 없어…… 그럼에도 우리는 차마 상상도 할 수 없는 정신적 능력을 발전시킨 사람들이 살고 있어. 그들은 육체를 빠져나와 정신의 힘으로 우주를 여행하고 다른 인간과 동물의 기(氣)에 접속할 수 있어. 생명의 근원인 그 기를 〈루아흐〉라는 이름으로 부르지. 아틀란티스인들은 약을 먹는 대신 기를 다스려 스스로 병을 치유해. 그들에게는 심각한 일이라곤 없어. 세상을 있는 그대로 받아들이고 자연과 조화를 이루며 살기 때문이야. 심지어 지진이 일어나도, 늘 연기가 피어오르는 화산이 도시 뒤에 있는데도 아무 걱정을 하지 않아. 〈하늘이 무너질 일은 아니야〉가 그들의 철학이거든. 남의 것을 빼앗으려는 마음이 없는 사람들, 집단의 성공을 통해 성취감을 느끼는 사람들, 평온한 마음과 자세를 가진 사람들이 모여 사는 세상이 존재한다는 걸 상상할 수 있어?」

그녀가 고개를 가로젓는다.

「이제 확실히 알겠어. 사이비 집단에 포섭돼 세뇌를 당했거나 마약을 했거나 머리가 완전히 어떻게 된 게 아니면 이런 말을 할 수가 없어. 넌 직장을 잃었다고, 르네! 정신 차려!」

「직업이나 돈이나 위계 없이도 우리보다 훨씬 행복해 보이는 사람들을 내 눈으로 거기서 직접 봤어.」

그들은 늘 앉는 테이블로 와 앉는다. 르네가 거침없이 말을 쏟아 내기 시작한다.

「네가 모르기 때문에 함부로 말하는 거야.」

「불쌍한 르네. 내가 널 〈판도라의 상자〉에 데려간 게 잘못이야! 일요일 이후 네 인생이 얼마나 꼬였는지 알긴 알아? 학생을 때리질 않나, 수업 시간에 엉뚱한 소릴 하질 않나. 방금 직장까지 잃었잖아! 기가 막혀 말이 안 나올 정도라고.」

더 있어, 엘로디, 네가 모르는 게 더 있어. 내가 사람을 죽이고 시체를 강에 유기까지 했단 말이야.

그들은 마주 보고 앉아 전채를 먹기 시작한다. 동료들의 시선과 수군거림에서 따가운 질책이 느껴지지만 르네는 무시하려고 애를 쓴다.

「내가 무슨 생각으로 널 그 공연에 데려갔을까! 나는 정말로 오팔이 너의 판도라라고 믿어. 그녀가 가장 위험한 상자인 무의식의 상자를 열어 괴물들을 네 속에 풀어 놓은 거야. 그 괴물들이 나날이 너를 갉아먹고 있는 거고. 이젠 한 가지 해결책밖에 없는 것 같아. 열리면 안 될 게 열렸으니 다시 닫아야지. 정신과 의사한테 치료부터 받아. 그러고 나서 거기로 돌아가고 싶은 마음이 다시는 생기지 않게 스스로 망각을 위한 노력을 하는 거야.」

「만약 내가 판도라의 상자가 열린 채로 사는 게 좋다면? 그렇게 111개 전생의 기억에 접속한 상태로 살고 싶다고 하면? 나는 내 안에 여러 사람이 존재하고 있다는 놀라운 발견을 하게 됐어.」

「누구에게나 아이, 어른, 부모, 이렇게 세 개의 자아가 있어. 에릭 번이 주창한 교류 분석 이론의 핵심 내용이지. 너한테 일어난 일은 너를 다시 어린아이로 만들어 버린 퇴행에 불과해. 네가 퇴행 최면이라고 믿는 건 그냥 퇴행이나 다름없다고.」

「네가 그 얘기를 하니까 나도 잠재 인격의 심리학을 연구한 핼 스톤의 이론을 좀 얘기해 볼게. 그는 우리 무의식 속에 여러 인격이 숨어 있는데, 우리가 그걸 소환하기도 하고 상황에 따라 그것이 어쩔 수 없이 드러나게도 된다고 했어. 가령 그는 우리가 앞에 있는 사람이 누구냐에 따라 목소리 톤을 높이기도 하고 낮추기도 한다고 했어. 그에 따르면 이런 어조 변화는 우리가 의식하지 못하는 사이에 일어난다는 거야……」

자신이 모르는 내용이 나오자 당황스러웠는지 그녀가 짜증을 내며 도리질을 친다.

「오팔이라는 그 최면사가 진짜 마녀라서 너한테 저주를 걸었을지도 몰라. 그렇다면 문제는 훨씬 심각해지지. 정신과 의사가 아니라 구마사를 찾아가야 하니까.」

그가 피식 실소를 머금는다.

「합리주의자인 과학 선생 입에서 어떻게 구마 의식이라는 말이 나와?」

「그러게 말이야. 하지만 뭐, 비합리적인 것엔 비합리적인 방법을 쓸 수밖에. 극약 처방이면 어때. 내 말은 속히 방법을 강구해야 한다는 뜻이야. 네 몰골을 좀 봐…… 얼굴에 핏기 하나 없어. 며칠을 내리 먹지도 자지도 않은 사람 같아. 게다가 말할 때는 몸에 화학 물질이라도 들어간 것처럼 시종일관 열에 들뜬 상태라고.」

그녀가 쫓기는 사람처럼 포크질을 한다. 그는 맛을 음미하며 한 입 한 입 천천히 먹는다.

「날 〈판도라의 상자〉에 데려가 준 너한테 고마운 마음은 말로 표현할 수가 없어.」

「난 후회막급이야.」

「이 이야길 아직 안 했는데, 사실 내가 1만 2천 년 전의 아틀란티스에 그냥 다녀오기만 한 게 아니야. 게브한테 대홍수를 예고하고 배를 만들라고 했어. 구할 수 있는 건 최대한 구해 보라고 조언해 줬어.」

그가 동료의 칭찬을 기대하며 의기양양한 표정을 짓는다. 그런데 그녀는 탁 소리가 나도록 나이프와 포크를 테이블에 내려놓는다.

「아무래도 내가 생각했던 것보다 훨씬 심각한 상태야. 내 말 잘 들어. 술김에 그랬다거나 마약에 취했다거나 우울증 때문이라거나, 뭐든 좋으니까 둘러댈 방법을 찾아. 이도 저도 안 되면 그냥 회까닥했다고 그래.」

「피넬 교장이 해준 조언도 딱 그거였어.」

「내게 의사 친구들이 있으니까 진단서를 발급해 달라고 부탁할게. 그걸로 병가를 내고 어디 가서 조금 쉬어. 아주 멀리 가. 가서 상황이 좀 진정될 때까지 있어. 학생들한테는 지나친 흥분 상태에서 나온 돌발 행동이었다고 설명하면 돼. 네 〈수업〉의 황당한 내용과 학생들에게 한 거친 언행이 그 해명을 뒷받침해 줄 거야. 시간이 지나 네가 복직할 때면 지금의 긴장감은 사라져 있을 거야. 그때 네가 사과하면 돼, 그러면 모든 게 제자리로 돌아올 거야. 그렇게 하자, 응?」

그가 브로콜리를 맛있게 씹어 먹는다.

「난 네 친구야, 널 모른 척하지 않을 거야. 네 일에 책임감을 느끼기 때문에 더욱 그래.」

「넌 날 이해하지 못해. 난 드디어 내 존재의 의미를 깨닫게 됐어. 내 영혼은 1만 2천 년 동안 이 땅에 존재했어. 그 1만 2천 년 동안 생에 생을 거듭하면서 배우고 진화해 왔던 거야. 그동안 직감으로만 가졌던 생각에 이제 확신이 생겼어. 나한테 정말로 중요한 게 뭔지 비로소 알게 됐어.」

엘로디가 친구의 말을 묵묵히 들어 준다.

「우리가 존재하는 이유는 우리가 누구인지 기억해 내기 위해서야.」 그가 비장한 어조로 덧붙인다.

「이건 또 무슨 황당한 소리야?」

「앞으로의 내 삶에 목표가 생겼어. 첫째는 게브의 문명이 완전히 물속으로 가라앉기 전에 그를 구하는 거. 둘째는 한때 우리 문명이 도달했던, 하지만 지금은 그 중요성을 망각해 버린 인간 정신의 고양을 위해 내가 할 수 있는 한 최선을 다하는 거.」

「군대도 경찰도 정부도 없는 세상을 만들어서?」 그녀가 비아냥거린다.

「돈도 노동도 소유의 개념도 없는 세상이지.」

「그런 게 무정부주의잖아. 결과가 어땠는지는 우리 모두가 알고 있고.」

「〈우리〉 무정부주의자들의 판단 착오가 실패를 가져왔던 거야. 그들은 새로운 체제를 만들기보다 기존 체제를 파괴하는 데 골몰해 있었지. 집단의 행복이라는 목표를 망각했기 때문에 실패한 거야.」

「집단의 행복? 그것 역시 시도된 적이 있었잖아, 공산주의라는 이름으로 말이야. 그 결과가 콧수염을 기른 사내 혹은 뚱뚱한 사내의 독재였다는 것도 우린 잘 알아. 그 독재자의 부패한 친구들이 개인을 노예로 만들어 버리는 공포 정치를 통해 곁에서 그를 거들었다는 것도.」

「지금까지 인류가 시도한 공산주의 실험들은 카를 마르크스의 가르침을 제대로 따르지 않았어. 마르크스는 진정한 공산주의는 노동자 계급과 충분히 교육받은 학생 계급이 있는 두 나라, 즉 독일과 영국에서만 태동할 수 있다고 했어. 중세 수준인 나라에서는 공산주의같이 진화된 체제를 실현하는 게 불가능하다고 말해 볼셰비키들을 실망시키기도 했지.」

「네가 아틀란티스 사회에는 농업도 목축도 없다고 했던 것 같은데, 식량 문제는 어떻게 해결할 거야?」

「사람들 스스로 얼마든지 해결할 수 있어. 텃밭을 가꿔 자급자족하면 돼. 돈이 필요하지 않고 노동을 하지 않아도 되는 사회가 가능하다고 나는 믿어.」

「돈이 없어도 된다고?」

「이스라엘의 키부츠에서 그 실현 가능성을 이미 확인

했어. 거긴 돈의 개념이 없지만 모든 사람이 공동체에 유용한 일을 스스로 찾아서 하지.」

「극소수의 사람들에 국한되는 경험일 뿐이야. 내가 알기로 키부츠 하나는 기껏해야 몇백 명을 넘기지 않아. 1960년대 히피 공동체들에서도 비슷한 실험을 하긴 했었지. 결국 대부분의 공동체가 내부 분열 때문에 해체되고 말았지만.」

「선의를 가진 사람들을 설득하면 개인성과 개인의 이해관계를 뛰어넘어 야심 찬 공동체의 계획에 얼마든지 동참시킬 수 있다고 나는 믿어.」

「그건 원시 사회로의 회귀지. 그래, 네가 발견한 게 그거일 수도 있겠다. 뒤떨어진 원시 부족 형태의 사회. 거기에 말과 바퀴와 쇠붙이가 없다고 했지? 아직 발명을 못해서 그런 거야. 수렵 채집 상태로 돌아가는 걸 너는 진화의 형태라고 착각하는 거야! 원시 상태를 고도의 발전된 문명 형태라고 착각하고 있단 말이야. 한 바퀴 빙 돌아 다시 제자리에 온 것뿐인데 말이야. 그게 어디 역사 선생이 할 소리니! 넌 진보의 개념을 전혀 이해하지 못하고 있어. 풀뿌리를 먹고 살고 정부에 의한 통치가 없다고 원시 부족 사회를 찬양하자고 주장하는 꼴이라니까!」

「그들은 부족 공동체가 아니야. 거대한 도시에서 고도의 건축술을 이용해 아름다운 건축물들을 짓고 살고 있다고. 말과 바퀴와 쇠붙이가 없는 건 필요하지 않아서야.」

르네는 자리에서 일어나 커피를 가지러 가면서 엘로디를 설득할 효과적인 방법을 고민한다. 그는 돌아와 앉자마자 다시 말을 시작한다.

「네가 모르는 게 있어. 그들은 영적 능력이 무척 발달한 사람들이야.」

엘로디는 설탕을 너무 많이 넣은 커피를 홀짝거린다. 밖에는 벼락이 치고 섬광이 번쩍인다. 그녀가 금색 머리를 쓸어 올리며 말한다.

「알아, 샤머니즘을 숭배하는 거지. 미안하지만 나로선 대단히 놀라운 얘기가 아니야. 그건 원시인들의 특징 중 하나니까.」

「패러다임을 완전히 바꿀 필요가 있어. 내가 지금 얘기하는 건 지복의 삶을 가능하게 하는 의식의 도약이야.」

「바퀴도 돈도 노동도 없는데 지복을 누린다……?」

「그들은 그런 것들보다 훨씬 중요한 다른 이점들을 가지고 있어. 건강과 행복, 정신의 고요, 함께하는 기쁨, 자연과의 조화 같은.」

「그런 건 그냥 유토피아지…….」

「내 눈으로 봤다니까.」

「퇴행 최면 중에 네 영혼의 눈으로?」

「언젠가는 우리도 그런 것들이 가능해질 수 있다고 나는 확신해. 우리 체제는 이제 피로 단계에 다다랐어, 다른 대안을 찾지 않으면 안 된다고. 주변을 둘러봐. 모두가 각종 질환과 스트레스와 좌절감에 시달리고 있어. 자신들의 몸에도 직업에도 인간관계에도 만족을 느끼지 못해. 진정제와 수면제, 항우울제를 남용하면서 간신히 버틸 뿐이야. 마치 최면에라도 걸린 사람들처럼, 〈소비해라〉와 〈투표해라〉, 〈늙는다〉와 〈죽는다〉 이 네 가지만을 말하는 스크린에서 눈을 떼지 못하지. 역사가 지금처럼 나쁜 방향으로 계속 흘러가는 걸 가만히 보고만 있으면 사람들은 갈수록…… 멍청해질 수밖에 없어.」

엘로디가 주변을 재빨리 둘러보더니, 지켜보는 동료들을 의식해 조금 더 부드러운 음성으로 그를 설득한다.

「르네! 진실을 그토록 소중히 여기는 네가 지금 환상에 빠져 있어. 나는 현실로 존재하지 않는 이상향인 아틀란티스보다 결점을 지닌 우리 세계가 더 좋아. 아틀란티스는 어린아이의 꿈일 뿐이야. 그러니까 정신 차리라고. 아틀란티스는 진실이 아니라 너를 매혹한 환상이야. 너는 날개가 탈지도 모르는데 불빛에 이끌려 다가가는 나방과 다를 바가 없어.」

「내가 본 건 지어낼 수가 없는 거야. 근거가 있다고.」

「네 무의식이 근거겠지. 이상적인 세계에 대한 네 생각을 반영한 거야. 그런데 문제는 지금 네가 그걸 마치 진실인 양 학생들에게 강요하고 있다는 거야.」

「그건 존재했어. 내가 알아.」

「증거 하나 없잖아.」

「생길 거야.」

이때 별안간 식당 구석이 소란해진다. 르네가 소리 나는 쪽으로 고개를 돌리자 가죽 재킷을 걸친 남자 둘이 들어와 테이블에 앉아 있는 사람들에게 뭔가 물어보는 모습이 보인다. 질문을 받은 사람들이 손가락으로 르네를 가리킨다.

두 남자가 르네가 앉아 있는 테이블로 다가온다. 키 큰 남자가 주머니에서 빨간색·파란색·흰색 줄이 그어진 신분증을 꺼내 내민다. 〈경찰〉이라고 적혀 있다.

「톨레다노 씨인가요? 저희랑 같이 가시죠.」

드디어 올 것이 왔어. 이제 끝났어. 피해 가길 바랐는데 결국 시간문제였어.

엘로디가 끼어든다.

「지금 뭐 하는 거예요? 여긴 신성한 학교입니다. 여기서 사람을 체포해 갈 순 없어요.」

「톨레다노 씨는 저희가 여기 온 이유를 분명히 알고 있을 겁니다.」

「맞아, 난 괜찮으니까 놔둬. 네가 나한테 판도라의 상자에 대해 얘기해 줬던 거 기억하지? 네 말이 맞았어. 상자를 빠져나오는 괴물들이 더러 있는데, 그것들을 잡아서 다시 넣을 방법이 없어……. 내가 잠재 인격에 대해 말한 적 있지. 괜히 그런 게 아니야. 네가 알고 있는 친절

281

한 동료가 내 전부가 아니야. 나는 말이야…… 다른 사람
들이기도 해.」

르네가 다른 교사들이 경악하며 지켜보는 가운데 순
순히 남자 둘을 따라 식당을 나간다.

41

「피해자 이름은 헬무트 크란츠요.」

경찰이 한 사내의 퉁퉁 불은 몸과 부풀어 오른 희고 창백한 얼굴을 찍은 사진을 그의 앞으로 내민다. 르네는 며칠 전 자신을 공격했던 사내의 얼굴을 알아본다.

「꽤 좋은 사람이었던 것 같더군. 마음씨 착하고 유머 감각도 있는. 낚시꾼이 낚싯줄에 걸린 걸 끌어 올렸소. 부검에서 단도 종류에 찔린 창상이 발견됐는데, 익사가 아니라 그게 직접적인 사인이라는 결론이 내려졌소.」

르네 앞에 있는 남자는 친근하면서도 강단 있어 보인다. 가늘게 기른 콧수염이 참호 속에서 봤던 이폴리트 전우들의 그것과 흡사해 르네는 순간 몸을 소스라뜨린다.

「나는 사건을 담당하는 라지엘 경위요. 피해자의 사진을 배포해 당신을 찾아낼 수 있었소. 현장에서 조금 떨어진 곳에서 다른 노숙자가 이 사건을 숨어서 지켜봤더군. 차 한 대가 도주하는 걸 목격했다고 했소. 마음먹기까지

283

시간이 걸렸지만 결국 찾아와서 증언을 해줬지. 그가 사건 발생 시각과 가해자가 타고 있던 차량의 외관을 말해줬소. 그걸 바탕으로 현장 주변의 감시 카메라에 찍힌 영상들을 조회해 문제 차량의 번호판을 확인했고, 그게 당신 차라는 걸 알아냈소. 자, 이번엔 당신 입장을 한번 들어 봅시다. 정확히 무슨 일이 있었소?」

「그가 무기를 들고 나를 위협했어요. 돈을 요구했죠. 둘이 엎치락뒤치락하며 싸우던 중에 그가 자기가 휘두르던 칼에 몸이 찔렸어요.」

형사가 한참 동안 그를 쳐다본다.

「그게 전부요?」

「그게 진실이에요. 진실은 항상 짧은 법이죠.」

라지엘 경위가 가느다란 콧수염을 매만지며 서류를 다시 읽어 내려간다.

「어쨌든 〈당신의 진실〉에는 전혀 설득이 되지 않는군. 멀리서 사건을 목격한 노숙자는 당신이 먼저 피해자를 공격했다고, 그러면서 당신이 쾌감을 느끼는 것 같더라고 진술했소. 당신 진술과는 상반되게 말이오.」

「그렇군요.」

「당신이 배운 사람으로 보인다고 우리가 당신 얘기에 더 귀를 기울일 것이라고는 기대하지 마시오.」

「저는 그렇게 주장한 적 없어요.」

라지엘 경위가 집요하게 추궁한다.

「혹시 이렇게 믿는 건 아닙니까, 톨레다노 씨? 오늘날 프랑스에서는 불쌍한 사람을, 그가 거지라는 이유만으로 스트레스를 푸는 대상으로 삼아도 된다고.」

「제 입장에선 정당방위였어요. 그리고 그는 나치 표식이 있는 스킨헤드였단 말입니다.」

「분명히 당신보다는 고생스러운 삶을 살다 갔을 거요.」

「저는 정당방위였다고 말씀드렸어요.」

「경찰 수사를 통해 추가 목격자와 관련 정보를 더 확보하는 동안 당신은 구금돼 있을 거요. 그런데 말이야, 아무리 봐도 누군가를 살해한 사람치고는 당신 태도가 지나치게 냉정하고 태연해. 시신을 강에 던져 버린 사실이 당신한테 유리하게 작용하지 않는다는 걸 인지하고 있길 바라겠소. 어쨌든 당신이 고의로 시신을 유기하려고 한 거니까, 안 그래요?」

〈안 그래요?〉라는 표현을 듣는 순간 르네는 최면사 오팔을 머리에 떠올린다. 이것은 억지로 상대의 동의를 이끌어 내는 표현이다. 조작을 위한 표현. 그는 문득 형사의 심리를 조작해 보고 싶은 마음이 생긴다.

3+1 기술을 한번 시도해 보면 어떨까?

「노숙자들이 때에 따라 무척 공격적일 수 있다는 건 동의하시죠?」

「그렇소.」

「무기를 소지하는 경우도 흔하다는 건 동의하시죠?」

「그럼.」

「그들이 돈을 갈취하려고 행인들에게 그 무기를 휘두르기도 한다는 걸 인정하시죠?」

「그렇소, 하지만…….」

「좋아요. 그럼 만약 스킨헤드가 칼을 들고 당신을 공격해 온다면, 어쩔 수 없이…….」

「……내 몸을 지켜야지. 도저히 방법이 없으면, 당연히 그를 죽일 수도 있소. 하지만 시신을 유기하는 일은 어떤 경우에도 없을 거요!」

젠장, 3+1 기술이 매번 통하는 건 아니구나. 그럼 다른 걸 시도해 보자. 이번엔 시각화.

「갑자기 누가 칼을 휘두르며 나타나 당신한테 돈을 요구한다고 상상해 보세요. 미처 대답도 하기 전에 그쪽에서 칼을 찌르려고 달려드는 시늉을 하면, 어떻게 하시겠어요?」

「도망을 가겠소.」

「저한테는 불가능했어요. 뒤에 강이 있었으니까.」

「소리를 지르겠소.」

「사람은 우리 둘뿐이었어요. 형사님은 육탄전에 능한 분이실 거니까 당연히 상대를 제압하려고 하시겠죠. 제가 했던 것처럼.」

「죽이진 않을 거요.」

「이제, 상대가 아까보다 훨씬 더 큰 칼을 하나 더 꺼내

휘두르면서 달려온다고 상상해 보세요. 어떻게 하시겠
어요?」

「칼을 피하겠소.」

「피하지 못하면 맞붙어 싸우는 수밖에 없죠. 그런데
싸우는 도중에 그가 자기 칼에 찔리는 모습을 상상해 보
세요.」

「나 같으면 구조를 요청하겠소.」

「육탄전을 벌이느라 경황이 없는 상태에서 구조대를
부를 정신이 있을까요?」

「물론이오.」

「형사님이시니까 그런 상황에서도 냉정함을 유지할
수 있을지 모르지만, 너무도 당황한 제 입장에서는…….」

「……아무도 발견하지 못하길 바라면서 시체를 강에
유기하는 게 낫다고 판단했다는 거잖소, 안 그래요?」

「정상적인 반응이었어요.」

경위가 다시 서류를 뒤적인다.

「말이 나온 김에, 당신은 스스로 〈정상적인〉 사람이라
고 여기십니까, 톨레다노 씨?」

「물론이에요.」

「과연 그럴까. 요즘은 인터넷 때문에 뭐든 놀라운 속
도로 퍼지는 세상이오. 한 사람에 대해 순식간에 많은 정
보를 수집하는 게 가능하지. 그런데 지금 인터넷에 떠도
는 이 영상을 보면 당신이 학생들한테 아틀란티스, 그리

287

고 대홍수가 존재했다고 억지로 믿게 만들려는 걸 알 수 있소. 당신 눈에는 이게 청소년들을 가르치는 제정신인 역사 교사가 하는 정상적인 행동인 것 같소?」

「그게 지금 이 사건과 무슨 관련이 있죠?」

「나는 당신이 환자라고 생각해요. 다중 인격 장애를 앓는 환자. 스티븐슨이 쓴 『지킬 박사와 하이드 씨』에 나온 바로 그 병 말이오. 낮에는 역사 교사지만 밤에는 노숙자를 죽이는 살인자로 둔갑하는 거지. 수사에서 이번이 처음이 아니라는 게 밝혀질지 어떻게 알겠소.」

바로 옆에서 한 피의자가 발악하듯 소리를 지르면서 책상을 넘어뜨리자 형사 여럿이 달려와 간신히 그를 제압한다.

저들은 다른 양들처럼 똑바로 걷지 않으려는 골칫거리를 다루는 데 능숙한 자들이야.

「이제 어떻게 되는 거죠?」

「이런 범죄는 보통 징역 7년에서 20년이 구형되지. 물론 교정 기관의 과밀 상태와 담당 판사의 기분에 따라 형량이 들쭉날쭉하긴 하오. 당연히 당신 변호사의 능력도 약간은 영향을 미치고.」

오른쪽 눈이 다시 씰룩한다.

이제 끝났어, 이걸로 끝이야. 내 자유는 여기서 멈춘다. 지금부터는 내가 일으킨 죽음에 대한 속죄의 시간이야. 적어도 죄책감과 체포의 공포에서는 해방됐어. 이제 모든 게 제자리를 찾았어. 나는 사람을 죽였고, 그 대가를 치르는 거야.

「아무리 봐도 당신 태도가 너무 초연하단 말이야.」

그는 자신이 제어할 수 없는 일에 불안감과 두려움을 느낄 필요가 없다는 것을 게브한테 배웠다. 수용하고 인정하는 순간 해방감을 얻을 수 있다.

르네가 어깨를 으쓱 추어올린다.

「조마조마 불안해한다고 뭐가 달라지죠?」

형사가 콧수염을 천천히 쓸어내린다.

「보통 당신 같은 입장이면 결백을 주장하면서 고함치고 화내고 부당함을 호소하거든. 나 개인을 원망하기도 하고 드잡이를 하려고 달려들기도 하지. 많은 경우 그건 결백의 증거이기도 해요. 반면 죄인들은 말이 없지.」

르네가 허탈하게 웃는다.

「제가 무엇 때문에 형사님을 원망하겠어요? 이 일과 아무 상관이 없는 분을. 자기 할 일을 하는 것뿐이잖아요. 저는 제 운명을 받아들일 뿐이에요.」

「운명론자 같은 소리군. 오래 감옥살이를 할 수도 있다는 말을 들은 사람이 이런 반응을 보이는 경우는 한 번도 본 적이 없소.」

내 머릿속은 지금 80만 명의 사람들을 구해야 한다는 생각으로 꽉 차 있으니까.

경위가 취조를 끝내며 르네에게 악수를 청한다. 그가 형사 두 명에게 피의자를 유치장으로 데려가라는 손짓을 한다. 문이 열리는 순간 유치장 안 풍경이 눈에 들어온다. 뒤쪽 구석에 주정뱅이 하나가 코를 골면서 잠들어 있고, 매춘부 하나는 마치 무슨 경기에 임하는 사람처럼 껌을 딱딱 씹고 있고, 얼굴이 창백하고 눈이 푹 꺼진 청년 하나는 불안한 모습으로 몸을 덜덜 떨고 있다. 플라스틱 창 군데군데 말라붙은 핏자국이 눈에 띈다.

「안녕하세요.」르네가 다 들리게 큰 소리로 인사를 건넨다.

깨어 있던 두 사람이 반가워하는 기색 없이 그를 빤히 올려다보기만 할 뿐 대꾸는 하지 않는다. 르네는 자리를 찾아 조용히 앉아서 기다린다.

술주정뱅이가 갑자기 잠에서 깨 딸꾹질을 하더니 역겨운 냄새가 나는 노랗고 불그스름한 액체를 분수처럼 토해 올린다. 매춘부가 악을 쓰면서 청소를 해달라고 사람을 부른다. 창백한 얼굴의 청년은 뭐가 우스운지 실없이 키득거린다.

창문 너머로 강줄기처럼 흘러가는 거무스름한 구름들이 눈에 들어온다.

여기는 회색 일색이야. 새도 나비도 갖가지 색깔의 꽃도 없어.

아틀란티스의 풍경이 그리움이 되어 그의 머릿속에 펼쳐진다.

42

　문이 열리고 샌드위치가 안으로 들어온다. 몸을 떨면서 이를 부딪치고 있던 창백한 얼굴의 청년이 벌떡 일어나더니 쿵쿵 소리가 나도록 창에 머리를 박기 시작한다. 금세 불그스름한 자국이 창에 생긴다.

　「난 배는 안 고파. 한 방 줘! 더는 이렇게 못 버텨!」

　아무도 반응하는 사람이 없자 청년이 더 세게 머리를 박아 댄다. 창에 붉은 동그라미가 만들어지고 세로줄이 그어진다.

　나는 사회의 쓰레기들과 같이 있어.

　감옥은 사회가 천민 취급하는 자들이, 호스피스는 사회가 노쇠하다고 버린 자들이 모이는 곳이지.

　르네는 공동체의 결속을 유지하는 데 성공한 아틀란티스를 다시 떠올린다. 거기서는 어느 한 사람 배척받지 않고 배제되지 않는다. 지배하는 사람이 없으니 반란이 일어날 이유도 없다.

마약 중독자가 벽을 머리로 치는 소리가 마치 괘종시계의 째깍거림처럼 규칙적으로 들린다. 참다못한 형사 하나가 들어와 그만하라고 소리를 질러도 청년은 아랑곳하지 않고 다시 자기 요구를 말한다.

「한 방 놔달라니까!」

형사가 대꾸 없이 어깨를 으쓱해 보이고 나가자 청년의 박치기가 다시 시작된다.

의식. 무의식. 잠재의식. 의식의 장벽을 넘으면 잠재 인격들이 숨어 있는 잠재의식을 마주하게 된다.

저 주정뱅이, 매춘부, 마약 중독자는 전생을 거치면서 저런 방식으로 발현될 수밖에 없는 행동의 동기들이 축적되고 형성됐을 것이다.

매춘부의 전생은 권태에 시달리던 수녀였는지도 모른다. 술주정뱅이의 전생은 술을 입에 대지도 않았던 사람인지도 모른다. 마약에 중독된 저 청년은, 글쎄…… 지나치게 합리주의적인 세상으로부터 달아나고 싶었던 사람이 아니었을까?

르네가 기다리는 건 오직 하나, 23시 23분, 게브와 만나는 마법의 시간. 그것은 단순히 만남의 시간이 아니라 조화로운 그의 세계에 접속하는 순간이다. 화산 밑에 살포시 앉은 꽃의 도시 멤세트와 만나는 순간. 게브의 차분한 미소를 마주하는 순간.

시계가 23시 15분을 가리키자 그는 몸을 일으켜 경비원을 부른다.

「죄송한데, 화장실에 좀 가도 될까요?」

경비원이 화장실 앞까지 그를 따라온다. 화장실 문에는 걸쇠가 없다.

혼자 조용히 있을 수 있는 곳은 화장실밖에 없구나.

레옹틴도 그런 생각이었을까. 여긴 전생으로 여행을 떠나는 내게 금방 객실이 되어 준다. 화장실이야 어디든 있고, 아무 장비도 필요하지 않으니 이만큼 편리한 여행이 또 있을까.

23시 21분, 그는 화장실 벽의 낙서와 지저분한 자국을 애써 무시하고 가부좌를 틀고 앉는다. 등을 꼿꼿이 편 채 눈을 감는다. 계단을 시각화한다. 안도하는 마음으로 계단을 내려가기 시작한다. 1번 문을 연다. 뜻밖에도 야자수 해변이 아닌 다른 곳이 나타난다.

43

고양이 한 마리가 바로 코앞에서 그를 뚫어지게 쳐다
보고 있다. 르네는 즉시 게브의 집에 들어와 있다는 사실
을 깨닫는다. 그가 있는 황토색 방에는 바깥을 향해 큼지
막한 개구부가 하나 뚫려 있어 여러 식물들과 뒤쪽 멀리
에 있는 파란색 피라미드까지 눈에 들어온다. 방에는 별
도의 창과 문이 나 있지 않다. 둥그런 모양의 침대가 하
나 방 가운데에 놓여 있고, 주변 바닥에 꽃들과 노란색,
분홍색, 빨간색 방석들이 흩어져 있다. 집 내부는 각이
진 곳 없이 부드러운 선들로 이루어져 있다. 모든 것이
개방돼 있다. 벽과 천정에는 식물성 피지(皮紙)에 별과
행성의 위치를 그린 천문도들이 걸려 있다.

돌의자에 앉아 있던 게브가 인사를 건넨다.

「자네가 온 걸 아네. 잘 지냈나, 르네. 더 오붓한 느낌
이 들게 이번에는 자네를 해변이 아닌 우리 집으로 직접
오게 했네.」

「고마워요. 좋네요.」

게브가 일어나 과일나무들과 열매 달린 소관목들이 있는 테라스로 르네를 안내한다. 테라스를 제집 삼아 지내는 고양이들은 그들의 등장에 전혀 신경을 쓰지 않는다. 도시 멤세트의 찬란함이 르네의 눈앞에 펼쳐진다.

시원한 집 안과 달리 바깥은 이른 아침인데도 벌써 덥게 느껴진다.

수많은 테라스와 텃밭들, 가운데를 가로질러 강이 흐르고 있는 여섯 개의 대로가 한눈에 들어온다.

아름다운 도시를 향해 르네가 느끼는 감탄은 금세 소멸할 운명인 도시에 대한 안타까움으로 바뀐다. 여기에 남아 아틀란티스인들이 대홍수에서 살아남게 돕고 싶어진다.

「언젠가 자네가 사는 도시 파리도 나한테 꼭 구경시켜 주게. 미래 세계가 어떤 모습일지 정말로 궁금하네.」 게브가 르네와 눈을 맞추며 말한다.

최대한 나중에요.

「당연히 그래야죠.」

게브가 테라스 끝에 서서 파란 피라미드보다 작은, 완벽한 구형으로 생긴 건물 하나를 가리킨다.

「저기가 64인 현자들의 총회가 열리는 곳이네. 어제저녁에 그분들을 찾아가 자네 얘기를 했어.」

「내 얘기를요?」

고양이 한 마리가 난간으로 뛰어오르더니 우아하게 걸음을 뗀다. 르네는 다른 아틀란티스인들은 자신을 볼수 없어도 고양이들은 자신의 존재를 완벽하게 감지한다는 것을 느낀다.

「곧 대홍수가 일어나 우리 섬을 덮쳐 사람들이 물에 잠기고 우리 문명이 사라지게 된다는 말씀을 드렸네. 미래에 우리는 신화로 남게 된다고, 대부분의 사람들이 우리가 존재조차 하지 않았다고 믿게 된다고 말씀드렸지.」

「어떻게 받아들이던가요?」

「장시간 토의를 하더니 걱정할 일이 아니라는 결론을 내리시더군.」

「뭐라고요?」

「〈하늘이 무너질 일은 없다〉, 〈위험의 원천은 바로 두려움이다〉, 〈우리한테 일어나는 일은 모두 우리의 행복을 위한 것이다〉, 이런 생각들이 자네 눈에 차분하고 평온해 보이는 아틀란티스인들의 삶의 철학이라는 걸 잊지 말게.」

르네는 두 여성이 가던 길을 멈추고 벤치에 앉으며 다정하게 포옹하는 모습을 내려다본다.

「그러니까 64인의 현자들이 당신 말을 듣고 나서 신빙성은 있지만 걱정은 하지 않기로 했다는 거네요?」

「그분들 중 제일 연장자의 존함이 슈라네. 그분 말씀이, 〈만약 그런 일이 일어난다면 일어날 운명인 것이다,

자연을 거역하려는 건 무모한 짓이다)라는 거야. 세상의 진화를 받아들여야 한다는 거지. 〈태어나는 모든 것은 죽게 마련이고 죽는 모든 것은 다시 태어나게 마련이다〉, 〈겨울에 나무가 잎을 떨구는 건 봄에 새로운 싹을 틔우기 위해서다〉라고 하시더군.」

「이건 그냥 겨울과는 비교할 수 없는 무시무시하고 파괴적인 재앙이에요! 온 세상이 물에 잠겨도 과연 새싹이 나올 수 있을까요? 그럴 순 없을 것 같은데.」

「내 생각도 같네. 그래서 그분들께 자네와 비슷한 말씀을 드렸는데, 우리가 충분히 받아들일 수 있는 위험이라고 판단하시더군.」

「홍수가 나서 사람이 다 죽어도 괜찮다고요?」

「자연이 이따금 모습을 드러낼 때 인간은 존재의 무상함을 직시하게 된다고 슈께서 말씀하시더군. 물속으로 가라앉으면 돌고래들과 관계가 깊어질 수 있으니 그것 또한 나쁘지 않다며 농담까지 하셨지.」

게브르의 옆집에서 합창 소리가 들려온다.

「그러면 당신 생각은 어떤데요?」

「나 자신의 죽음을 받아들이는 건 어렵지 않지만 자네가 말한 대로 우리 공동체가 파괴되는 건 두렵네. 무엇보다 우리의 문명과 영성이 후세에 기억되지 못하고 망각되는 걸 견딜 수가 없어. 우리 민족의 기억을 살릴 수 있는 가능성이 조금이라도 있다면 당연히 시도해 봐야지.」

「당신은 슈와 64인 총회의 의견을 받아들이지 않겠다는 뜻인가요?」

「자네를 만난 뒤로 〈하늘이 무너질 일은 없다〉 식의 우리 철학에 한계를 느꼈네. 우리한테 끔찍한 불행이 닥친다고 자네가 알려 줬으니 이제부터 고민을 해야지.」

「64인의 현자들이 당신 말을 믿긴 하지만 별다른 조처를 취하지 않겠다고 하면 앞으로 어떻게 되는 거죠?」

「우리 공동체의 모든 구성원은 연륜과 지혜를 겸비한 그분들의 의견을 귀담아듣네. 총회에서 자네 경고를 받아들이지 않겠다고 하면 나를 도와 탈출할 배를 만들 사람은 거의 없다고 봐야지.」

처음으로 아이들의 모습이 르네의 눈에 들어온다. 열 살 내외의 아이들이 지켜보는 어른 없이 함께 어울려 놀이를 하고 손 묘기를 자랑한다.

「하루속히 배를 만들어야 해요. 대홍수가 언제 닥칠지 몰라요.」

「때로는 두려움도 필요하다는 걸 이제 알겠네. 늘 우리의 강점이었던 것이 이렇게 약점으로 변할 줄은 몰랐어.」

「지금은 원시적인 공포 본능을 되살려야 할 때인지도 몰라요.」

「민족 전체의 사고와 의식을 한순간에 바꾸기는 불가능하네. 자연을 향한 공포를 느끼려면 그 자연이 적으로 변할 수 있다는 가능성을 염두에 둬야 하는데, 대양과 대지와 동물과 식물은 아틀란티스인들의 인식 속에 오직 이로운 자연계의 요소로만 각인돼 있으니 말이야.」

고양이가 게브에게 다가와 스윽 몸을 비비자 게브가 다정하게 쓰다듬어 준다. 르네가 말을 이어받는다.

「하지만 뭔가 하지 않으면 안 돼요. 지금 내가 여기 있는 건 결코 우연이 아닐 거예요.」

「내 생각도 그렇네.」

「한 사람만으로도 충분히 역사의 흐름이 바뀔 수 있다고 나는 믿고 있어요. 당신이 바로 그 주인공이고 나는 조력자라고 생각해요. 당신이 미래의 환생들 중에서 나를 선택한 것은 동시대인들의 역사에 가장 많은 영향을 끼칠 사람을 만나고 싶었기 때문이라는 것을 기억해요.」

「나도 그 생각을 했네. 자네가 우리 문명의 기억을 구할 방안을 제시했으니 나는 당연히 귀담아들어야지. 내가 가장 영향력 있는 미래의 환생을 만나고 싶었다는 건 결국 그에게서 내 시대에 영향을 미칠 방법을 배우기 위해서였으니까.」

르네는 고대 이전 도시의 이색적인 풍경에서 눈을 떼지 못한다. 벤치에 앉은 두 여자가 입고 있는 옷과 가닥가닥 복잡하게 땋아 내린 머리가 시선을 사로잡는다. 저런 자연스러운 우아함 때문에 평온한 얼굴이 더 부각돼 보이는 게 아닐까.

행복에 젖은 차분하고 평온한 표정의 사람들. 두려움이 존재하지 않는 세계. 저들의 관심은 온통 세련됨과 쾌락의 향유에 쏠려 있는 것 같아.

　「큰 배를 만들어야 한다는 자네 의견에 전적으로 공감해서 해양 이동 수단 전문가를 찾아가 만났네.」

　「선박 설계 전문가인가요?」

　「누트라는 여성일세. 최대한 많은 사람을 태울 수 있는 큰 배를 만들 방법이 있냐고 물어봤더니, 현재로서는 두 사람 이상 태울 수 있는 배는 없다고 하더군. 게다가 멀리 항해하는 건 불가능하다고 했어.」

　「당신들 배는 어떤 거죠?」

　「나무를 깎아 만든 둥그스름한 모양의 거룻배일세. 바닥이 평평하게 생겼지.」

　「거룻배요? 둥글고, 평평해요? 추진은 어떤 방법으로 하죠?」

　「돌고래들이 배를 끌어 주네. 바다로 나가고 싶으면 배를 띄우지. 텔레파시로 돌고래를 불러 놓고 밧줄을 바다에 던져 놓으면 돌고래들이 다가와 줄을 주둥이에 물고 끌어 주는 거야. 우리가 돌고래를 부리는 개념은 아닐세. 그냥 돌고래들이 이따금 재미 삼아 밧줄을 끌어 주는 거지. 돌고래들도 나름의 생활이 있을 것 아닌가. 그건 우리도 마찬가지지. 돌고래가 우리한테 뭍에서 나들이를 시켜 달라고 하면 잠깐이야 재밌겠지만 금방 지루해질 테니까.」

「돛을 사용하지는 않아요?」

「나한텐 생소한 단어군.」

「먼바다에는 어떻게 나가죠?」

「먼바다에? 위험한 일을 굳이 뭐 하러 하나? 높은 파도가 일면 우리 배는 무조건 뒤집힐 거야. 그러면 헤엄을 쳐서 돌아와야 하는데, 돌고래가 도와주지 않으면 상황이 복잡하게 꼬일 게 분명해.」

「믿을 수가 없어요. 이만큼 정신을 발전시킨 사람들이 기술 측면으로는 너무도 초보적이라는 게. 그럼 용골이나 키, 노 같은 것도 없어요?」

게브가 물어보나 마나라는 의미로 고개를 가로젓는다.

생선을 먹지 않으니 어업을 발달시킬 필요를 못 느꼈던 거야. 다른 섬이나 대륙을 발견하기 위해 섬을 떠날 필요가 없었으니 조그만 배로도 충분했던 거고.

「좋아요, 하지만 대홍수에서 살아남으려면 서둘러 항해술을 발전시키지 않으면 안 돼요. 유선형 몸체의 대형 선박을 최대한 빨리 만드는 게 목표예요. 큰 파도가 쳐도 배가 기울지 않게 무게 중심을 잡을 용골을 설치하고, 먼바다로 배를 추진해 나갈 수 있게 돛대에 돛을 달고, 배가 나아가는 방향을 조정할 수 있게 키를 달아야 해요. 기원전 200년경 전생에서 갤리선을 타고 지중해를 항해했고, 현생에는 소형 요트 항해를 즐기다 보니 다행히 배에 대해서 조금 알아요. 어릴 때는 배 모형 만들기에 푹 빠졌었죠.」

「자네가 말한 전문 용어를 하나도 이해 못 하지만 성실한 학생의 자세로 배워 나가겠네. 나보다 누트가 더 좋아할 거야. 미래의 선박 기술을 배운다고 기뻐할 그녀의 모습이 벌써 눈에 선하군. 그녀는 새로운 것에는 무조건 강한 호기심을 느끼지. 자네 얘기를 했더니 꼭 만나 보고 싶다고 했네.」

「그녀는 대홍수를 믿던가요?」

「그녀는 예지몽을 꾸지. 그런데 반복해서 자꾸 꾸게 되는 꿈 하나가 자네 얘기와 맥이 닿는다고 하더군. 나이는 어리지만 직관이 뛰어난 여자지.」

「몇 살인데요?」

「245세.」

「뭐라고요?」

「그래, 자네가 무슨 생각을 하는지 알아. 내가 경험할 위대한 사랑의 주인공이 혹시 그녀인가 하는 거지.」

「아니, 그런 게 아니에요. 저기, 게브, 궁금한 게 하나 있어요. 당신 나이가 어떻게 되죠?」

「821세일세.」

긴 침묵.

내가 잘못 들은 거겠지?

「농담이죠?」

「아닐세, 그러는 자네 나이는 얼마지?」

「32세예요.」

「아? 그러면 아기군.」

르네는 얼굴에 주름이라곤 찾아볼 수 없고 기껏해야 마흔 남짓으로 보이는 게브의 외모에 새삼스럽게 눈길이 간다.

「당신들은 어떻게 그렇게 오래 살죠?」

「우리 평균 수명은 9백 살이네. 자네 세계는 어떤가?」

「……90살이에요.」

상대방의 대답에 놀라기는 르네나 게브나 마찬가지다.

「그럼 64인의 현자들은 대체 몇 살이죠?」

「전부 1천 살이 넘으셨지. 슈는 1,031세시네.」

르네는 자기 귀를 의심하지 않을 수 없다.

하긴, 성경 속 인물들도 장수하긴 했지. 아담은 930세, 므두셀라는 969세, 노아는 950세까지 살았다니까 엇비슷하네. 아틀란티스인들의 지혜와 차분함은 어쩌면 그들의 수명에서 기인한 것인지도 몰라. 당연히 그럴 거야, 2백 살을 넘게 살면 누구나 세상을 상대화해 바라볼 수 있게 되지 않을까. 하늘이 두 쪽 날 일만 아니면 괜찮다고 모든 것을 가볍게 받아들일 수 있을지도 몰라. 심지어 대홍수마저.

궁금한 게 많기는 게브도 매한가지라고 르네는 느낀다.

내가 이렇게 안절부절못하고 지혜도 없는 건 어린아이이기 때문이라고, 아직 세상을 이해하지 못했기 때문이라고 게브는 생각할 거야. 그의 눈에는 내가 철부지로 보이겠지. 그의 기준에서는 지극히 단축된 생을 살게 될 미래의 인간들이 다 나처럼 〈아기들〉로 보일 거야.

「아무리 그래도 821세는 너무…….」르네가 여전히 어리둥절해하고 있다.

「그러는 자넨, 정말로 32세밖에 안 됐나?」

지나가는 행인들을 바라보면서 르네는 비로소 어린아이들이 드문 이유를 깨닫는다. 수명이 너무 길다 보니 〈노인들〉이 많고, 상대적으로 어린아이는 보기 힘든 것이다.

통념과 달라서 내가 혼란스러운 것도 있어. 저들은 나이가 많지만 몸을 아주 잘 보존했어. 그래서 연로한 사람들이라고는 믿기지 않을 정도로 저렇게 건강해 보이는 거야.

앞으로 살날이 789년이나 더 있으면 난 뭘 할까? 보고 싶은 영화를 실컷 보고, 읽고 싶은 책을 다 읽고, 듣고 싶은 음악도 전부 듣고, 많은 여자들과 마음껏 사랑을 나누고, 가고 싶은 나라를 다 여행하고, 그러고도 시간이 남으면?

「우린 아직 서로에 대해 알아야 할 게 많네.」게브가 겸손한 어조로 말한다. 「어쨌든 지금 당장 누트와 내가 할 일은 자네 지식을 빌려 우리 문명을 최대한 구할 수 있게 큰 배를 만드는 걸세.」

「그건 걱정하지 마세요. 내가 아는 항해술 전부와 당

신들이 재앙에서 살아남는 데 도움이 될 만한 기술을 모두 알려 드릴 테니까요.」

「그에 대한 보답으로 나는 자네의 정신을 보다 폭넓게 활용할 수 있는 방법을 가르쳐 주겠네. 오직 정신의 힘으로 두려움을 극복하고 스스로 몸을 치유하고 우주를 여행하고 다른 동식물과 소통하는 방법을 알려 줄 거야. 존재의 시간이 그렇게 짧아 자네들이 뇌를 활용하는 방법을 충분히 터득하지 못한다는 걸 이제 알게 됐네.」

눈앞의 사람들 대부분이 5백 살을 넘겼다는 생각이 들자 르네는 경외심마저 느낀다.

「그래, 그 누트라는 분이 마음에 들어요?」

「그럼. 그녀는 아주 특별한 여자거든.」

「그녀를 사랑해요?」

「물론이네. 난 그렇고, 자네는 지금 삶의 어느 지점에 와 있나?」

「하, 그게, 지금 살인 피의자로 유치장에 와 있어요. 이것 말고는 아무 문제 없어요.」

「유치장?」

「범죄를 저질러서 처벌받아야 하는 사람들을 수용하는 곳이죠.」

「범죄?」

「가령 누구를 죽이는 행위 같은 거요.」

「참 희한한 생각도 다 하는군. 그런 짓을 왜 하지?」

「음, 예를 들어 돈을 빼앗기 위한 목적이죠. 아 참, 당신들은 돈이 없다는 걸 내가 깜빡했네요. 다른 사람이 소유한 걸 빼앗으려고 그러죠.」

「우리는 아무것도 소유하지 않네.」

「당신과 대화를 하다 보면 돈과 보상과 처벌이 전부인, 가지지 않은 것을 가지려는 욕망과 가진 것을 잃을지 모른다는 두려움을 삶의 동력으로 삼는 우리 시대의 낡고 즉자적인 사고방식에 내가 길들어 있다는 사실을 깨닫게 돼요.」

「자네 말을 들으니 그 소유라는 개념은 안전하지 않을까 봐, 인정받지 못할까 봐, 사랑받지 못할까 봐 불안해하는 어린아이를 연상시키는군. 〈겨우〉 90살을 사는 인간들이 가질 수밖에 없는 시각이지. 자네가 그걸 깨닫기 시작했다면 발전 가능성이 있네.」

「솔직히 지금의 이런 골치 아픈 상황에서 내가 극심한 절망감에 빠지지 않는 게 놀라워요.」

르네는 게브에게 길쭉한 모양의 배를 어떻게 건조하는지, 용골과 키와 돛대와 돛은 어떻게 만드는지, 밧줄은 어떻게 사용하는지, 어떻게 바람을 받아야 배가 앞으로 나가는지 등 범선 항해의 기초를 가르쳐 준다.

그는 게브의 손을 잡아 움직여 주면서 최대한 많은 인원을 수용할 수 있는 이상적인 배의 설계도를 함께 그려 나간다. 한참 시간이 흘렀다 싶을 때 목소리가 들린다.

〈……괜찮아요?〉

르네는 즉시 뒤에 있는 문으로 나가 급히 계단을 거슬러 올라가…….

44

······눈꺼풀의 커튼을 올리고 자신의 시공간으로 되돌아온다. 화장실 문 밖에서 누가 안쪽을 향해 말을 하고 있다. 르네는 얼른 변기의 물을 내린다.

「죄송해요. 깜빡 잠들었나 봐요.」 그가 밖에 서 있는 경비원을 향해 말한다.

르네가 눈을 비비며 하품을 한다.

「지금 몇 시죠?」

「밤 12시 반이에요. 축소 인력으로 근무하는 시간이죠. 당신과 같이 유치장에 있는 아가씨가, 당신이 화장실에 간 지 한참 됐는데 돌아오지 않는다고 알려 줘서 왔어요.」

르네는 유치장으로 돌아와 매춘부에게 고맙다는 인사를 한다.

「구멍에 빠졌었나 보죠?」 그녀가 능청스럽게 묻는다.

「변기에 앉은 채 잠이 들었어요.」 그는 같은 변명을 되풀이한다.

「그건 그렇고, 인텔리처럼 생긴 양반이 어쩌다 이런 델 왔어요? 마약?」

「살인.」

「아무리 봐도 살인자 관상은 아닌 것 같은데.」 그녀가 그를 한참 뜯어본다.

「고맙네요. 내 직업은 역사 교사예요. 당신은요?」

「하, 난 바칼로레아에 떨어졌죠.」 그녀가 어물쩍 화제를 돌린다. 「역사 때문은 아니고 철학 때문에. 시험 주제가 〈인간은 행복해질 수 있는가?〉였는데, 내가 〈부인한테 달렸다〉, 뭐 이 비슷하게 답을 썼거든요. 그런데 유머는 철학의 한 형태로 취급을 안 해주더군요, 안타깝게도. 어쨌든 그 덕분에 내 소명을 알게 됐죠. 나는 그깟 졸업장 없이도 남자들을 행복하게 해주고 있어요. 그리고 바칼로레아 채점자들과 달리 내 손님들은 나한테 고맙다는 말도 하고 칭찬도 해줘요. 철학 교사들도 손님으로 받아봤는데, 날 모범생으로 여기는 눈치더군요.」

그녀는 자기 농담에 자기가 까르르 웃고 나서 말끝을 단다.

「남자들의 문제는 말이죠, 자기들이 진정으로 원하는 걸 모른다는 거예요. 그러니 뭘 얻게 되면, 그게 가령 아내라고 해봐요, 금세 정반대의 것을 원한단 말이에요.」

순간 르네는 정신 분석가라는 자신의 직업에 대해 애

기하던 오팔을 떠올린다.

「신기한 건 말이에요, 내 고객들 대부분은 섹스를 원하지 않아요. 그들은 내가 자신들의 얘기를 들어 주길 원하죠.」

그녀가 픽 웃음을 터뜨린다.

「그들은 내가 자신들의 어머니나 아내처럼 질책하지 않고 그저 조용히 얘기를 들어 주길 원해요. 어렸을 때 엄마한테 볼기를 맞았던 게 평생 트라우마로 남았다는 얘기를 한 시간씩이나 한 손님도 있었죠! 정신 분석 상담 비용에 비하면 나는 싼 편이죠.」

「그런데 왜 자지 않고 깨어 있어요?」

「불면증 때문에요. 밤에 일해야 하는 직업이다 보니 각성과 수면을 구분하는 시스템이 고장 나버렸어요.」

그녀가 새로 껌을 꺼내 입에 넣고 질겅질겅 씹기 시작한다. 그녀가 자리를 잡고 눕는 르네에게 다가와 계속 말을 시킨다.

「저 인생 낙오자들을 어떻게 생각해요? 내가 저렇게 술주정뱅이나 마약 중독자라면 정말 괴로울 것 같은데. 저 인간들은 도무지 자기 자신을 존중할 줄 모르는 것 같아요.」

르네가 상대방에게 그만 자고 싶다는 의사를 전한다.

「사람은 왜 죽였어요?」

「정당방위였어요.」 르네가 대충 짧게 대답한다.

「사실 나도 누군가를 죽이고 싶을 때가 있었어요. 나 역시 정당방위라고 믿었지만 실행에 옮기진 못했죠. 항상 뭔가가 나를 제지하는 바람에.」

왜 사람을 못 자게 하는 거야.

그녀의 껌 씹는 소리가 갈수록 귀에 거슬린다.

「그런데 역사 선생님인 당신은 그런 제지하는 뭔가가 없던가요?」

「스킨헤드가 돈을 갈취하려고 칼을 들고 덤볐어요. 이 얘긴 이제 나한테 더 이상 중요하지 않아요. 난 구형을 그대로 받아들일 거니까. 우리한테 일어나는 일은 모두 우리를 위한 거예요. 자기 손에 쥔 패를 가지고 게임을 하는 수밖에 없어요.」

「저기, 나한테 고민이 하나 있어요. 잠 얘긴데, 잠을 잘 자는 게 소원인데 혹시 좀 도와줄 수 있어요?」

최면술을 시도해 볼까?

「내가 한번 시도는 해볼 수 있어요. 당신이 원하면 최면을 걸어 줄 수 있어요.」

이번엔 내가 실험 대상이 아니라 실험자가 돼보자.

그는 3+1 기술을 시도하기로 마음먹으면서, 이것이 문전 박대 당하지 않으려고 방문 판매원이 쓰는 방법과 유사하다는 생각을 한다.

「눈을 감아요.」

여자가 잠깐 눈을 감았다 다시 뜬다.

「물어보진 않았지만 얘기해 드릴게요, 내 이름은 세실리아예요.」

그녀가 다시 어중간하게 눕는 자세를 취한다.

「됐어요, 이제 얘기해요.」

「눈을 감아요. 호흡을 천천히 해요.」

그녀가 그의 말에 따른다.

「좋아요, 이제 긴장을 풀어요. 호흡을 할 때마다 몸의 긴장이 풀리는 게 느껴질 거예요.」

달싹달싹하던 그녀의 가슴 언저리가 차분해진다.

세 개의 암시는 받아들였으니 이번엔 네 번째.

「당신은 곧 잠들 거예요. 긴 잠을 자는 동안 피로가 풀릴 거예요. 기분 좋은 꿈을 꾸는 완벽한 숙면을 취하게 될 거예요. 당신이 잠들고 싶은, 가장 편안해지는 장소를 한 곳 골라 시각화해요. 마음에 드는 풍경도 골라요. 해변도 좋고 산도 정원도 좋아요.」

그녀가 입을 삐죽하면서 눈을 번쩍 뜬다.

「안 돼요. 전 남자 친구가 나타나 나를 마구 때려요.」

「미안해요.」

「할 수 없죠, 뭐. 어쨌든 고마웠어요. 더 이상 귀찮게 하지 않을 테니 그만 쉬세요.」

시도해 본 걸로 만족하자. 이것으로 최면이 보편적인 과학은 아니라는 걸 확인했어.

45
므네모스: 최면의 역사

최면술의 가장 오래된 흔적은 지금으로부터 3천5백년 전 수메르 문명에서 발견됐다.

수메르인들은 최면을 〈말[言]을 통한 치유〉라고 불렀다. 그들은 의식을 세 개의 단계로 나누었는데, 환자가 이 단계를 밟아 내려가 긴장이 풀어지면 병을 치유할 수 있다고 믿었다.

이집트에는 사제들이 잠든 환자들에게 암시를 주는 〈잠의 신전〉이 있었다.

스스로를 〈영혼의 산파〉라고 지칭한 소크라테스는 문답을 통해 제자들이 정신의 깊은 심층에 도달할 수 있게 했다.

루이 16세 시대에는 오스트리아 출신 의사 프란츠 안톤 메스머가 파리 살롱들에서 최면 상태인 환자를 치료하는 시연을 선보여 큰 인기를 끌었다. 그는 인간의 몸에는 모든 생명체에 보편적으로 존재하는 일종의 유체가 있으며, 이것이 인간 간의, 나아가 인간과 생명계의 다른 존재 간의 상호 작용을 일으킨다고 믿었다. 그는 이 유체의 흐름이 원활하지 못하면 우리 몸에 질병이 생긴다고 주장했다. 그는 이런 이론을 임상에 적용해 음악가인 모차르트와 하이든, 글루크 그리고 라파예트 후작을 치료했다. 1784년 루이 16세는 왕립 과학 아카데미 회원들로 구성된 두 개의 위원회에 메스머의 이론을 검증하라고 지시했다. 두 위원회는 모두 메스머가 환자들의 순진함을 이용하는 사기꾼이라는 결론을 내렸다.

이로부터 약 1백 년이 지난 뒤에야 비로소 최면에 대한 과학적 접근이 시도되었다. 1870년, 살페트리에르 병원 과장이던 장마르탱 샤르코 박사는 뇌전증 환자와 히스테리 환자의 치료에 최면을 이용했다. 샤르코의 방법은 동료 의사들의 거센 비난에 직면했지만, 그의 제자 중 한 명인 지크문트 프로이트는 비록 최면이 확실한 치료 효과를 가지지는 않지만 정신 탐구의 한 방법으로 사용될 수 있다고 말했다.

1890년 러시아의 이반 파블로프는 외부 자극과 생명체의 행동 간 연관성을 밝힌 조건 반사의 법칙을 발견했다.

가장 많이 알려진 것은 파블로프가 개들을 대상으로 했던 실험인데, 그는 개가 종소리를 듣고 침을 흘리는 것은 그 소리를 음식과 연관 짓기 때문이라고 주장했다. 이

법칙이 우리 모두가 아는 그 유명한 〈파블로프의 반사〉
이다.

이로부터 20년 뒤 미국 심리학자 밀턴 에릭슨은 약한
형태의 최면인 자가 최면을 연구한다. 그는 자가 최면을
통한 환자의 자가 치료가 가능하다고 말한다. 이 경우 환
자가 스스로에게 최면을 거는 것이고, 최면사는 환자의
최면 과정에 동행하는 안내자 역할에 그치게 된다.

46

경찰서에서 구금 상태로 보낸 첫 밤은 생각만큼 나쁘지는 않았다. 잠에서 깬 르네의 눈에 술주정뱅이만큼 심하게 코를 골고 있는 세실리아의 모습이 들어온다. 경비원이 다가와 유치장 문을 연다.

「르네 톨레다노 씨? 면회 있어요.」

르네는 몸을 일으켜 제복 차림의 경비원을 뒤따라간다. 안내를 받아 라지엘 경위의 방으로 들어가자 한 여성이 그를 기다리고 있다.

「엘로디! 여긴 어떻게 알고 왔어?」

둘은 감격스러운 포옹을 나눈다.

「말했잖아, 나는 네 친구라고, 너를 못 본 척하지 않을 거라고.」

「나를 풀어 주러 온 거야?」

「아니, 정신 병원으로 이송시키려고 왔어. 필요한 절차를 밟아 승인을 얻어 냈어.」

르네가 영문을 몰라 하자 엘로디가 단호한 몸짓으로 자기가 다 알아서 할 테니 전적으로 믿으라는 뜻을 전한다. 그들은 경찰들과 함께 건물을 나와 출입구에서 르네를 이송할 차량을 기다린다.

그제야 엘로디가 상황을 상세히 설명해 준다.

「어릴 때 친구 중에 변호사가 한 명 있는데, 걔한테 전화해서 네 상황을 들려줬어. 잘못된 최면 실험 때문에 트라우마가 생겨 벌어진 일이니까 너한테 〈책임〉이 없다고 말이야. 같이 해결책을 찾다가 그 친구가 담당 판사에게 연락해서 네 입장을 변호하는 논리를 펼치면서 감옥보다는 의료 기관에서 너를 관찰하는 게 어떻겠느냐고 제안했지.」

「그래서 판사가 받아들였어?」

「판사가 결정을 내리기 전에 나한테도 연락을 했어. 그래서 내가 〈판도라의 상자〉에서 벌어진 일을 최대한 상세히 묘사해 줬지. 그러고 나서 판사가 추가 수사를 요청했고, 변호사가 즉시 네 최면 장면을 촬영한 공연장의 동영상을 비롯한 증거 자료들을 제출했지. 그 동영상에 네가 심한 히스테리 상태에서 소리를 지르고 펄쩍펄쩍 뛰면서 유람선 공연장을 빠져나가는 장면이 나와. 그걸 본 판사가 네가 〈영향하에〉 있었다는 판단을 내렸어. 심리적 충격의 가능성을 참작해 정신 병원 이송 결정을 내린 거지. 어쨌든 재판은 열리겠지만 네가 면책을 주장하기는 쉬워진 상황이야. 이런 과정을 거쳐 네가 재판 때까지 감옥이 아닌 정신 병원에 구금될 수 있게 된 거야. 최선을 다해 너를 치료해 줄 곳에 말이야.」

「어딘데? 생트안 병원이야?」

「마르셀 프루스트. 기억 관련 장애에 특화된 초현대식 새 병원이지. 물론 너는 폐쇄 병동에 수용될 거야. 하지만 거기에도 레지던트로 일하는 내 지인이 한 명 있으니까 특별 대우를 받게 해줄 수 있어.」

「거기서 무엇을 하는 거지? 내 행동에 대한 책임 여부를 가리기 위해 심리 테스트를 하나?」

엘로디가 부드럽고 편안한 음성으로 말한다.

「네 정신에 일어난 사고를 수습해 줄 거야. 너를 혼란에 빠트린 가짜 전쟁의 기억과 그 뒤로 일어난 온갖 망상을 제거해 줄 거야. 그러고 나면 너는 병이 〈나아〉 예전 모습으로 되돌아올 수 있을 거야.」

르네는 이 방법이 썩 내키지는 않지만, 친구의 선의를 고맙게 생각해 경찰이 시키는 대로 순순히 차량에 오른다. 벌써 다른 제복 차림의 사내 둘이 올라타 그를 기다리고 있다. 차량이 사이렌을 울리며 파리 시내의 교통 체증을 뚫고 달리기 시작한다.

쏟아지는 빗줄기 속에서 걸음을 재촉하는 행인들의 모습이 차창 밖으로 보인다. 잿빛 풍경 속 그들의 머리 위로 우산이 검은 꽃처럼 활짝 펼쳐진다.

게브가 했던 말이 있는데, 뭐였더라? 그래, 〈우리한테 일어나는 모든 일은 우리를 위한 것이다〉라고 했어. 정말 그런지 두고 보자.

47

「재밌는 농담 하나 해드리죠.」

이렇게 운을 떼면 기대는 금물이지.

「분명히 재밌어할 거예요.」

글쎄.

「아내가 시켜서 저녁 늦게 아래층으로 쓰레기를 버리러 내려간 남자의 얘기예요. 미모의 이웃집 여자가 문을 빠끔히 열고 있다가 1층으로 내려오는 그를 불러 세워요. 맨발에 목욕 가운 차림으로 여자가 말하죠. 〈우리 집 욕실에 전구가 나갔는데 좀 도와주실 수 있어요?〉 그는 여자를 따라 들어가 전구를 갈아 줘요. 그녀가 고맙다고 술을 한 잔 대접하더니 느닷없이 목욕 가운을 벗어젖히고 그를 침실로 데려가죠. 그는 여자와 여러 번 사랑을 나누고 기진맥진해 깜빡 잠이 들어요. 깨어 보니 두 시간이 지나가 있었어요. 그가 깜짝 놀라 여자한테 파란색 아이새도가 있냐고 묻죠. 그는 여자의 아이새도를 손가락에

칠하고 집으로 올라가요. 아내가 문 앞에 나와 기다리다 소리를 지르죠. 〈당신 대체 뭐 하는 사람이야! 쓰레기를 버리고 오는 데에 어떻게 두 시간이나 걸려? 대체 뭘 하고 온 거야?〉 남자가 대답해요. 〈사실은 말이야, 아래층 여자가 잠옷 차림으로 날 기다리고 있다가 전구를 갈아 달라고 부탁하는 거야. 그러고 나서 같이 한잔하게 됐는데 갑자기 그 여자가 목욕 가운을 벗네. 그 여자랑 여러 번 사랑을 나눴더니 기운이 쫙 빠지더라고. 그래서 나도 모르게 잠이 들었어.〉 아내가 그의 손을 잡으면서 소리를 질러요. 〈그 말을 나더러 믿으라고? 나는 뭐 눈이 없는 줄 알아! 이 손가락에 묻은 파란색 초크가 다 말해 주고 있잖아. 친구들이랑 또 당구 치러 갔다 왔으면서!〉」

흰 가운을 입은 의사는 자기 농담에 자기가 자지러지게 웃는다.

유머의 정석: 1) 웃기다고 미리 말하지 말 것. 2) 말끝에 웃지 말 것. 3) 웃긴 농담이었다고 스스로 말하지 말 것. 이 의사는 심리학의 기본도 모르는군.

르네의 눈길이 그의 흰 가운에 달린 명찰로 향한다. 〈막시밀리앵 쇼브 박사.〉

어디서 분명히 들어 본 적이 있는 이름인데.

르네는 의사의 뒤로 보이는 선반에 가지런히 놓인 표본병들에서 눈을 떼지 못한다. 노란 액체 속에 인간의 뇌들이 잠겨 있다. 경찰서 유치장 창문에도 없던 두꺼운 쇠창살이 심한 위압감을 느끼게 한다.

「이 농담을 한 건, 진실은 신빙성이 없어 보일 때가 많아서 그걸 말하는 사람이 도리어 거짓말쟁이 취급을 받기도 한다는 걸 얘기해 주기 위해서예요.」

내가 바로 그 주인공이죠……

「당신 경우가 그래요. 당신이 생각하는 사건의 〈진짜〉 버전을 경찰에 얘기해도 아마 믿어 주지 않았을 거예요. 현실이 황당해 신빙성이 없다고 느꼈을 테니까. 하지만 현실은 역설투성이라는 걸 알아야 해요. 부모는 자기 아이를 사랑하지 않고, 군인은 전쟁을 싫어하고, 경찰은 깡패고, 정치인은 돈 욕심밖에 없고, 정신 분석가는 신경 쇠약증 환자에, 정신과 의사는 미치광이죠! 그런데 이렇게 얘기하면 아무도 안 믿죠.」

퇴행 최면을 하는 최면사는 한 번도 자기 전생에 가보지 못했다고 하더군요.

르네는 속으로 모순 목록에 하나를 더 추가하며 피식 웃는다.

「우리들, 〈진지한〉 정신과 의사들이 보기엔 말이죠, 인간 정신의 밀림을 파헤쳐 진실과 거짓을 구분해 내는 게 문제의 핵심이에요. 내 말만 믿어요. 종종 경찰 조사 과정에 참여해 도움을 주다 발견한 건데, 어떤 피의자들은 거짓말 탐지기조차 소용이 없을 정도로 자신의 거짓말을 확고하게 믿고 있더군요.」

르네는 표본병들에 붙은 라벨을 유심히 건너다본다. 이름과 날짜가 적혀 있는데, 몇 개는 아주 최근 날짜다.

「자, 그렇다면 진실은 어떻게 찾을 수 있을까? 누가 거 짓말을 하는지 어떻게 알 수 있을까? 아, 자랑은 아니지 만 난 이 문제에 꽤 자신이 있어요. 성공률이 80퍼센트에 이르죠. 비결이 뭘까요? 내가 두뇌, 특히 기억에 관한 최 근 연구 성과를 섭렵하고 있기 때문이에요. 이런 얘길 하 는 건 내가 당신 치료에 적임자이며 최선을 다하겠다는 뜻을 알려 주기 위해서예요. 내 말만 믿어요, 당신이 바 라건 바라지 않건 내 도움 덕분에 틀림없이 상태가 호전 될 거니까.」

의사가 호의적인 태도로 르네를 안심시키려고 애쓴다.

허장성세에 불과해. 전투 시작도 전에 승리를 장담하는 것과 마찬가지야. 마음에 안 들어.

「당신의 문제가 최면으로 인한 이식(移植)에서 비롯됐 다고 엘로디가 말하더군요. 극심한 심리적 충격이 정신 착란으로 이어져 결국 사람을 죽이게 됐다고. 상대가 노 숙자라고 했던가요. 그러고 나서 수업 중에 학생에게 거 친 행동도 보였다죠. 그게 다 당신한테 기생하는 한 가지 생각, 가짜 기억 때문이라고 들었습니다. 바로 이 지점에 서 당신 케이스가 내 흥미를 끌었어요. 돌발적으로 튀어 나온 〈전생〉이 문제를 일으켰다는 바로 이 지점.」

그가 이글거리는 눈빛으로 전생이라는 단어를 유독

힘주어 말한다.

「아, 의욕이 샘솟는군. 운이 좋은 줄 알아요, 임자를 제대로 만났으니까. 나는 기억 전문가이기도 하지만 가짜 기억을 제거하는 능력도 있죠. 내 말만 믿어요, 여기선 기적을 이루어 냅니다.」

별안간 번개가 번쩍하면서 선반 위 표본병들로 빛이 쏟아진다. 뇌성이 울려 퍼지는 가운데 한 환자가 발작을 일으켜 괴성을 내지르고 웃는 소리가 들려온다. 르네는 자신도 모르게 몸을 소스라뜨린다.

뉴스 예보에서는 분명히 날씨가 맑을 거라고 했는데 이상하네……

순간 막시밀리앵 쇼브라는 이름을 어디서 들었는지 기억이 난다.

이 사람은 엘로디의 담당 의사였어. 가공의 신체 접촉 기억을 그녀에게 심어 거식증을 치료했던 바로 그 정신과 의사.

의사가 의자에 몸을 깊숙이 파묻으면서 〈르네 톨레다노〉라고 적힌 서류를 집어 든다. 그가 영감이 떠오르는 듯한 표정으로 이따금 고개를 끄덕이면서 서류를 읽어 내려간다.

「치료를 핑계로 내 머리에 거짓말을 집어넣을까 봐 하는 소린데, 나는 당신이 쓰는 방법을 잘 알고 있는 사람이에요.」

「엘로디한테 들었어요?」

쇼브 박사는 전혀 기분이 상하지 않은 듯 여전히 웃는 얼굴을 한 채 긴 손가락으로 깍지를 낀다.

「그래요, 테스케 양과 나, 우리 둘은 내가 〈상호 발견〉이라고 부르는 시간을 함께했어요. 하지만, 내 말만 믿어요, 나는 그녀의 병을 고쳤어요. 내가 손을 쓰지 않았더라면 그녀는 지금쯤 차가운 땅속에 있을지도 몰라요. 나를 찾아오기 전에 엘로디가 세 번이나 자살을 시도한 것 알아요? 엘로디의 부모는 억장이 무너졌을 거예요. 나는 늙은 삼촌의 희생이 젊은 조카의 목숨을 구하기 위해 치러야 했던 대가라고 여겨요. 그에게 조울증 병력이 있었다는 건 뒤늦게 알게 됐어요. 딱히 책임감을 느끼진 않아요. 어쩔 수 없죠, 모든 사람을 한꺼번에 치료해 줄 재주는 나한테 없으니까.」

그가 다시 웃음을 터뜨린다.

르네는 의자에서 일어나 출입문을 향해 걸어간다. 문손잡이를 돌리는 순간, 옆에 있던 프로 레슬러를 연상시키는 체구의 남자 간호사가 그를 제지하더니 의자에 다시 데려다 앉힌다.

「내 변호사를 만나야겠어요.」 르네가 단호한 목소리로 말한다.

「당신이 품는 의심은 이해할 수 있어요, 톨레다노 씨. 환자들은 끝내 자신의 병을 사랑하게 되어 낫는 걸 두려워하게 되죠. 다쳐서 발을 절다가 정상적으로 걷고 싶어

하지 않는 사람들도 더러 봤어요. 어쨌든 당신 심정은 충분히 이해해요. 전생이라고 느끼는 경험이 갑자기 튀어나오면 누구라도 흥분될 거예요.」

〈흥분〉은 적절한 단어가 아니에요.

정신병자의 음울한 웃음소리가 다시 복도를 뒤흔들다 우르릉거리는 천둥소리에 덮인다. 이번에는 막시밀리앵 쇼브가 호탕한 너털웃음을 터뜨린다.

「전생이 있다는 상상을 해보지 않은 사람이 누가 있을까요? 나만 해도, 당신 눈앞에 보이는 나도 전생에 장신의 운동선수였다고 믿는단 말이에요. 테니스 선수였을지도 몰라요. 전사였거나 탐험가였을지도 모르지.」

내가 보기에 당신은 어릿광대였을 것 같은데.

「어쨌든 난 여기 있을 생각이 없어요.」 르네가 태도를 고수한다.

「감옥이 더 좋다는 거예요? 자자, 톨레다노 씨, 내 말만 믿어요, 치료를 받으면 좋아질 거예요.」

쿠에 요법은 무능력자들의 특기지. 오팔은 입버릇처럼 〈안 그래요?〉를 붙이더니 이 사람은 〈내 말만 믿어요〉라고 하네. 이런 표현을 통해 무의식적인 동조를 강요하는 거지. 카드 세트에 끼워 놓은 세 장의 하트 퀸과 똑같은 원리로 결국 우리 정신에 영향을 미치게 돼.

「치료가 끝나면 덤으로 생활의 활력도 되찾을 수 있을 거예요. 당신처럼 직업이 교사인 사람들이 종종 나를 찾아오는데, 참 안됐어요. 너무 힘들어 보이더군요. 내 치료는 그들의 존재론적 고통을 덜어 주는 효과도 있죠. 솔직히 교사가 그다지 자아실현이 가능한 직업은 아니잖아요. 애들을 상대하는 게 워낙 진을 빼는 일이다 보니 자기 직업에 실망만 느끼는 사람들도 있더군요. 그래서 나는 아이가 없어요. 아이를 원하지 않아요.」

난 내 직업을 사랑하거든. 마음에 안 드는 건 바로 당신이라고.

「우리 같이 노력해서 변호사한테 당신을 변호할 논리를 만들어 줍시다. 그래야 변호사가 당신을 다시 자유의 몸으로 만들어 주지 않겠어요?」

르네는 고집스럽게 입을 꾹 다물고 있다.

「당신 태도에서 여전히 망설임이 읽히는데, 내가 잘못 본 건가요?」

쇼브 박사가 의자에서 일어나 방 안을 서성거리며 이마에 흘러내린 긴 금발을 매만진다.

「당신은 설명을 들을 권리가 있어요. 들어 보겠어요?」

「나한테 선택의 여지가 있나요?」

청중이 필요해 안달인 수다쟁이를 만난 것도 내 복이지…….

의사가 서랍에서 합성수지로 만든 큼지막한 수박 크기의 뇌 모형을 꺼내 책상에 올려놓는다.

「지금부터 기억이 어떻게 작동하는지 설명해 드리죠.」

그가 분홍색 모형 표면을 쓰다듬듯이 만진다.

「우리의 감각, 즉 시각, 청각, 후각, 촉각, 미각에 대한 정보는 전기 펄스 형태로 뇌에 전달돼요.」

그는 상대방이 이야기에 관심을 보이는지 확인하고는 말을 잇는다.

「이렇게 전달된 자극들은 뇌에서 흩어져요. 시각 정보는 뇌 뒤쪽의 후두엽으로 가고 소리와 언어 관련 자극들은 이름이 가리키듯 뇌의 측면 관자놀이 부근에 위치한 측두엽에서 처리되죠. 운동과 촉각 관련 정보는 이마 쪽에 있는 전두엽에서 처리해요.」

르네가 자신도 모르게 이야기에 흥미를 느끼기 시작한다. 그 변화를 읽은 쇼브는 흐뭇한 마음에 신이 나서 말을 이어 간다.

「예전에는 이런 정보가 우리 뇌의 한곳에 모두 모여 있다고 생각했어요. 기억해야 하는 데이터가 저장된 일종의 하드 디스크가 있다고 믿었죠. 그런데 사실은 이 정보가 우리 뇌 속 여기저기에 흩어져 저장되며, 뇌의 한 부분이 손상을 입으면 다른 부분이 그 역할을 대신한다는 것이 오늘날에 와서 밝혀졌죠.」

지금까지 눈여겨보지 않던 선반 위 거무스름한 물체들로 르네의 시선이 향한다. 그 공처럼 생긴 물건들이 히바로족의 머리를 잘라 만든 미라들이라는 것을 깨닫는 순간 몸에 오스스 소름이 돋는다.

박사는 여전히 싱글벙글하며 자신의 치료 방식을 열

정적으로 설명해 준다.

「어떤 비유를 들면 좋을까? 자, 우리 정신을 숲이라고 생각해 봐요. 하나의 정보를 추가하는 것은 이 숲에 나무를 한 그루 심는 것과 같아요. 나무들이 자라 숲이 빽빽해지죠. 각각의 나무는 정보가 새겨진 뉴런인 셈이에요. 가령 엘로디라는 이름과 그녀의 얼굴, 그리고 그녀의 전화번호가 결합되면 한 그루의 나무가 되는 거예요. 그런데 이 나무에 이르는 길은 여러 개가 있어요. 그건 그녀가 쓰는 향수일 수도 있고 그녀의 목소리일 수도 있고 어떤 풍경일 수도 있죠.」

므네모스의 한 꼭지가 될 만한 정보인걸.

「그 길의 상태에 따라 당신이 뉴런 나무들에 접근할 수 있는지 없는지가 결정돼요……. 어떤 길은 좁고 어떤 길은 넓게 나 있어요. 어떤 길은 가깝고 어떤 길은 멀죠. 숲속의 이 길들을 따라가면 특정 정보와 다시 만나게 되는 거예요. 그런데, 이 정보가 반드시 필요한 게 아니면 길은 생기자마자 그냥 사라져요. 나무는 자라지 못하고 시들어 버리죠. 기억이 고정되지 않아요.」

그는 마치 이끼로 덮인 지구를 대하듯 플라스틱 뇌를 어루만진다.

「내 말만 믿어요, 우리 뇌로 들어오는 정보 중에서 완전히 사라지는 건 없어요. 싹을 틔우지 못하는 씨앗이 있고, 키가 자라지 못하는 나무가 있을 뿐, 다 뇌에 남아 있죠. 사용하지 않으면 길이 점점 지나다니기 힘들게 변할 뿐이에요.」

쇼브가 고랑과 이랑을 이룬 뇌 주름을 따라 손가락을 움직인다.

「그리고 장기 기억이라는 게 있죠. 깊이 뿌리 내린 아름드리나무들로 가는 넓은 대로가 바로 그거예요. 길의 폭과 나무의 단단함을 결정하는 것은 딱 한 가지예요.」

「감정인가요?」르네가 말한다.

의사가 감탄하는 표정으로 고개를 끄덕인다.

「바로 그거예요! 결합되는 감정에 따라 길과 나무의 중요성이 달라지죠. 우리 병원의 이름이 마르셀 프루스트인 건 그가 이런 과학적 원리를, 기억은 곧 감정이라는 것을 가장 잘 보여 줬기 때문이에요. 입에 들어간 마들렌이 일으키는 감정이 프루스트에게 이미지와 소리와 냄새와 맛을 떠올리게 하죠.」

하, 슬슬 장황설로 넘어가는군. 벌써 다 이해했는데.

지루하다는 표시로 르네가 크게 한숨을 내쉰다.

「내가 하려는 치료는 그 정신의 숲에 난 잡초를 제거하는 거예요. 나무까지 이르는 길에 무성하게 자란 가시덤불과 쐐기풀을 뽑자는 거죠. 내가 제초제를 써서 당신의 숲을 정원으로 만들 거예요. 그러면 길이 깨끗하고 널찍해지고 나무들은 시원스레 높이 자랄 거예요. 크고 단단한 뉴런들이 입력된 정보에 빨리 접근할 수 있게 해줄 거고요. 치료가 성공하면 당신은 전생에 관한 거짓말과 망상을 싹 잊어버리게 될 거예요.」

천만의 말씀. 그건 내가 바라는 게 아니에요.

「대신 오롯이 현재를 살게 되겠죠. 당신이 심는 씨앗들은 쑥쑥 자라게 될 거예요. 기억력도 엄청나게 향상될 거예요, 두고 봐요. 사소한 삶의 기쁨, 마주치는 사람의 얼굴, 세상의 무수한 향기와 맛, 목소리, 음악, 당신이 읽는 글, 당신이 보는 영화, 심지어 친구들 전화번호도 수십 개씩 기억할 수 있게 될 거예요.」

당신 말은 결국 내 뇌를 하드 디스크처럼 다시 포맷한 뒤 새로운 프로그램들을 깔겠다는 거야. 내 컴퓨터야 포맷한 적이 있지만 내 정신은 그럴 생각이 없어. 내가 각별한 애착을 느끼는 오래된 파일들이 거기 있기 때문에.

르네는 더 이상 상대방의 말을 귀담아듣지 않는다.

얘기를 들으면 들을수록 우리 뇌 속 어디에 실제로 정보가 저장돼 있는지 알 길이 없다는 생각이 든다. 그 정보가 남아 있거나 사라지는 이유는 또 어떻게 알겠는가. 해마와 감정, 측두부에 관한 무수한 이론들은 결국 무지한 자들을 압도하기 위한 전문가들의 객쩍은 소리에 불과하다. 역사가들이 그렇듯 공식 과학자들도 자기가 믿는 이론을 대중에게 설파하고 있다. 수많은 〈쇼브 박사들〉이 호기심 많은 대중을 미혹하려 하고 있다. 하지만 인간의 정신은 그들이 믿는 것 이상으로 복잡하다. 정신을 숲에 비유하는 것은 여러 가지 이유 때문이다. 정원이 식물들을 분리하고 나눈다면 숲은 식물들이 상호 작용하게 한다. 말끔함과 깔끔함은 결코 자연이 하는 선택이 아니다. 내 최면 경험은 숲 밑에 한 층이 더 있다는 것을, 다시 말해 또 하나의 숲이 존재한다는 것을, 아니, 하나가 아니라 여러 개의 숲이 존재한다는 것을 입증해 준다. 나라는 존재는 〈111개의 기억들이 켜켜이 쌓인 라자냐〉다.

르네는 쇼브를 건너다본다. 그의 말은 흘려들으면서 마치 무성 영화를 보듯 그의 몸놀림과 시선의 움직임에만 집중한다.

누구나 하나쯤의 비밀은 간직하고 살죠. 당신의 비밀은 뭔가요, 쇼브 박사? 당신의 지하실에는 어떤 썩은 치즈가 숨겨져 있나요? 아, 의문을 품는 순간 답이 떠오르는군요. 아마도 당신의 작은 키일 거예요. 그것 때문에 당신은 자신보다 키 큰 사람들을 통제하고 싶은 욕망을 느끼는 거예요. 당신의 비밀이 뭔지 말해 드리죠. 어려서 당신은 키 큰 급우들한테 놀림을 받았을 거예요. 그때 〈언젠가 복수할 거야〉라고 결심했겠죠. 커서 정신과 의사가 된 후 심약한, 따라서 조종하기 쉬운 사람들을 상대하게 됐을 거예요. 거식증이나 폭식증을 앓는 여성들은 당연히 그런 부류였겠죠. 그런 대상들을 통해 당신은 자신의 열등감을 해소해요. 당신이 이 병원에 의사로 있는 건 〈당신보다 큰 사람들〉을 통제하고 조종하기 위해서라는 말이죠.

르네의 시선은 의사의 어깨를 뛰어넘어 쇠창살 밖으로 달아난다.

비는 그칠 줄을 모른다.

숲 밑에 존재하는 여러 개의 층, 그 숲들에 접근할 수 있었던 건 내게 얼마나 큰 행운인가.

르네는 살짝 눈을 감는다. 의사의 목소리에 점령당한 공간에서 그는 분홍색 꽃의 도시 멤세트를 만난다. 여섯 개의 대로가 뻗어 있는 찬란한 도시에서 조용하고 아름다운 여성들이 웃는 얼굴로 태연자약하게 걷고 있다. 우아한 고양이들이 꼬리를 꼿꼿이 세운 채 거리를 활보한다. 꽃, 과일나무, 나비, 새 들로 가득한 넓은 테라스를 갖춘 집과 공중 정원이 있는 환상적인 도시가 눈앞에 있다. 그에게 〈하늘이 무너질 일은 없다〉, 〈우리에게 일어난 모든 일은 우리를 위한 것이다〉라고 이야기하던 게브의 얼굴이 떠오른다. 아틀란티스인들을 대홍수에서 구해 줄 방주의 설계도를 그가 시키는 대로 그리던 게브의 손이 눈앞에 아른거린다.

「……듣고 있어요? 정신이 딴 데 팔린 것 같아요.」

르네는 숨을 깊이 들이쉬면서 현재의 시각과 청각 정보에 다시 접속한다.

「자, 이미 얘기했듯이 우리 병원에서 개발한 새로운 치료법이 다행히 당신한테 효과가 있을 거예요. 당신한테 이식된 생각들, 다시 말해 당신의 뇌 속 숲에 이르는 길들에 무성하게 자란 가시덤불과 쐐기풀을 제거해 줄 거예요. 당신만 좋다면 오늘 저녁 당장 치료를 시작합시다. 내 말만 믿어요, 치료가 끝나면 다 좋아질 거예요. 나중에 나한테 고맙다고 할 테니 두고 봐요.」

그 말, 난 못 믿겠어요.

「당신 스스로 아틀란티스인이라고 믿는다고 엘로디가 말하더군요. 운이 좋게도 우리 병원에 당신처럼 믿는 사람들이 더 있어요, 잘됐죠. 오늘 저녁에 그분들과 같은 자리에서 식사하도록 해요. 모든 아틀란티스인이 한 테이블에 앉도록 내가 조치해 놓죠. 오손도손 식사해요. 메뉴는…… 바닷속 생선!」

쇼브는 자기 농담에 자기가 깔깔거리며 웃는다.

난 그럴 마음이 전혀 없어요.

「어쨌든 당신은 내 친구 엘로디의 친구 자격으로 VIP 대접을 받게 될 거예요. 고급 1인실을 쓰게 될 거고, 물론 치료는 특별히 내가 담당해요. 제초 작업이 완료되면 당신의 정신은 전보다 훨씬 깨끗해질 거예요.」

48

마르셀 프루스트 병원은 여러 면에서 조니 알리데 고등학교와 닮았다. 콘크리트 벽, 리놀륨 바닥, 크고 두꺼운 통유리 창, 강간과 살인과 사회 전복을 부추기는 낙서까지. 공공장소의 금연 수칙이 여기서는 적용되지 않는 듯 간호사들을 비롯한 모든 사람이 걸어다니면서 담배를 태운다.

조니 알리데 고등학교와 다른 점이 있다면 그건 아마 건물 입구의 동상일 것이다. 동상의 주인공이 전자 기타를 든 로커에서 가느다란 콧수염 양쪽 꼬리가 위로 말려 올라간, 마들렌을 손에 든 남성으로 바뀌어 있다. 동상 초석에 새겨진 문구도 노래 「나는 읽네」의 가사가 아니라 작가가 쓴 글의 한 구절이다. 〈현실을 견딜 만하게 만들기 위해서는, 우리 모두 작은 광기 몇 개를 내면에 간직하는 수밖에 없다.〉

르네는 주황색과 흰색이 어우러진 구내식당으로 들어

간다. 그는 스스로 나폴레옹이라고 믿는 환자들의 테이블과 예수 그리스도라고 주장하는 환자들의 테이블에 연이어 잘못 앉았다가 얼른 구석진 테이블로 옮겨 앉는다. 다른 환자들과 멀찌감치 떨어져 있는 그에게 남자 간호사 하나가 다가온다.

「지금 앉아 계신 테이블은 곧 도착할 사탄 숭배자들의 자리예요. 그들은 음력 보름 전후가 되면 악마에게 공식적으로 충성 서약을 하지 않은 사람들에게 공격성을 보이기도 하죠. 제가 보기에 그 그룹은 아닌 것 같아 드리는 말씀인데, 자리를 옮기시는 게 좋겠어요.」

르네가 다시 식판을 들고 일어난다.

「그럼 어디 가서 앉아야 되죠?」

「성함이 어떻게 되세요?」

「톨레다노예요. 쇼브 박사가 이미 테이블을 배정해 놨을 거예요.」

간호사가 리스트를 확인한다.

「아! 아틀란티스인이시군요. 왜 진즉에 말씀을 안 하셨어요? 이리 오세요, 아틀란티스인 자리는 저쪽이에요. 못 보신 게 당연해요, 저렇게 먼 곳에 앉아들 계시니.」

남자 둘, 여자 하나, 이렇게 세 명이 테이블에 앉아 있다. 르네는 슬며시 인사를 건네고 자리에 앉는다.

「당신은 아틀란티스 어느 도시에서 왔어요?」 그가 앉자마자 살집이 있는 여자가 묻는다.

당신들이 멤세트를 알 리가 없죠.

그가 굳이 대답하지 않자 흰머리를 길게 기른 남자가 동포 여성의 바통을 이어받는다.

「우리랑 같이 앉으라고 한 걸 보면 당신도 분명히 아틀란티스인인 건 맞겠죠.」

비쩍 마른 또 다른 남자가 르네에게 음료를 따라 주며 말을 건다.

「조심스러워할 필요 없어요. 우리가 콤플렉스 없이 〈아틀란티스성(性)〉을 드러낼 수 있는 곳은 아마 여기가 유일할 테니까.」

르네는 말없이 음식을 먹는다.

「아직 묻는 말에 대답을 안 했는데, 어느 도시 출신이죠?」

「수도.」르네가 마지못해 짧게 대답한다.

「아틀란티스?」

「아틀란티스가 아니라 멤세트가 수도예요.」르네는 하는 수 없이 말을 섞는다.

「하? 당신이 뭘 안다고 그래요, 미스터 만물박사?」

바로 어젯밤에 거기 갔다 왔으니까요.

「아틀란티스라는 단어는 피타고라스가 만들었어요. 그걸 크리티아스가 받아서 쓰다가 플라톤에게 전해 줬죠. 그리스어 단어예요. 하지만 아틀란티스인들이 그리스어를 말할 이유는 없었어요. 그들의 고유 언어를 당연

337

히 가지고 있었으니까.」

여자가 즉시 끼어든다.

「난 아틀란티스의 진짜 수도가 어딘지 알아요. 바로
크라부나크죠. 도시 크라부나크, 해변 크라부나크가 따
로 있는데, 이 둘은 수시로 붐비고 막히는 도로로 연결돼
있어요.」

르네가 한숨을 내쉬고 나서 말없이 밥을 먹는다.

「신참, 아틀란티스인일 때 당신은 무슨 일을 했어요?」
여자가 그에게 다시 말을 건다.

르네가 계속 묵묵부답이자 흰 장발 남자가 대신 나서
서 대답한다.

「나는 여행을 짜는 일을 했어요. 손가락을 이렇게 딱
부딪치면 순간 이동으로 원하는 곳 어디든 갈 수 있었죠.
내가 담당한 어린이 여행 프로그램은 각별한 주의가 필
요했어요. 순간 이동 전후에 반드시 숫자를 확인해야 했
는데, 한 명이 없기라도 하면 엄청 혼이 났죠.」

「난 막대기와 송곳을 사용해 아픈 사람들을 치료했어
요. 도구를 갖다 대는 순간 사람들의 병이 나았죠.」

「나는, 레이저 광선 전문가였어요. 타워에서 거대한 레
이저 광선을 조작해 적들의 침입을 막았죠.」

혹시 내가 진짜로 미쳐 버린 건 아닐까? 그럴 가능성도 이제
고려하지 않으면 안 돼. 나 자신을 너무도 사랑한 나머지 스스로
내 기행(奇行)에 지나치게 관대해져 버렸는지도 몰라.

그는 눈을 감는다. 마지막으로 게브와 대화를 나누었던 테라스가 눈앞에 떠오른다. 아틀란티스의 이미지들이 머릿속에서 떠나지 않는다.

이 모든 것이 내 상상력의 소산에 불과하다면, 아틀란티스와 아틀란티스인들에 대한 선명한 시각적 이미지들은 대체 어디서 생긴 것이란 말인가? 내가 어떻게 그들의 의식주와 삶의 방식, 평균 수명, 그들이 살았던 정확한 시대를 알 수 있단 말인가?

게브는 나와 전혀 다른 성품을 지닌 사람이다. 나와는 비교가 불가능할 만큼 〈훌륭한〉 사람이다. 그의 깊은 지혜는 지나온 내 과거 어디에서도 찾아볼 수 없다.

「아니에요. 거긴 전쟁이나 적이 존재하지 않는 곳이었어요.」

르네가 한마디 하자 세 환자의 표정이 굳는다.

「당신이 뭘 안다고 그래요?」 몸이 앙상한 남자가 입아귀를 씰룩거리며 묻는다.

「그 섬은 완전히 고립돼 있었기 때문에 외부 침략이 원천적으로 불가능했어요.」

젠장, 내가 지금 무슨 생각으로 정신 병동의 미치광이들을 설득하려는 거야?

「레이저 광선도 마찬가지예요. 아틀란티스인들은 첨단 기술이 필요 없었어요. 마법의 막대기 같은 치료술도 마찬가지로 필요가 없었죠. 건강한 음식과 생활 방식을 가진 사람들이었기 때문에 아플 일이 거의 없었거든요.」

「아무래도 우리는 같은 도시에서 살지 않았던 것 같군요.」여자가 전문가인 양 결론을 내린다.

「주민들은 자신들의 섬을 하멤프타라고 불렀고, 그 섬의 수도는 멤세트였어요.」

「아주 자기가 뭐라도 되는 줄 아는 모양이지?」여자가 목소리를 높인다.

그곳에 갔다 왔다고 믿는 미치광이들과 얘기 중인, 진짜로 갔다 온 사람이죠.

그때 난데없는 고함이 식당 안을 흔들어 놓는다. 깜짝 놀라 몸을 돌리는 르네에게 옆자리의 아틀란티스인이 귓속말을 한다.

「잔 다르크예요. 저녁마다 저래요. 수프를 먹다 입을 데면 꼭 다른 사람을 탓하면서 악을 쓴다니까요.」

르네는 식사를 마치지 않고 자리에서 일어난다. 동석한 아틀란티스인들에게 정중히 인사를 하고 나서 자기 방으로 돌아온다. 아까는 보지 못했던 마르셀 프루스트의 다른 문구 하나가 벽에 붙어 있는 걸 발견한다. 〈인간은 자기 자신에게서 벗어나지 못하는, 자신을 통해서만 다른 사람들을 알게 되는 존재이며, 그 반대라고 하면 거짓말이다.〉

49

절대, 하나라도 잊어버려선 안 돼.

수중에 스마트폰이 없으니 종이에 연필로 쓰는 수밖에 없다. 르네는 멤세트에 갔던 기억과 게브와 나눈 대화들을 최대한 상세히 기록하기 시작한다.

동료 환자들의 헛소리에 손상되지 않고 또렷한 상태로 기억을 유지하려면 기록하는 수밖에 없어. 완전히 미쳐 버리지 않기 위해서는 글을 쓰는 수밖에 없어.

시계가 20시 20분을 가리키고 있다. 게브와의 약속 시간까지는 아직 세 시간이 넘게 남았다.

그는 정신 병원의 널찍한 입원실에서 약속을 기다리며 TV를 켠다. 연일 계속 비가 내려 센강이 위험 수위까지 도달했다는 소식을 전하는 여자 아나운서의 목소리가 들린다. 작년에 폭우로 알마교 동상[11]의 발이 물이 잠겼었

---

11 센강 다리 중 알마교의 교각에는 크리미아 전쟁 승전을 기념하는 병사의 동상이 있는데, 센강의 수위를 알리는 지표로 사용되고 있다.

는데, 이번에는 이미 그 수준을 넘어섰다고 한다. 물이 이미 강둑에 넘쳐 수 킬로미터에 걸쳐 통행이 불가능하며, 강변 주거 밀집 지역에 위치한 주택들에 물이 들어차고 있는 상황이라고 그녀는 덧붙인다. 〈올해가 대홍수의 해로 기억될까요?〉라는 물음으로 그녀가 뉴스를 끝맺는다.

르네는 TV를 끈다. 신경이 곤두서 있는데 갑자기 밖에서 큰 소리가 들린다. 섬망 상태에서 내는 소리가 아니라 극심한 고통을 호소하는 소리, 듣기만 해도 소름이 돋는 소리다. 르네는 살짝 열려 있는 문으로 머리를 내밀어 밖을 살핀다. 또다시 비명이 들린다. 이건 분명히 정신 병동의 다른 환자들이 내는 울음소리와는 다른 공포스러운 소리다.

이건 그냥 신음 소리가 아니야. 직감으로 알 수 있어. 고통에 찬 사람이 지르는 소리야.

그는 복도로 나가 환자들이 여전히 식사 중인 틈을 타 갈수록 규칙적으로 변해 가는 비명 소리를 조심스럽게 따라가기 시작한다. 지하로 이어지는 계단이 하나 나온다. 위에서 내려다보니 넓은 지하 복도 끝 문에서 노란 불빛이 새어 나오고 있다. 문에 가까워질수록 소리는 점점 커진다.

문을 살짝 밀자 놀라운 광경이 펼쳐진다. 오른쪽으로 높은 의자에 앉아 있는 막시밀리앙 쇼브의 모습이 눈에 들어온다. 그의 앞에는 〈마르셀 프루스트 병원〉 로고가 박힌 환자복을 입은 여성이 손목과 발목을 가죽끈으로 묶인 채 치과용 의자와 흡사하게 보이는 의자에 비스듬히 누워 있다. 방 왼쪽에서는 어깨가 떡 벌어진 남자 간호사가 의사의 상세한 지시를 받아 카메라들을 조작하고 있다.

쇼브 박사가 빨간색 버튼이 끝에 달린 핸들을 쥐고 직접 전기 충격을 가하고 있다. 그가 버튼을 누를 때마다 여성이 묶인 상태에서 고통스럽게 몸을 뒤틀고 비명을 지른다.

이건 있을 수 없는 일이야.

얼이 빠져 한참을 자리에 붙박인 듯 서 있던 그는 이 광경의 실체를 깨닫는다. 쇼브가 여성 환자를 대상으로 고문 과정을 시연하고 있는 게 분명하다. 실시간으로 전송되는 이 장면을 지켜보고 있는 흰 가운 차림 남자들의 모습이 대형 스크린에 떠 있다.

쇼브가 원격으로 의대생들을 교육하는 중인가?

르네는 끈으로 묶인 채 발버둥 치는 환자를 경악하며 바라본다.

혹시 돈을 내고 정신 병원 환자의 고통을 구경하는 관음증 환자들은 아닐까?

르네는 쇼브의 표정을 유심히 관찰한다.

저자는 사람을 고문하면서 즐거워하고 있어.

여성 환자의 비명 소리가 잠시 멎은 사이, 르네가 발로 지지하고 있던 문이 끼익 소리를 낸다. 의사와 간호사가 동시에 그를 향해 몸을 돌린다.

이런 젠장!

르네는 부리나케 복도를 뛰어 계단을 올라간다. 환자들과 간호사들 사이를 요리조리 빠져나가다 두꺼운 유리문에 가로막히고 만다. 출입문을 수동으로 여닫아 주는 늙은 여자가 뜨개질을 하며 드라마를 보다가 그를 발견하고는 한심하다는 얼굴로 거만한 한숨을 내쉰다. 그가 유리문을 주먹으로 세게 두드려도 그녀는 본체만체한다.

사방에서 나타난 남자 간호사들이 벌써 그를 에워싸며 다가온다. 그들이 르네를 붙잡아 지하 복도로 끌고 내려가더니 충격과 소음을 흡수하는 처리가 된 방에 패대기친다. 그는 침대 하나와 간이식 화장실만 있는 아주 좁은 방에 갇힌다.

잠시 후 막시밀리앵 쇼브가 문을 열고 들어온다. 손수건으로 연신 이마의 땀을 찍어 내는 그의 옆에 그림자처럼 그를 따라다니는 거구의 남자 간호사가 서 있다.

「이거 참 안타깝군요.」 쇼브가 말문을 연다. 「나는 우리가 친구가 되길 바랐는데, 어쩐지 힘들 것 같은 예감이 드는군요. 하지만 당신이 그 광경을 본 덕에 내 특별 치료를 받는 시간이 앞당겨진 건 잘된 일이에요. 이 치료는 전기 요법인데, 해마에 작용하게 될 거예요. 알다시피 해마는 장기 기억의 저장소죠. 17세기까지만 해도 장기 기억은 가슴에 저장된다고 믿었어요. 감정을 느끼는 곳이 거기라는 이유로요. 그런데 그렇지 않아요. 우리 뇌의 중심에 있는 찌그러진 작은 반원 고리 두 개가 바로 장기 기억의 요체죠. 내 치료는 그것을 자극하는 방법으로 이루어질 거예요.」

「저, 곰곰이 생각하고 내린 결론인데요. 그냥 감옥에 가는 편이 낫겠어요.」

의사가 자지러지게 웃는다.

「나 원, 당신도 농담을 좋아하는 사람이군요. 어차피 달라지는 건 없어요. 내 임무는 당신을 치료하는 것이고, 당신 의사와 상관없이 치료가 진행될 거니까. 내 치료법은 쉬운 비유를 들어 말하자면 〈재부팅〉이에요. 왜 우리가 흔히 기계를 껐다 다시 켜서 재시동하는 거 있잖아요? 컴퓨터 엔지니어들이 툭하면 뱉는 명언이 있죠. 〈미심쩍으면 재부팅한다.〉」

50
므네모스: 해마

사람한테는 양쪽 뇌 가운데 각각 하나씩 두 개의 해마가 있다.

컴퓨터로 치면 하드 디스크라고 할 수 있는 해마는 장기 데이터를 저장하는 역할을 한다.

해마에 저장된 정보는 피질 뉴런을 통해 접근하는데, 이 접근에 문제가 생기면 일시적인 기억 상실이 발생한다. 분명히 해마에 있는 정보를 뇌에서 불러낼 방법을 모르기 때문이다.

스트레스와 외상은 해마 세포를 파괴해 작은 구멍을 낸다.

결국 스트레스가 많을수록 해마가 손상돼 기억력이 감퇴하는 것이다. 그런 상태에서는 당연히 일시적인 기억 상실이나 알츠하이머의 발생 확률이 높아진다.

51

손목과 발목을 단단한 가죽끈으로 묶인 채 르네가 발
버둥 친다.

「톨레다노 씨, 당신이 좋은 사람 같아서 첫 치료를 농
담으로 시작해 볼까 해요. 내 입에서 정신병자 이야기가
나오리라고 기대하면 오산이에요. 정신과 의사 이야기를
들려줄 거니까. 들어 봐요, 아주 기발한 농담이에요. 마
음에 들 거예요, 내 말만 믿어요.」

나한테 선택의 여지가 있어요?

「정신과 의사 둘이 심약한 정신에 영향을 미치는 방법
을 얘기하는 중에 한 사람이 이렇게 말해요. 〈자네 말이
야, 자넨 스스로 정신력이 강하다고 믿을지 모르지만 난
자네 심리를 쉽게 조작할 자신이 있어. 가령, 자네 입에
서 《빨간색》이라는 단어가 나오게 만들 수 있어. 나랑 내
기를 하지.〉 다른 의사가 내기에 응해요. 〈좋아, 하늘이
무슨 색깔이지?〉 〈그거야 파란색이지.〉 〈그렇지, 내가 자

네 입에서 《파란색》이 나오게 만들었어.〉《《빨간색》이라
고 해놓고 무슨 소리야.〉〈내가 이겼네, 자네 방금 《빨간
색》이라고 말했어.〉」

　그러고는 또다시 자기 농담에 자기가 키득키득한다.

　사람 살려!

　「궁금하네요, 당신이 내 유머를 좋아하는지 어떤지. 저
기, 우리 대화가 치료 차원에서 오가는 것이긴 하지만 나
중에 다시 만나게 될 수도 있으니까 서로 솔직했으면 해
요. 그러니까 내 농담이 웃기지 않으면 말해 줘요. 섭섭
해하지 않을 테니까.」

　가죽끈을 세게 늘이면 왼쪽 손목을 뺄 수도 있을 것 같은데.

　의사가 말끝을 잇는다.

　「유머라는 건 워낙에 주관적이죠. 한 사람한테 웃긴다
고 다른 사람한테도 웃기라는 법은 없죠. 내 말만 믿어요,
보편적인 유머를 개발하는 건 하늘의 별 따기보다도 어
려워요. 나 같은 정신과 의사한테는 크나큰 도전이죠.」

　그가 손잡이 끝에 빨간 버튼이 달린 장비를 꺼낸다.

　「코믹 모드로 바꿔 내가 내기를 걸죠……. 당신은 절
대 〈빨간색〉이라고 말하지 않을 것이다!」

　간호사가 옆에서 맞장구를 쳐주자 의사가 방 안이 떠
나가도록 웃는다.

　「좋아요, 막간을 이용해 긴장도 풀었으니 이제 진지한
얘기로 넘어갑시다. 일단 진단을 내릴게요. 이런 소식을

전하게 돼 미안하지만, 당신 병명은 조현병이에요. 당신의 정신이 현실과 단절돼 있다는 뜻이에요. 물론 아직까지는 증상이 간헐적으로 나타나고 있지만 다른 사회 구성원들에게 충분히 위험한 상태죠. 치료가 필요해요. 다른 사람들을 위해서도 그렇지만 무엇보다 당신 자신을 보호하기 위해 반드시 필요해요. 당신은 운이 좋은 사람이에요. 내가 치료한 조현병 환자들 중 95퍼센트는 완치됐어요.」

이자는 내 입에서 무슨 말이 나오길 기대하는 거지? 〈대단하시네요, 안심이 돼요〉?

남자 간호사는 놀라운 수치라는 듯 존경심 가득한 얼굴로 의사를 쳐다본다.

「당신 태도가 회의적인 것 같아 설명을 몇 가지 더 드리죠. 당신은, 아틀란티스에서 살았다고 느끼잖아요? 당신이 아틀란티스에서 살았던 것은 사실이고, 같이 저녁을 먹은 다른 아틀란티스인들은 미치광이라고 생각하죠? 내 말이 틀려요?」

틀리지 않아요.

「그런 증상을 〈기억 착오〉라고 불러요. 〈현실과 다른 기억〉이라는 의미죠. 이런 증상에는 〈이인증(離人症)〉이 수반돼요. 환자 스스로 자신의 몸을 벗어나 다른 곳의 누군가가 될 수 있다고 느끼는 거예요. 지금 당신이 그렇죠, 솔직히 인정해요.」

말하고 싶은 게 뭐지?

「〈현실감 소실〉도 함께 나타나죠. 당신은 자신이 경험하는 게 실제로 존재하는지 의문을 가지게 됐을 거예요. 이제 의심의 대상은 이인증처럼 당신의 정체성에 국한되지 않고 당신을 둘러싸고 있는 바깥 세계로 확장되죠. 아마 당신은 이미 스스로에게 이런 질문을 던졌을 거예요. 내 주변 세계가 환상이 아니라는 걸 내게 증명해 줄 수 있는 건 무엇인가? 혹시 내가 뒤로 돌아가 다시 시작할 수 있고, 풍경과 등장인물을 바꿀 수 있는 비디오 게임 속에 있는 건 아닐까?」

이자 말이 맞아, 지금 내 느낌이 바로 그거야. 최악의 순간에 세상에서 가장 비호감인 인간에게 흥미진진한 배움을 얻게 되다니, 짜증스러운 일이야.

「그러다 종국에는 이런 질문에 이르게 되죠. 내가 정말로 확신할 수 있는 것은 무엇인가?」

당신이 나쁜 놈이라는 사실.

「SF 작가 필립 K. 딕은 이렇게 말했어요. 〈현실은 우리가 그것을 믿지 않게 되는 순간에도 여전히 존재하는 것이다.〉 이 말의 함의는, 우리는 우리가 존재한다고 믿는 세계에서, 우리 자신이라고 믿는 인격을 연기하면서, 우리가 말을 주고받는다고 믿는 사람들에 둘러싸인 존재일 뿐이라는 뜻이죠. 우리의 정체성이라는 건 우리가 바꿀 수 있는 기억들의 집합에 불과하다는 의미예요. 그거 알아요? 어떤 기억을 자주 불러낼수록 그걸 변형시키게 된다는 사실을?」

아니, 그건 몰랐네요.

「기억은 긁힘이 늘어나는 레코드판처럼 닳고 해지게 마련이에요. 당신한테 물어볼게요. 지금 이 순간, 내 존재가, 내가 당신에게 가하려는 고통이 순전히 당신의 믿음에 불과하지 않다는 걸 증명할 수 있는 게 있나요?」

시큼한 당신의 체취. 교활한 당신의 면상. 내 손목을 압박하는, 빼버리고 싶은 가죽끈의 존재. 내가 느끼는 공포.

「필립 K. 딕도 당신처럼 조현병 진단을 받았었죠. 그는 수시로 평행 세계로 넘어갈 가능성을 안고 살았어요. LSD와 암페타민을 같이 복용한 게 이런 위험을 더 가중했죠. 그는 아마도 약물 과다 복용으로 사망했을 거예요. 주변에서 제때 그를 구하지 못했어요. 하지만 당신은, 내가 구할 거예요, 당신이 원하든 원하지 않든.」

르네가 숨을 크게 들이마셨다 내쉬기를 반복한다.

「당신이 감사함을 모르는 것 같아 유감이에요. 내 말만 믿어요. 당신을 부러워하는, 머릿속의 안식을 찾길 소망하는 조현병 환자가 한둘이 아닐걸요.」

르네가 그의 얼굴에 침을 뱉는다. 하지만 상대는 땀을 닦을 때 쓰던 수건을 꺼내 말없이 얼굴에 묻은 타액을 닦아 낸다.

「당신은 지금 어떻게 전기 요법으로 그런 성공률에 도

달할 수 있는지 궁금해하고 있을 거예요.」

그렇지 않아도 입이 근질근질하던 차예요…….

「자, 서스펜스는 이 정도에서 끝내고 설명해 줄 테니 들어 봐요.」

쇼브가 카트에 실려 있는 기계 장치들을 가리킨다.

「이미 말했듯이 당신의 뇌는 숲에, 뉴런은 그 숲의 나무에 비유할 수 있어요.」

남자 간호사가 파란색 전도성 젤을 바른 전극 두 개를 르네의 관자놀이 근처에 붙인다.

「자, 지금부터 강한 전류를 흘려보내 숲속 오솔길을 덮고 나무들을 변형시켜 버린 가시덤불을 불태울 거예요. 이걸로 끝이 아니에요. 이 숲속 청소를 통해 당신의 아틀란티스 섬망을 일으키는 원인, 그러니까 너무 크고 높고 질겨져 진짜 소관목과 구분이 힘들어진 잡초들을 뽑아 버릴 거예요.」

그가 빨간 버튼이 달린 핸들을 조작하기 시작한다.

거기서 손 떼.

「나는 전기 요법이 제대로 효과를 낼 수 있게 마취 없이 시술하죠. 고통스럽지만 효과는 훨씬 뛰어나요. 고통스러우니까 효과적인 거죠. 내 말만 믿어요, 아주 강렬해야 해요.」

쇼브의 엄지손가락이 빨간 버튼에 가까워진다.

누르지 마!!!

「앞으로 섬망 증상이 사라지게 될 거예요. 더 이상 왜곡된 형태로 바깥 세계를 지각하지 않고, 잡초와 뒤틀린 나무들이 다 〈청소〉된 깨끗한 상태의 정원이 주는 편안함을 누리게 될 거예요.」

빨리 여기서 도망칠 방법을 찾지 않으면 안 돼. 한시가 급해!

르네가 발버둥 치면서 손목을 이리저리 비틀어 보지만 가죽끈은 꿈쩍도 하지 않는다.

「당신의 섬망보다 훨씬 강렬한 자극이 필요해요. 내 치료의 비결은 바로 그거죠. 인간은 강렬한 감정만 간직해요. 그래서 기생 감정들을 없애려면 그것보다 훨씬 강렬한 감정을 일으켜야 하는 거예요.」

그가 간호사에게 장치를 작동할 준비를 시킨다.

「두려움과 분노, 고통은 강렬한 감정이에요. 가장 강렬한 세 가지 감정이기도 하죠. 인간은 고통을 느끼는 순간 지성의 영역을 벗어나 감각의 영역으로 들어가요. 나는 정신에 작용하는 도구로써 고통이 가진 미덕을 믿고 있어요.」

간호사가 가죽끈을 더 세게 조인다.

「입을 크게 벌려요. 이게 당신을 위한 일이라는 걸 기억해요. 언젠가 나한테 고맙다는 말을 할 날이 오리라는 것도.」

그럴 일 없을 거야.

간호사가 털이 부스스 난 크고 두꺼운 손으로 그의 코

를 잡고 강제로 입을 벌리게 한 다음 플라스틱 재갈을 물린다.

「먼저 치료를 받은 사람이 비명을 질러 당신에게 경계심을 불러일으킨 것 같더군요. 그 소리를 듣는 사람이 있을 수도 있다는 걸 가끔 깜빡하는데, 앞으로 각별히 주의를 기울여야겠어요. 당신이 그 장면을 목격하지 않았다면 더 좋았겠지만 하는 수 없어요. 내가 최선을 다해 그 기억도 잊게 해드리죠.」

간호사가 기계 장치들을 조작한다.

「솔직히 기억 〈청소〉는 내 삶의 큰 기쁨이에요. 다행히 이 병원은 그 일을 하기에 이상적인 최첨단 시설을 갖추고 있어요. 여기서 우리는 과학의 발전을 앞당기고 있죠. 우리한테 치료를 받고 회복된 환자들은 현실에 더 단단히 닻을 내려요.」

당신이 그들의 과거를 없앴으니까 그렇겠지?

「과거는 후회의 원천이고 미래는 두려움의 원천이에요. 동물처럼 오로지 지금의 순간만을 사는 인간을 만드는 게 내 꿈이죠.」

간호사가 치료 준비를 마쳤다고 알린다.

「당신이 〈빨간색〉이라는 단어를 떠올릴 거라고 내가 장담하죠.」

그가 피식 웃음을 흘린다.

쇼브가 버튼을 누른다. 전기 충격이 오자 르네의 몸이

묶인 상태에서 공중으로 솟아오른다. 허리가 활처럼 휘었다 다시 풀썩 내려앉는다. 벼락이 치는 것 같은 머릿속이 당장이라도 폭발을 일으킬 것 같다.

르네는 두 번째 전기 충격이 오기 전에 반사적으로 정신의 계단을 뛰어 내려가 무의식의 문을 연다. 그는 111개의 문이 나 있는 복도를 달려 첫 번째 문을 열어젖힌다.

그는 곧바로 게브의 침대 위에 도착한다.

52

아틀란티스인이 천장을 올려다보면서 알몸으로 누워
있다. 잠이 든 건 아니다.

한 여자가 그의 배 위에 올라타 있다. 체구가 아담한
여자는 길게 땋아 늘어뜨린 머리에 상감 세공한 파랗고
검은 보석들을 달아 묶었다. 그녀 역시 알몸이다.

그녀가 머리를 흔들자 세 갈래로 엮인 긴 머리채가 경
쾌한 방울 소리를 내며 공중을 휘돈다. 그녀가 불규칙적
으로 골반을 일렁일렁 움직인다.

게브가 그녀를 멈춰 세우려는 듯 엉덩이를 잡는다. 그
녀는 개의치 않고 말을 길들이려는 기수처럼 장난스럽게
동작을 계속한다. 그녀의 긴 머리채가 공기를 휘저어 놓
는다. 봉곳한 젖가슴이 오르락내리락 리듬을 탄다. 두 남
녀는 후텁지근한 방 안에서 땀범벅이 돼 있다. 그들의 몸
은 호흡에 맞춰 움직인다.

여자가 숨을 고르며 잠시 동작을 멈췄다 다시 천천히

움직이자 남자가 한층 더 쾌감을 느끼는 눈치다. 호흡은 느려지고 몸은 끓어오를 듯이 뜨겁다. 상대가 어떤 지점에 도달하길 기다렸다 리듬을 바꿀 생각인 듯 여자가 남자의 표정을 세심하게 관찰하고 있다.

르네가 극단의 고통을 느끼는 순간 게브는 극단의 희열을 느끼고 있다. 이렇게 대조적인 상황에서 미래의 남자는 자신이 과거의 남자를 번거롭게 하고 있다는 것을 즉각 눈치챈다. 역시나 게브가 그의 존재를 감지한다.

「자네 웬일인가, 르네? 진짜 타이밍이 안 좋군. 내가 바쁜 게 안 보이나?」

「지금 당신 도움이 필요해요, 게브.」

「하필 지금? 평소 약속 시간까지 기다려 주면 안 되겠나?」

여자는 파트너의 마음이 흩어져 있는 것을 눈치챈다.

「뭐해요, 게브? 무슨 일 있어요?」

「별일 아니에요.」

「정신이 딴 데 가 있는 것 같아서. 괜찮아요?」

잠시 망설이던 게브가 여자에게 결합을 풀자는 신호를 보낸다. 여자가 걱정스러운 얼굴로 다시 묻는다.

「무슨 문제 있어요?」

「아니요, 내가 아니라 미래의 나한테요.」

여자가 영문을 모르는 표정으로 눈을 깜빡거리자 그가 덧붙인다.

「전에 얘기했잖아요, 우리 섬이 바다로 가라앉는다는 경고를 해준 1만 2천 년 뒤의 남자.」

「서른두 살짜리 그 어린애 말이에요? 그가 얘기를 하자고 한다고요? 하필이면 우리가 처음으로 사랑을 나누는 바로 지금?」

그녀는 실망한 얼굴로 그에게서 떨어져 방 반대편으로 간다. 게브가 이 틈에 미래의 자신과 다시 접속한다.

「아니, 무슨 생각으로 이렇게 사람을 귀찮게 하는 건가? 약속 시간도 아니잖아.」

「미안해요. 지금 고문을 당하고 있어요.」

「〈고문〉이라니, 나한텐 생경한 말인데, 무슨 뜻이지?」

「사람들이 내 뇌를 파괴하려고 의도적으로 나한테 고통을 가하고 있어요. 내 정신을 〈매끈하게〉 만들려는 게 목적인데, 그렇게 되면 나는 당신과 소통할 수가 없게 돼요. 당신과의 접속이 끊길 거예요. 그래서 급히 당신 도움이 필요해요. 어떻게 내 정신을 부려 이 고통을 견딜 수 있는지 알려 줘요.」

「이번엔 내가 미안하게 됐네. 자네가 처한 상황을 구체적으로 모르니 부탁을 들어줄 수가 없어. 한 번도 고통을 경험하지 못한 내가 고문이 뭔지 어떻게 상상할 수 있겠나. 그러니 도와줄 수가 없네.」

「821년 동안 한 번도 고통을 느끼지 않았다고요?」

「단 한 번도.」

「배가 아프거나 맹장염 같은 걸 앓았던 적도 없어요? 하다못해 치통이나 위궤양 같은 것도?」

「우린 대체로 무척 건강하네. 결론은, 고통을 겪어 보지 못한 내가 이 상황에서 자네한테 어떻게 도움을 줄 수 있는지 모른다는 거네.」

「내가 어떻게 하는 게 좋을까요?」

「글쎄, 111개의 문 중에 고통을 잘 알고 그걸 통제하는 능력이 있는 다른 환생이 있지 않을까. 어쨌든 자네 전생에 나만 있는 건 아니잖나…….」

순간 르네는 아틀란티스인 친구가 기대했던 것만큼 자신에게 애정이 없으며, 방해를 받지 않고 하던 일로 돌아가고 싶은 생각밖에 없음을 눈치챈다.

게브의 핑계를 듣느라 낭비할 시간이 없다고 판단한 르네는 인사도 생략하고 다음 약속도 잡지 않은 채 문을 나와 복도로 다시 돌아온다.

그는 전기 치료실로 돌아가게 될까 봐 112번 문에서 최대한 떨어지려고 애를 쓴다. 그가 111개 전생의 문이 있는 복도를 서성이면서 최대한 구체적으로 소원을 빈다. 〈내가 전기 고문에 심리적으로 저항할 수 있었던 전생으로 돌아가고 싶다.〉

그러자 빨간 램프에 불이 들어오는 문이 보인다.

111번. 바로 앞의 전생, 다시 말해 르네로 태어나기 직전의 생.

53

만질만질한 구릿빛 손등이 눈에 들어온다. 털 없이 매끈한 맨살의 팔뚝에는 호랑이 한 마리와 다양한 상징을 표현한 문신들이 새겨져 있다. 그는 사프란색 천을 몸에 두르고 있다.

주변 풍경이 그가 근무한 고등학교 교실을 떠올리게 한다. 벽에 세계 지도, 정치인, 군인들의 초상화가 걸려 있다. 그림 밑에 적혀 있는 글씨는 분명히 유럽어는 아니다.

그의 옆에는 한 사내가 수갑을 찬 채 침대에 묶여 있다. 미동도 없이 누워 있는 사내의 입이 고통스럽게 일그러져 있다. 눈이 찢어지고 똥배가 불룩한 고급 정장 차림의 또 다른 사내는 흔들의자에 앉아 거만하게 몸을 흔들며 여송연을 피우고 있다. 그의 양편에 병사 둘과 고위 장교 하나가 서 있다. 제복에 별이 그려진 빨간색 휘장을 단 장교가 말문을 연다.

「선생 같은 훌륭한 혁명적 지식인인 프랑스 변호사를 이렇게 모시게 되어 영광입니다.」가슴에 훈장이 빼곡한 장교가 말끝을 단다. 「우린 랭보의 시에 심취했다는 공통점이 있지만, 지금은 일이 우선이죠. 다음 사람을 앞으로 나오게 하지.」

병사가 묶여 있던 남자를 풀어 숨이 멎었다는 사실을 확인하더니 머리채를 잡아 밖으로 끌고 나간다. 르네의 영혼이 들어 있는 남자 역시 방금 전에 끌려 나간 남자와 똑같은 자리에 수갑을 찬 채 묶인다. 차가운 물이 가득 담긴 양동이 하나와 큼지막한 전도체 집게가 달린 전깃줄이 그의 시선을 끈다.

「이름이 뭔가?」

그가 입을 꽉 다문다.

「대답하기 싫은가? 이거 시작이 좋지 않군. 하지만 우리가 이미 알고 있으니 당신한텐 잘된 일이지.」

장교가 종이 한 장을 들고 읽으며 말한다.

「이름은 피룬. 미국 지배하에 타락한 정권의 의사로 일하다 반동분자 기생충들이 들끓는 트람칵 사원으로 은신해 중이 됐지. 하지만 우린 비열한 독재자 론 놀 ― 퉤, 그 더러운 이름에 골백번이라도 침을 뱉어 주마! ― 을 지지한 더러운 자본주의자 쥐새끼를 찾아내고 말았지.」

장교가 옆에 있는 병사에게 피룬의 손목에 집게를 채우라는 신호를 보낸다.

「당신은 지금 S21 수용소 보안실에 와 있어.」 장교가 말한다.

장소가 어딘지 듣는 순간 승려는 자신도 모르게 겁에 질려 몸을 소스라뜨린다.

「어디 있는지 이제야 감을 잡은 모양이군.」 프랑스 변호사가 비아냥거린다.

르네는 아마추어 시인인 장교가 누군지 생각난다. 그는 S21 교화 수용소를 만들고 운영했던 악명 높은 크메르 루주 장교 두치. 프놈펜 한가운데 위치한 이 고등학교 건물에서 고문을 당했던 사람이 1만 5천 명이 넘는다는 것은 널리 알려진 사실이다.

프랑스인 변호사도 누군지 감이 온다. 핍박받는 민족의 변호인을 자칭했던 이 좌파 지식인은 크메르 루주가 저지른 참혹한 범죄에 연루됐다는 의혹이 일었던 사람이다. 르네는 그의 실체를 직접 두 눈으로 확인하고 있는 것이다.

두치가 부드럽고 은근한 목소리로 그와 눈을 맞추며 말한다.

「우린 당신을 고문할 거야, 매일매일, 아주 오랫동안. 그게 전부가 아닐 테니 기대하게, 피룬. 우리가 사원에 진입하기 직전에 도망친 다른 반혁명적 중놈들의 이름을 불지 않으면 네 존재를 이 땅에서 지워 버리고 말겠어. 구체적으로 어떻게 할지 알려 줄까? 네 정체성을, 너와 관련된 일체의 공공 문서를, 네가 찍힌 모든 사진을, 네가 살았던 모든 장소를 깡그리 없애 버릴 거야. 그러고 나서 네 가족 전부를, 너를 알았던 모든 사람을 몰살하는 거지. 네 흔적이 조금도 남아 있지 않게, 네가 태어나 이 땅에 머물다 갔다는 것을 증명할 수 있는 그 어떤 것도 존재하지 않을 때까지 말이야.」

「그런 걸 라틴어로 뭐라고 하는지 아시오? 〈담나티오 메모리아이〉, 기록 말살형(抹殺刑).」 프랑스인 변호사가 박학함을 과시하며 덧붙인다.

피룬이 침을 꼴깍 삼킨다. 르네는 자신의 바로 직전 전생인 이 승려야말로 혹독한 시련을 몸소 경험했기 때문에 자신을 도와줄 수 있는 적임자라는 생각을 한다.

「자, 시작하지.」

장교가 버튼을 눌러 전기 충격을 일으킨다. 승려는 벌써 눈을 감고 있다. 전기 충격의 효과가 전해지기도 전에 그의 영혼은 몸을 빠져나온다.

피룬의 영혼이 르네의 영혼을 발견하더니 깜짝 놀라 묻는다.

「여기서 뭘 하고 있는 거죠?」

「지금처럼 민감한 순간에 귀찮게 해서 미안해요.」 르네가 어렵게 말을 꺼낸다.

그는 첫 번째 퇴행 최면 경험을 떠올리며 본론으로 들어갈 방법을 고민한다.

「나는 당신의 다음 환생이에요, 이름은 르네라고 하죠. 지금 당신과 똑같은 어려움에 처해 있어요. 고문을 당하는 중이거든요. 이 고통을 견딜 방법을 당신이 알고 있나 해서 찾아왔어요.」

캄보디아 승려의 영혼이 의심하는 눈으로 르네를 뚫어지게 쳐다본다.

「이해가 안 되는군요, 내가 보기에 당신은 이미 답을 아는 것 같은데. 육신을 벗어나는 게 해결책이에요. 간단해요.」

어떤 말로 설득해야 도움을 주겠다고 할까.

「그건 그렇죠. 하지만 오래 버티지 못할 것 같아 물어보는 거예요.」

「당신은 이런 기술에 익숙하지 않은가요?」

「나는 신비주의자가 아니에요. 신앙도 없는 그저 평범한 역사 교사죠. 최면술을 접한 지도 며칠밖에 안 됐어요. 이 모든 상황이 새롭기만 하죠. 지금의 모진 시련을 견디려면 육체와 정신을 제어할 수 있는 현실적이고 실질적인 지식이 필요해요.」

「그러니까 당신은 자유자재로 전생을 들락거릴 수는 있는데, 육신이 죽임을 당하고 나면 어떻게 해야 할지 모르겠다는 거군요, 맞아요?」

「바로 그거예요. 당신과 말하고 있는 지금 이 순간에도 뇌에 가해지는 고통 때문에 당신의 영혼과 접속을 유지하기가 힘들어요. 전기 충격이 한 번 올 때마다 내 육신이 나를 잡아당겨요.」

「무슨 말인지 알겠어요. 우리 트람칵 승려들이 고통에서 벗어나기 위해 고안한 방법을 가르쳐 주죠. 그러기 전에 우선 당신이 어떤 방법으로 뇌를 시각화하는지 알아야겠어요. 당신은 어떤 이미지를 사용하죠?」

「아, 그거요? 지금은 숲의 이미지를 사용하고 있어요.」

「그러면 고통을 시각화할 때는 어떤 이미지를 떠올리죠?」

「벼락이 때려 숲에 불이 나고 나무뿌리까지 몽땅 타버리는 모습을 상상해요.」

「그러면 이렇게 해봐요, 당신의 숲 한가운데 난데없이 동굴이 하나 생겨요. 됐어요?」

르네는 숲속 빈터에 커다란 바위 동굴이 솟아오르는 모습을 상상한다. 동굴 입구가 눈에 들어온다.

「나무들은 벼락에 맞아 불탈 수 있어도 광물로 된 동굴은 끄떡없어요, 그렇죠? 그러니까 동굴로 들어가요. 그 안에 들어가면 천둥 번개와 불을 피할 수 있을 거예요.」

「그래도 당신과의 대화는 여전히 계속할 수 있는 건가요?」

「일단 해봐요, 그러면 알게 될 거니까.」

르네는 숲속 동굴로 몸을 피한다.

「당신 정신 속 동굴은 외부 자극들과 차단돼 있어요.

바깥에 비해 천둥 번개가 약하게 느껴질 거예요, 그렇죠? 자, 이제 커다란 바위를 굴려 동굴 입구를 막아요.」

르네는 승려가 시키는 대로 하고 나서 동굴 한가운데로 가 가부좌를 틀고 앉는다.

「내가 당신한테로 갈게요.」 캄보디아 승려가 말한다.

피룬의 영혼이 금세 르네의 영혼 앞에 모습을 드러낸다. 그는 손에 들고 온 큼지막한 초에 불을 붙여 동굴 안을 환하게 밝힌다.

「이제 살인자들이 지쳐 포기하거나, 아니면 우리가 기절하거나 미쳐 버리거나 죽거나 중 하나예요. 무슨 일이 일어나든 우리 운명을 온전히 받아들이면 돼요.」

「네? 다른 가능성은 없나요?」

「다른 아이디어가 떠오르면 주저하지 말고 나한테 얘기해 줘요.」

「음…… 없네요, 미안해요.」

「지금부터 피차 시간을 〈죽여야〉 하는 입장이니 얘기나 나눠 볼까요……. 아까 당신이 말한 전생에 관한 얘기가 무척 흥미롭더군요. 〈미래의 나〉인 당신이 어떻게 여기에 왔는지부터 들려줘요, 어떻게 된 거죠?」

「자가 퇴행 최면으로 왔어요. 각각의 전생에 해당하는, 번호가 붙은 문들이 쭉 늘어선 복도를 시각화하는 방법이죠.」

「놀랍군요! 이런 식의 수련이 가능한지는 미처 몰랐

어요.」

「믿으면 다 이루어지죠. 간단한 거예요.」르네가 농을 던진다.

「봐요, 지금 입장이 뒤바뀌어 당신이 나한테 영적 기술을 가르쳐 주고 있어요. 그런데 문 뒤에 뭐가 있는지는 어떻게 알 수 있죠?」

「나도 몰라요. 그냥 내려가기 전에 최대한 분명하고 구체적인 소원을 빌 뿐이에요. 가령 당신을 만나러 올 때는 고문을 이겨 낸 생으로 가보고 싶다고 말했어요. 그랬더니 당신의 문인 111번 문이 열리더군요. 나는 우리가, 그러니까 내 영혼의 모든 환생들이 서로의 노하우를 주고받으면서 상부상조할 수 있다고 믿어요.」

「시각화를 통한 그런 방법이 있는 줄은 몰랐네요. 당신은 어느 시대, 어느 나라에 해당하는 몇 번 문에 살고 있죠?」

「112번 문, 프랑스 파리, 2020년에 살고 있어요.」

「당신에 앞선 우리가 111번 존재했다는 뜻이군요?」

「나한테 111번의 전생이 있었다는 것은 머리를 맞대고 함께 고민을 해결하고 내게 정신의 안식을 주는 111명의 동지가 있다는 의미예요.」

「내가 속한 상좌부 불교에서는 윤회를, 다시 말해 삶과 죽음의 반복적인 순환 속에서 인간이 환생을 거듭한다고 믿어요. 우리가 현생에 짓는 악업과 선업에 따라 내

생에 과보(果報)를 받는다고 하죠. 하지만 당신처럼 체계적인 방법을 써서 전생을 찾아가는 게 가능한지는 몰랐어요. 내생들과 대화가 가능할 줄은 더더욱 몰랐고요.」

「내생들이 찾아와 주기를 기다려야 하는 것 같아요. 내 복도에서 113번 문은 보지 못했어요.」

「그건 당신이 완벽에 가까워졌다는 의미일 수도 있어요. 니르바나라고 부르는 단계에.」

「니르바나라는 건 뭐죠?」

「니르바나는 영혼이 영원히 해방되는 것을 말해요. 카르마가 환생의 굴레에서 벗어나고 존재가 지극한 공(空)에 도달하는 경지를 뜻하죠. 당신은 더 이상 육신으로 거듭날 필요가 없게 돼요. 물질로부터 벗어난 순수한 영혼이 되는 거죠. 그렇게 우주의 시원, 가장 순수한 본질로 돌아가 빛과 에너지가 되는 거예요. 나를 비롯해 당신을 앞서 살았던 모든 존재들의 마지막 현현(顯現)으로서 당신이…….」

자신의 입에서 나올 어마어마한 말에 이미 압도된 듯 피룬이 말을 멈춘다.

「……육신을 빌려 다시 태어나는 의무에서 벗어나는 거죠. 고통으로부터 자유로워지는 거죠.」

「절대 그럴 리 없어요. 난 완벽과는 거리가 먼 인간이에요. 한 사람의 죽음을 초래하기까지 한걸요. 성인이 되는 건 다음 생을 기약할게요.」

승려가 적이 실망하는 눈치다.

「아, 그랬다면 당신이 환생의 의무로부터 자유로워질 가능성은 희박하군요. 아쉽네요. 결국 당신이 죽고 나면 복도에 113번째 문이 생기게 되겠네요.」

갑자기 피룬의 안색이 바뀐다. 그가 불안한 표정으로 미간을 찌푸린다.

「무슨 문제가 생겼어요? 당신이 죽었어요?」르네가 안절부절못한다.

「내 육신의 뇌가 꺼져 버렸어요. 기절한 상태예요.」

「저들이 따귀를 때리거나 찬물을 쏴서 정신이 들게 해주지 않을까요?」

「이번에는 완전히 실신한 것 같아요. 혼수상태에 빠진 것 같기도 하고. 미안하게 됐네요.」

어, 이 양반 말투가 나랑 비슷하네.

「이 흥미진진한 대화를 계속하지 못할 것 같아요, 르네. 그만 가야겠어요. 자칫하다간 내 육신으로 영영 돌아가지 못할 수도 있어요.」

「이해해요. 어쨌든 내 정신의 숲에 안전한 동굴을 만들 수 있게 해줘서 고마워요.」

「그건 그렇고, 지금 당신 상태는 어때요?」

「내 고통은 당신만큼 크진 않아요. 어차피 치료 명목이니까. 저들의 목적은 내 몸을 파괴하는 게 아니라 내 기억을 파괴하는 거예요.」

「당신은 그나마 운이 좋군요.」

「전기 충격의 강도가 약한 만큼 더 오래 지속될 게 분명해요. 혹시 모르니 나는 완전히 끝날 때까지 여기 조금 더 있다 갈 생각이에요. 비결을 알려 준 당신한테 어떻게 감사의 마음을 전해야 할지 모르겠어요.」

「나한테 고맙다면 내가 존재했다는 사실을 사람들이 기억하게 최선의 노력을 다해 줘요. 두치가 〈담나티오 메모리아이〉를 실행에 옮긴다면, 당신이 증언자가 되어 내가 어떤 사람이었는지, 나한테 무슨 일이 벌어졌는지, 크메르 루주의 실체가 무엇인지 사람들에게 알려 줘요.」

「꼭 그렇게 할게요.」

「여기서 벌어진 일을 가급적 소상히 사람들에게 알려 줘요. 우리 사원의 승려들이 어떤 일을 당했는지 미래 세대가 알 수 있게 해줘요. 전체주의는 관심을 끌기 위해 천의 얼굴을 할 수 있다는 사실을, 검은색 파시즘이나 빨간색 공산주의나 초록색 광신주의나 결국 매한가지라는 것을 사람들이 깨닫게 해줘요. 관대하고 이타적인 원칙을 수호한다는 명분을 내세우지만 사실은 제 배 불릴 생각만 하는 파렴치한 마피아 집단들도 마찬가지예요. 오늘날 전 세계에서 노예주의자와 해방주의자의 대결이 벌어지고 있어요. 그들이 어떤 담론을 내세우든, 어떤 옷으로 자신들을 위장하던, 그들의 말이 아니라 실제 행동을 근거로 판단을 내려야 해요. 지금 내 조국에서는 노예주의자들이 민중의 해방자 행세를 하고 있어요. 그들이 인류의 행복을 위해 일한다는 확신을 갖고 있다는 게 정말 끔찍하죠.」

「그들과 어떻게 싸워야 하죠?」

승려가 빙그레 웃으며 그의 생각을 압축적으로 드러내는 듯한 표현을 고른다.

「〈괴물에게 공포를 불어넣으려면 그를 거울 앞에 세우면 돼요.〉」

이 말이 지닌 위력에 르네는 압도당하고 만다. 피룬이 즉시 덧붙인다.

「나는 그들에게 증오를 느끼지 않아요. 그들은 내가 지닌 저항의 힘을 깨닫게 해주니까요. 그들은 내가 누군지 더 잘 알게 해주죠. 게다가 이 일로 당신을 만날 수 있었잖아요. 전에는 내게 환생이 모호한 개념에 불과했지만, 이제 당신이 내 뒤에 온다는 걸 알게 됐어요.」

「하지만 당신은 죽을지도 몰라요!」

피룬은 자신의 느낌을 이런 표현으로 르네에게 전달한다.

「〈애벌레한테는 끝인 것이 사실 나비한테는 시작이죠.〉」

이 두 구절이 가슴을 때린다. 그의 생각의 결정체인 이 문장들이 책으로 후세에 읽히지 못하는 게 안타깝다! 그가 사람들에게 잊히면, 내가 그의 생각을 전하지 못하면, 두 문장으로 승화

된 그의 생각은 헛되이 사라질 것이다. 그는 애벌레이고 나는 나비인지 모른다. 나에게는 날아올라야 하는 의무가 생겼다.

상대방에게 힘이 될 말을 고민하고 있는 르네에게 피룬이 먼저 말을 걸어 대화를 마무리한다.

「고문 잘 끝내요, 르네.」 그는 〈하루 잘 끝내요〉 하고 말하듯 덤덤히 작별 인사를 건넨다.

「고문 잘 끝내요, 피룬. 도와줘서 고마워요.」

르네는 승려가 두고 간 초가 타는 걸 보면서 천둥소리가 잦아들기를 기다린다. 더 이상 동굴 벽 바깥에서 진동이 전해져 오는 것 같지 않자 입구를 막은 바위를 옆으로 밀어낸다.

눈앞에 새로운 풍경이 펼쳐진다. 숲이 활활 타오르고 있다. 수많은 나무가 이미 잿더미로 변했다.

쇼브는 숲으로 난 길들을 막고 있던 잡초만 제거한 게 아니었어. 그는 닥치는 대로, 중요한 나무들까지 다 없앴어. 내 소중한 기억들까지.

르네는 다시 문을 넘어 조심스럽게 111개 전생의 문이 있는 복도로 돌아와 112번째 문 앞에 선다. 무의식의 문을 반대로 넘자 계단이 보인다. 눈을 감고 천천히 계단을 오른다.

열 번째, 아홉 번째, 여덟 번째 계단……. 계단이 끝나가지만 선뜻 눈을 뜰 용기가 나지 않는다.

일곱 번째, 여섯 번째, 다섯 번째 계단.

아무 소리도 들리지 않는다. 길이 뻥 뚫린 걸까.

세 번째, 두 번째, 첫 번째.

그는 다시 현실에 접속한다. 촉각은 즉각 반응하지만 시각은 아직 돌아오지 않는다.

그는 손발에 묶였던 가죽끈이 풀리고 몸이 들것으로 옮겨지는 것을 느낀다. 몸이 침대에 내려진다.

오늘은 이만큼의 감정이면 됐어. 결국 쇼브의 말이 맞는 걸까. 〈미심쩍으면 재부팅한다.〉

그는 눈을 뜨지 않고 그대로 잠을 청한다.

54
므네모스: 담나티오 메모리아이

담나티오 메모리아이의 기원은 고대 로마로 거슬러 올라간다. 기록 말살형, 즉 망각의 형벌은 대역 죄인에 대한 기억을 사후에 모조리 없애는 것을 의미한다. 죄인의 사후에까지 계속 적용되는 이 벌은 한 인간에게 내려질 수 있는 최악의 형벌로 여겨진다. 이에 반대되는 〈콘세크라티오〉, 즉 축성(祝聖)은 한 사람을 신성하게 만들어 영원히 잊히지 않게 하는 것이다.

로마인들은 황제의 실정을 막기 위한 견제와 위협의 도구로 기록 말살형을 사용했다.

그렇게 기록 말살형에 처해진 인물 중에는 마르쿠스 안토니우스(카이사르의 동조자이자 클레오파트라의 연인이었던 그는 초대 황제인 아우구스투스에게 반기를 들었다)와 칼리굴라, 네로, 콤모두스(이 셋은 미치광이가 되거나 폭력적, 가학적으로 변했다), 그리고 게타라는 이름의 황제(왕위를 두고 경쟁하던 형 카라칼라에게 암살

되었다는 것 말고는 거의 알려진 바가 없다)가 있다.

기록 말살형에 처해진 죄인들의 석상과 동상은 파괴했고, 비문(碑文)에 새겨진 그들의 이름은 지워 버렸고, 그들의 초상이 들어간 화폐는 녹여 없앴다. 그들의 이름을 입에 담기만 해도 사형에 처했다.

오늘날 우리가 그들의 존재를 알 수 있는 것은 기록 말살의 명령이 닿지 못했던 궁벽한 지역들에 관련 기록이 남아 있었기 때문이다.

로마에 앞서 이집트에도 비슷한 형벌이 존재했다고 알려져 있다. 나라를 개조하고 종교 개혁을 단행하다 이단으로 몰려 사제들과 대립했던 파라오 아크나톤 역시 망각의 형벌을 받았다.

유독 기억 말살에 몰두했던 람세스 2세는 자신이 싫어하던 전임 파라오 여럿을 기억에서 지워 버렸다. 그는 아멘호테프 3세부터 호렘헤브 사이에 존재했던 파라오들의 이름이 표기된 카르투슈[12]를 모조리 없애게 했다(물론 외딴 지방에 남아 있는 기록 덕에 우리는 그들의 존재를 알 수 있다).

그리스에서는 아르테미스 신전에 불을 지른 헤로스트라토스가 이 형벌을 받은 대표적인 인물로 알려져 있다. 정작 그는 유명해지고 싶어 방화를 했다고 고백했다니,

12 이집트 상형 문자 중에서 파라오의 이름을 표기할 때 쓰는 특별한 기호.

역사의 아이러니가 아닐 수 없다……

　나치도 히틀러에 반대한 예수회 사제 알로이스 그림에게 유사한 형벌을 내렸다. 스탈린 역시 뛰어난 혁명가들, 특히 적군(赤軍)의 창설자인 레온 트로츠키를 위시한 레닌의 동지들을 기억에서 지우기 위해 비슷한 방법을 사용했다. 스탈린에게 찍힌 인물들은 사진에서 지워졌고, 그들의 이름을 입에 담는 것조차 금지되었다.

　캄보디아 독재자 폴 포트는 1975년에서 1979년까지 담나티오 메모리아이의 극단을 보여 주었다. 그는 대상자의 가족은 물론 친구, 이웃, 더 나아가 대상자가 이 땅에 머물다 갔다는 사실을 증언해 줄 모든 사람을 죽임으로써 인간 존재의 흔적을 근원적으로 말살했다. 이렇게 죽임을 당해 공식적으로 잊힌 사람만 170만 명, 당시 캄보디아 전체 인구의 20퍼센트였다.

55

눈을 뜨는 순간 그는 자신이 어디에 있는지, 그리고 누구인지조차 분명히 인지하지 못한다.

흰 가운을 입은 사내가 입가에 웃음을 흘리며 그의 앞에 앉아 있다. 인상이 좋다.

「좀 나아요?」

르네는 한쪽 팔꿈치에 힘을 주어 몸을 일으킨다. 머릿속이 뿌옇다. 앞에 있는 남자는 키가 땅딸막하고 긴 금발이 이마에 흘러내려 와 있다.

아는 사람이 분명한데, 어디서 만났더라? 나는 누구지? 내 이름이 뭐지?

젠장, 나는 대체 누구야? 내 이름을, 이름을 기억해 내야 해.

R로 시작하던가? 르노? 로뮈알? 아니야, 더 짧아. 라울? 개구리랑 관련이 있어. 청개구리.[13] 그래. 생각났어. 르네.

무슨 르네더라? 성이 뭐지? 곧 기억이 나겠지.

13 프랑스어로 〈청개구리reinette〉는 〈르네〉와 발음이 비슷하다.

앞에 있는 인상이 서글서글한 이 사람은 누구지? 분명히 아는 사람인데, 친구인가. 아니면, 흰 가운을 입은 것으로 봐서 나를 치료해 주는 사람인 것도 같아. 그런데 무슨 치료를 하는 거지?

「상태가 분명히 호전되고 있어요. 보안이 된 새 병실이 훨씬 편한가 보군요.」

그렇게 생각해요?

르네는 충격 및 소음 흡수 처리가 된 방 안 풍경을 둘러본다. 기억이 되살아나기 시작한다.

난 지금 정신 병원에 있어. 저 사람은 의사야. 〈거짓 기억〉을 만들어 내는 막시밀리앵 쇼브. 저 사람이 내 정신을 망가뜨리기 위해 내 뇌에 무슨 짓을 했어. 내 정신의 숲의 뉴런 나무들에 불을 질렀어. 나무들이 그루터기만 남고 다 타버렸어. 내 정신의 숲은 잿더미로 변하고 말았어.

나는 동굴로 몸을 피했었어. 한 캄보디아인과 함께. 그는 끝내 랭보를 증오하게 됐지.

밀물처럼 기억이 밀려와.

나한텐 분명히 사람들의 목숨을 구해야 하는 중요한 사명이 있는데, 어떤 사람들을 구해야 하는지는 모르겠어.

「내 말만 믿어요, 점점 기분이 나아질 거예요, 톨레다노 씨.」

그래, 이게 내 이름이었어. 아니, 내 이름이야, 르네…… 톨레다노.

정신 똑바로 차리자. 무너지면 안 돼. 불에 탄 뉴런 나무들을 다시 살려야 해.

아까는 착각한 거야, 이자는 좋은 사람이 아니야. 저 미소가 무서워.

「내가 이런 짓을 당하고 있을 이유가 없어요. 변호사를 불러 줘요.」

「당하는 게 아니라 낫고 있는 거예요. 병든 사람을 도와줄 변호사는 없어요. 어차피 당신한테 최고의 변호사는 바로 나예요. 엘로디가 백방으로 노력한 덕에 당신이 여기로 이송돼 왔다는 걸 명심해요. 잊지 말아요, 난 당신을 치료해 주는 사람이에요.」

옆방 환자가 마지막 문장에 화답이라도 하듯 우레와 같은 웃음소리를 터뜨린다.

「집에 가야겠어요.」

「당신 케이스가 아주 흥미로워요. 당신은 아마도 이 병원에 아주 오래 머물게 될 거예요. 감옥행을 면하게 해준 나한테 고마워해요. 게다가 당신의 정신을 청소까지 해줄 텐데.」

「집에 가야겠어요.」

내가 누구인지에 대한 기록이 담긴 므네모스 파일에 지금 벌어지고 있는 일을 모두 적어 놔야 해, 잊어버리기 전에. 그런데 파일이 집에 있으니 어쩐다.

집에 있는 건 확실한데, 어디더라? 그걸 찾아야 앞으로 무슨

379

일이 벌어지더라도 내가 누구인지 잊지 않을 수 있을 텐데.

「당신도 느끼겠지만 기억력 감퇴로 인한 문제 중 하나가 어휘 부족이에요. 같은 말을 되풀이하게 되는 거죠.」

르네는 몸을 더 일으키려다가 머리가 핑 돌아 다시 주저앉는다. 편두통으로 머리가 깨질 것 같다.

머릿속 불이 완전히 꺼진 게 아닌 모양이구나.

문밖에서 세찬 빗소리가 들린다. 그는 은빛 빗방울이 떨어져 자신의 뉴런 숲에 난 불이 꺼지는 모습을 상상한다.

「신경 안정제를 놨더니 푹 잘 잤군요. 오전 11시예요. 아침 식사 시간을 놓쳤지만 곧 갖다줄 거예요. 힘을 내야 하니까. 오늘 메뉴는 양의 골로 만든 요리일 거예요. 인이 풍부하고 기억력에 좋은 음식이죠. 앞으로 알게 되겠지만 우리 병원 음식이 참 좋아요. 요리사가 동물 내장과 허드레 고기를 다루는 걸 좋아하죠. 요즘 그런 사람이 흔치 않은데. 당신은 음식에 관심이 있나 어떤가 모르겠네요. 어쨌든 이건 여담인데, 동물 콩팥은 사람 신장에 좋고, 송아지 흉선은 갑상선과 면역 체계에 좋고, 내장은 소화기에 좋다고 할머니께 들었어요. 골 요리는 당연히 뇌 건강에 좋겠죠, 그렇지 않겠어요?」

의사가 흘러내린 금발을 쓸어 올린다.

「몸을 추슬러야 해요. 당장 오늘 오후 4시에 두 번째 〈해마 청소〉 프로그램이 예정돼 있거든요. 지금부터 한 달 동안 하루 한 차례씩 전기 치료를 받으면 당신 머릿속 밀림이 틀림없이 프랑스식 정원으로 변할 수 있다고 나는 믿어요.」

내 머릿속에서 불이 계속 타고 있어. 잔불이지만 여전히 탁탁 불꽃이 튀고 뜨겁게 달아 있어.

쇼브는 사방이 하얀 방에 그를 혼자 남겨 두고 밖으로 나간다.

분명히 나한테 중요한 게 하나 더 있었는데, 그게 뭐였지? 꼭 기억해 내야 해. 긴 백사장과 야자수, 치마를 두른 남자, 이것까지는 생각이 나는데.

그는 혀를 깨물 만큼 정신을 집중한다.

어느 해변이었더라? 치마를 두른 남자는 누구였지? 휴가를 즐기는 스코틀랜드인이었나? 내가 그걸 반드시 기억해 내야 한다고 생각할 만큼 중요한 이유가 뭘까?

그는 기억에 충격을 가하기 위해 팔뚝을 꼬집고 머리를 벽에 찧는다. 금세 문이 열리더니 간호사가 들어와 그를 제지한다.

「문구멍으로 밖에서 당신을 살펴보고 있어요. 계속 이런 식으로 자해하면 강제로 구속복을 입히는 수밖에 없어요!」

르네가 하는 수 없이 다시 침대에 와 앉는다.

「한 가지만, 혹시 내가 왜 여기에 와 있는지 말해 줄 수 있어요?」

간호사가 문에 걸린 차트를 보면서 대답한다.

「당신이 누군가를 죽였다네요.」그가 어깨를 으쓱 추어올린다. 「단검으로. 그리고 아틀란티스의 망상에 사로잡혀 헛소리를 한다고요.」

그는 마치 〈맹장염과 조그만 종양이 하나 있네요〉 하듯 이 말을 내뱉는다. 그러고 나서 무표정한 얼굴로 르네가 머리를 찧어 생긴 핏자국을 닦아 지우더니 방을 나간다. 밖에서 문을 잠그는 소리가 들린다.

르네는 다시 혼자 남겨진다.

아틀란티스라고? 그래, 그거였어…….

그가 머리를 세게 터는 순간 이미지가 하나 더 떠오른다. 파란색 돌고래 모양의 펜던트. 예쁜 목선을 따라 올라가자 나오는 빨간 머리와 초록색 눈의 여자 얼굴. 그녀의 뒤에 보이는 거대한 눈 하나.

오팔. 그녀 이름은 오팔이야. 판도라의 상자.

그녀가 내게 최면을 건 게 모든 일이 발단이었어. 거대한 충격. 나는 영웅의 삶을 살았던 전생이 궁금하다고 말했었지. 제1차 세계 대전. 그리고 이폴리트.

중사의 호각 소리와 함께 비가 내리기 시작했어. 아군 전선 뒤쪽에서 독일군이 터널을 통해 빠져나왔어.

마침내 기억이 씨실과 날실처럼 엮이기 시작한다.

현생에 앞서 나는 여러 번의 전생을 살았어.

천수를 누리고 나서 가족이 지켜보는 가운데 죽기를 소망했던 전생. 레옹틴 백작 부인.

극렬한 쾌감을 경험했던 전생. 갤리선 노잡이 제노.

평온 무사했던 전생. 치마를 두른 남자.

그의 이름이 뭐였더라. 〈브〉로 끝나는 짧은 이름이었는데. 베브, 데브, 페브…… 게브! 그래, 게브야, 아틀란티스에 살고 있어.

벽 너머에서 천둥이 우르릉거린다. 퍼뜩 또 다른 기억이 떠오른다.

대홍수!

그는 위험에 처해 있어. 게브가 재난에서 살아남게 내가 도와줘야 해.

방음 처리된 두툼한 벽에 귀를 아무리 바짝 붙여 봐도 도무지 바깥 상황을 짐작할 수가 없다.

쇼브가 기억을 청소하겠다고 했으니 내 기억에서 곧 게브가 지워질지도 몰라. 그러면 그를 도울 수 없게 돼. 어쩌지, 내 도움 없인 배를 만들지 못할 텐데. 아틀란티스인들은 영적인 재능만 뛰어나지 기술 발전은 형편없어. 돌고래들이 끌어 주는 바닥이 평평한 둥그런 거룻배를 가진 게 다야. 그들은 바퀴가 뭔지, 돛과 용골과 키가 어떻게 생겼는지도 몰라.

그들에게는 내가 필요해. 그들을 구할 수 있는 사람은 나뿐이야. 그러니 무슨 수를 써서라도 여길 빠져나가야 해. 이 정신 병원에서 탈출해야 해. 어떻게 해야 하지?

드디어 해답의 실마리가 풀린다.

맞아, 이폴리트. 그는 전투력이 뛰어나고 적진에 잠입하는 데

능한 정예병이었어.

르네는 간신히 몸을 바로 세워 가부좌를 틀었다 금세 다리를 푼다. 침대에 비스듬히 몸을 기댄 채로 눈을 감고 자가 최면의 수칙을 떠올리려고 애쓴다.

에스컬레이터, 아니 엘리베이터 같은 게 있었는데. 아니 아니, 그냥 계단이었어.

그는 계단을 떠올리는 순간 금방 시각화하고 숫자를 세며 내려간다.

무의식이 문이 눈앞에 나타난다. 두꺼운 철제 설주가 은행 금고를 연상시키는 방화문이다.

문이 이렇게 두꺼웠구나.

그는 간신히 손잡이를 비틀어 문을 연다. 무거운 문이 끼익 소리를 내며 안쪽으로 밀린다.

나무문들이 늘어서 있는 복도가 나온다. 문 위에 달린 번호판에 까만 그을음이 앉아 숫자를 분간하기 힘들다.

전기 요법의 여파가 이 복도에까지 미쳤어.

그는 그을음을 문질러 닦으면서 숫자를 확인한다.

제1차 세계 대전 때로 가는 문이 뭐였더라? 105? 106? 107?

선홍색을 연상시키는 숫자였어. 상 뇌프.[14] 109!

그는 110번 문을 지나 그다음 문 앞에서 걸음을 멈춘다. 번호판을 닦고 숫자를 확인한다. 109. 검게 그을린 나

14 프랑스어로 〈새로운 피sang neuf〉는 숫자 〈109 cent neuf〉와 발음이 같다.

무 문 밑에서 연기가 새어 나오고 있다. 그는 지난번에 슈맹 데 담 전투 개시 직전으로 돌아가 이폴리트를 만났던 일을 떠올린다.

지금은 다시 전투를 할 때가 아니야.

르네는 정신을 모아 소원을 분명히 표현한다.

전투 전날 밤에 도착하고 싶어.

문을 열고 들어가자 잠든 이폴리트의 모습이 보인다. 르네는 그의 눈을 통해 바깥 세계를 봤던 첫 번째 만남과 달리 이번에는 게브와의 방식대로 그의 밖에 머물면서 접속하는 방법을 시도한다. 그러면 마치 서로 다른 두 사람처럼 과거의 자신을 바라보면서 대화를 나눌 수 있을 것이다.

「이폴리트?」

병사가 소스라치게 놀라며 잠이 깬다.

「당신은 누구죠?」

청년의 목소리에 공포에 가까운 불안감이 배어 있다. 르네는 상대가 잠결인 상태를 이용하기로 마음먹는다.

「저기 나는…… 당신 꿈에 나타난 사람이에요. 그렇다고 당신과 전혀 무관한 사람인 건 아니에요. 당신의 재능이 필요한 친구 정도로 여기면 돼요.」

르네는 병사의 영혼이 자신을 명확히 인지하지는 못해도 어렴풋이 존재를 지각하고 있다고 느낀다.

「내 꿈속에 나타난 사람이라고요? 그런 사람이 나한테

원하는 게 뭐죠?」

「어이없는 소리로 들리겠지만 나한테 들어와서 내부에서 나를 조종해 줬으면 해요.」

「그게, 가능한 일이에요?」

「꿈의 세계에서는 모든 것이 가능하죠. 그건 정신의 놀이나 다름없으니까.」

「당신이 누구길래 날 아는 것 같은 느낌이 들죠?」

「당신의 미래 환생이에요.」

「하, 내가 지금 꿈을 꾸면서 잠꼬대를 하는 거죠?」

「맞아요, 꿈이라는 데 당신이 원칙적으로 동의해 줘야 이 경험이 가능해요.」

「이름이 뭐죠?」

「르네 톨레다노예요.」

「내 미래에서 왔다고 했어요?」

「나는 수십 년 뒤에 태어나요.」

우리 사이에 캄보디아인도 있는데, 지금은 그걸 말해서 얘기를 복잡하게 만들 때는 아니에요.

「그래서, 여길 왜 왔다고요?」

「나는 2020년에, 정신 병원에 감금돼 있어요. 사람들이 나를 미쳤다고 생각해서 말이죠.」

「아 그래요, 그렇다 쳐요. 아무래도 내가 술을 너무 많이 마시고 잤나 봐.」

「그냥 날 믿어 줘요. 날 느끼고 내 존재를 지각한 상태에서 날 안에서 조종하면 돼요. 너무나 중요한 일이라서 그래요. 당신이 날 꼭 구해 줘야 해요. 내…… 아니 〈우리〉 정신의 안위가 달린 문제예요.」

이폴리트가 르네에게 흥미를 잃는 눈치다.

「어차피 꿈이라면 내가 무엇 때문에 당신 말을 믿어야 하죠?」

어떻게 설득할 방법이 없을까? 그래, 3+1 기술을 써보자!

「지금부터 내가 묻는 말에 〈그렇다〉와 〈아니다〉로만 대답해요. 지금 벌어지고 있는 일이 모두 꿈이라면, 당신이 어떤 선택을 하던 나중에 아무 영향이 없다는 거잖아요. 동의해요?」

「그렇죠.」

「당신이 내 부탁을 거절하면 당신 꿈속 인물이 실망하겠죠?」

「그렇겠죠.」

「반대로 당신이 부탁을 들어주면 그가 기뻐하겠죠?」

「그거야 그렇겠죠.」

「이왕이면 그가 실망하는 것보다는 기뻐하는 게 당신한테도 좋겠죠. 돈이 드는 일도 해가 되는 일도 아니잖아요. 날 도와주겠어요, 이폴리트?」

「아…… 그럽시다, 딱히 다른 할 일이 있는 것도 아니니까…… 까짓것 그렇게 하죠, 톨레다노 씨.」

「르네라고 불러요.」

「좋아요, 르네.」

휴, 잠재 인격을 설득하기가 만만치 않구나.

「내가 뭘 어떻게 해주길 바라요?」병사가 묻는다.

「나한테 들어와 내 손이 되고 내 정신을 장악해요. 당신의 반사 신경과 민첩성, 상황 통제력과 폭력 제어 능력을 최대한 발휘해 한시바삐 날 여기서 꺼내 줘요. 그러지 않으면 내 정신이 영원히 훼손돼 다시는 당신과 지금처럼 소통할 수가 없게 돼요.」

이폴리트 펠리시에는 제1차 세계 대전이 벌어지는 참호 속에서 꿈을 꾸는 중이라고 믿으면서 미지의 세계로 뛰어든다. 그는 스스로를 정신 병원에 감금된 미래의 남자라고 여긴다.

56

점심 식사 쟁반을 들고 들어오던 남자 간호사는 기습적으로 목을 잡혀 균형을 잃고 비틀거린다. 간호사가 미처 대응할 겨를도 없이 앞으로 고꾸라지자 르네-이폴리트가 목덜미를 손날로 정확히 가격한다. 르네-이폴리트는 간호사를 결박해 놓고 재빨리 복도로 나간다.

이 구역의 모든 출입구는 CCTV 화각 안에 들어 있다. 그는 몸을 최대한 벽에 바짝 붙인 채 움직이기 시작한다. 문이 하나 보인다. 하지만 감압문이라는 사실을 확인하고 나서 다른 출입문을 찾아 걸음을 옮긴다.

비슷비슷하게 생긴 인적 없는 컴컴한 복도들이 이어진다. 이 미로의 공간은 르네-이폴리트가 적진 뒤쪽으로 침투하는 임무를 수행하면서 지나다녔던 지하 땅굴들을 연상시킨다.

르네는 자신의 몸이 마치 다른 사람이 운전대를 잡은 자동차 같다는 느낌을 받는다.

나는 지금 두 개의 정신이 한 몸에 들어 있는 조현병을 경험하고 있어. 하지만 쇼브가 내 뇌를 완전히 파괴하지 못하게 하려면 이 방법밖에 없어.

제1차 세계 대전 참전병은 민첩하고 효율적으로 움직인다. 발소리를 죽이고 전진하면서 적진의 동향을 파악하고 바닥부터 천정까지 신속하게 주변 환경을 분석한다. 르네의 귀에 고통에 찬 울부짖음이 들려온다.

고문자가 벌써 일을 시작했군.

그는 본능적으로 소리의 진원지를 향해 걸어간다. 문에 난 둥근 유리창 너머로 한 여성이 어제의 그와 똑같은 자세로 의자에 손발이 묶인 채 전기 치료를 받고 있다.

여성 환자가 온갖 동작을 하며 고통을 호소한다. 곁에서 쇼브가 여러 대의 스크린에 둘러싸여 남자 간호사 둘과 그녀를 지켜보고 있다. 쇼브가 연신 부하들에게 기술적인 지시를 내리면서 환자의 머리와 얼굴, 가슴까지 제멋대로 만지고 있다. 그는 전기 충격이 가해질 때마다 고통으로 몸을 뒤트는 환자를 동물원의 동물 보듯 관찰하는 중이다. 여러 대의 카메라가 그 못지않게 가학적인 스크린 속 동료들에게 영상을 전송하고 있다.

「저들이 뭘 하는 거죠?」 이폴리트가 묻는다.

르네는 이폴리트에게 자세한 설명을 할 시간이 없다고 판단한다.

「일단 행동에 들어가요.」 고등학교 역사 교사의 영혼

이 병사의 영혼을 재촉한다.

르네-이폴리트는 문을 살짝 열고 문틈으로 손을 넣어 전등 스위치를 내린다. 어둠 속에서 간호사가 그를 발견하고 시근거리며 달려오지만 그는 상대를 간단히 쓰러뜨린다. 그는 어둠과 기습 공격의 이점을 활용해 간호사를 제압한다.

또 다른 간호사가 달려와 허리를 끌어안으려 하지만 팔꿈치로 명치를 가격당하자 몸이 반으로 접혀 울상을 짓는다.

간호사 둘을 처리하고 잠시 숨을 돌리던 그는 갑자기 배꼽 근처에 격통을 느낀다. 쇼브가 뒤에서 다가와 배에 메스를 꽂는 걸 몰랐던 것이다. 그는 다행히 복부 지방과 근육만 손상을 입었다고 즉시 판단한다.

르네-이폴리트가 몸을 뒤로 돌리며 메스를 뽑아 휘두르며 쇼브에게 다가간다. 쇼브가 겁에 질려 뒷걸음질을 치더니 경보 장치를 작동시킨다. 사이렌 소리가 고막을 때리고 빨간 비상등이 깜빡거리며 어둠을 밝힌다.

어수선한 틈을 타 도망치려다 제지당한 금발 의사가 다시 메스를 하나 집어 위협적으로 휘두르기 시작한다. 미니어처 검을 손에 쥔 르네-이폴리트와 쇼브의 대결이 검투 장면을 연상시킨다.

신장 차이가 있는 사람 둘이 맞붙으면 통상 키 큰 사람이 유리하다. 하지만 희뜩 나자빠져 있던 간호사 하나가 정신을 차려 보스를 지원하는 순간 싸움은 수적 열세인 르네에게 불리하게 돌아간다. 르네-이폴리트는 얼른 여성 환자의 손목과 발목에 묶여 있는 가죽끈을 끊어 준다. 그녀가 벌떡 일어나며 입에 물린 재갈을 뱉어 내더니 분노에 찬 괴성을 지르며 쇼브에게 달려든다. 교란 작전 성공.

남자 간호사가 돌진해 온다. 르네-이폴리트는 민첩하게 몸을 숙인 상태에서 간호사의 오른쪽 다리를 잡아당기면서 머리로 배를 들이받는다. 그러고는 뒤로 넘어지는 간호사의 목을 가격한다. 그사이에 쓰러져 있던 또 다른 간호사가 일어나 달려온다.

첫 퇴행 최면 속 슈맹 데 담 전투에서 독일군 병사와 벌였던 백병전과 유사한 상황이다. 거구의 간호사가 그의 위에 올라타 얼굴에 메스를 내리꽂으려 한다. 이폴리트가 한 손으로 그의 손을 막으면서 다른 손으로 목을 조르려고 하지만 굵은 목이 손아귀에 다 잡히지 않는다. 르네는 슈맹 데 담 전투의 기억을 다시 떠올리면서 상황을 역전시킬 다른 전략을 구사한다.

지능적 대처란 같은 실수를 두 번 되풀이하지 않는 거야.

르네가 무릎으로 간호사의 하복부를 세게 가격하자 내리누르던 힘이 잠시 약해진다. 그는 이 틈을 타 간호사의 턱을 올려 친다.

슈맹 데 담 전투가 개시되면 지금 이 장면을 기억해요, 이폴리트. 반드시 도움이 될 거예요.

어두운 전기 치료실 안은 깜빡거리는 빨간 경보등 불빛과 사이렌의 굉음이 뒤섞여 혼란스럽다. 결박이 풀린 여성 환자가 쇼브를 꼼짝 못 하게 누르더니 전깃줄을 들고 그의 한쪽 귀에 전기를 흘려보낸다. 쇼브가 비명을 내지른다.

엄살 부리지 마!

한층 신이 난 환자가 이번에는 입속에 전기 충격을 가하자 쇼브가 고통스럽게 몸을 들썩인다.

르네-이폴리트는 소리를 들은 다른 간호사들이 달려오기 전에 서둘러 전기 치료실을 빠져나가야 한다고 판단한다. 그는 바닥에 쓰러진 간호사 한 명의 가운을 벗긴 다음 환자와 드잡이 중인 쇼브의 마그네틱 카드를 빼앗는다.

그는 배의 통증을 간신히 참으며 지하 1층의 미로를 뛰어 달아나기 시작한다. 추적을 따돌릴 방법을 고심하던 그는 실험실 푯말을 발견하고 안으로 들어간다. 그는 분젠 버너를 들고 방에 불을 지른다. 불길에 휩싸인 방에서 시커먼 연기가 뭉클뭉클 피어올라 복도 가득히 퍼진다. 머스터드 가스[15] 살포를 이미 경험한 르네-이폴리트는 천에 물을 묻혀 마스크를 쓰듯 코와 입을 가린다. 연기 장막 너머로 떼를 지어 나타나는 간호사들의 실루엣

15 제1차 세계 대전 당시 독일군이 처음으로 사용한 화학 무기.

이 보인다.

이중 혼돈 전략.

그는 감압실을 지나 계단을 올라가 건물 주 출입문 앞에 이른다. 쇼브의 마그네틱 카드를 갖다 대자 유리로 된 자동 개폐문이 열린다. 간호사복 차림인 그는 쉽게 정원을 가로질러 주차장에 도착해 계기판에 열쇠가 놓여 있는 구급차를 찾아 시동을 건다. 구급차가 왱왱대며 움직이기 시작하자 주차장 차단기가 자동으로 올라가 길을 내준다.

백미러를 통해 뒤쫓는 차량이 없다는 사실을 확인한 르네는 한적한 도로를 찾아 차를 세운 뒤 눈을 감고 과거의 자신과 다시 대화를 시도한다.

「이쯤에서 헤어지는 게 좋겠어요, 이폴리트. 이 꿈이 끝나면 당신은 내일 아침 편안히 잠에서 깨 새로운 모험을 하게 될 거예요.」

「그래서 말인데요, 르네, 당신은 내 미래를 사는 꿈속 인물이라고 했죠, 그렇죠?」

「맞아요, 난 꿈속 인물이에요. 그러니까 내 입에서 나온 모든 말은 이 꿈속 시간의 일부일 뿐이에요.」

「혹시 나한테 예지몽을 꾸게 해줄 수 있어요?」

「그게 무슨…….」

「내가 당신을 모른 척하지 않았으니 당신도 꽁무니 뺄 생각 말아요.」

어쩐다, 이건 미처 예상을 못 했네.

「내가 당신 말을 듣고 이해한 바로는, 내 현재는 당신한테…… 과거가 돼요. 그러니 나한테 앞으로 무슨 일이 벌어지는지 말해 줘요. 이 끔찍한 전쟁에서 내가 살아 돌아갈 수 있을까요?」

「당신은 당신 삶을 살아야 해요. 나는 거기 끼어들고 싶지 않아요. 당신한테 일어날 일을 얘기해 주는 게 어떤 결과를 초래할지 모르기 때문이에요.」

「난 알고 싶어요.」

「어차피 꿈인걸요.」

「그렇다면 더더욱 얘기해 주는 게 아무 문제가 안 되죠. 아무것도 달라지는 게 없을 테니까. 내일 아침 내가 잠에서 깨는 순간 다 잊어버리게 될 테니까.」

영악한 친구야. 날 꼼짝 못 하게 만들고 있어.

「기억이 날 수도 있죠. 그렇게 되면 내가 하는 말이 역사의 흐름에 영향을 미치게 될 거예요. 어쨌든 내 현재는 당신에게 결정적인 도움을 받았어요. 고마워요, 이폴리트. 당신을 더 도와주지 못해서 미안해요.」

「안 돼요, 벌써 가지 말아요.」

「아니, 가야 해요.」

「다시 올 건가요?」

젠장, 뭐라고 대답해야 하지.

「난…… 그래요…… 애써 볼게요.」

395

르네는 심사가 복잡해지기 전에 서둘러 대화를 끝낸다. 두 영혼은 소중한 경험을 함께했다는 감격을 간직한 채 작별 인사를 주고받는다.

르네는 다시 차량 행렬 속으로 들어가 경광등을 켜고 버스 전용 차선을 질주한다.

죄가 가중됐어. 어제만 해도 살인이 전부였는데, 오늘은 간호사들에게 부상을 입히고 병원에 불까지 질렀어.

혼자로 돌아온 르네는 백미러를 수시로 살피며 차를 몬다. 병원에서 벌인 일에 대한 걱정, 자유의 몸이 되어 느끼는 해방감, 앞으로는 위기가 닥칠 때 언제든 전생들의 도움을 기대할 수 있다는 든든함, 이폴리트를 더 도와주지 못했다는 죄책감이 한데 뒤엉켜 머릿속이 복잡해진다.

나는 이 세상에 피와 재의 흔적만 남기고 있어. 내가 지나가는 자리에는 혼돈과 파괴뿐이야.

이 모든 게 그 최면 치료사가 내 정신의 판도라의 상자를 열어 그 속에 있던 잠재 인격 괴물들이 밖으로 쏟아져 나왔기 때문이야. 애벌레는 나비가 아니라 말벌로 변했어. 나는 사람을 죽이고 다치게 하고 불을 질렀어. 이폴리트의 운명도 못 본 체했어.

그는 생각에 사로잡혀 신호를 어기고 질주한다.

대가를 치르게 될 거야. 벌이라면 달게 받겠어. 하지만 그 전에 우선 마음을 가라앉힐 조용한 곳을 찾아 게브를 대홍수에서 구할 방법부터 고민해 봐야겠어.

신호에 걸린 르네의 차 옆에 경찰차가 나란히 와서 멈춘다. 경찰관 하나가 차창 너머로 그를 뚫어지게 쳐다본다.

태연하게 행동해야 해. 내가 간호사복을 입고 구급차의 핸들을 잡고 있다는 사실이 하트 퀸처럼 경찰의 무의식에 영향을 끼치고 있을 거야. 몇 가지 눈에 보이는 것만으로도, 그의 정신은 〈생명을 구하는 일을 하는 사람을 괜히 귀찮게 하지 말자〉라고 생각할 거야.

유리창을 사이에 두고 시선이 오간다.

여유를 보여 주는 데는 미소가 최고지. 아버지도 그러셨잖아. 〈어떻게 할지 모를 때는 그냥 웃으면 돼, 그러면 사람들이 네가 자신들은 모르는 걸 이해하고 있다는 인상을 받거든.〉

신호가 바뀌자 경찰차가 더 이상 도망자에게 신경을 쓰지 않고 앞으로 내달린다. 르네는 집에 들러 옷가지와 므네모스 파일이 든 노트북을 챙기기 위해 액셀을 밟는다.

승려 피룬이 했던 말이 떠오른다. 〈우리가 존재했다는 사실을 어느 누구도 기억하지 못하게 된다면 그게 가장 끔찍한 일이죠.〉

내게 벌어졌던 일을 절대, 하나라도 잊어버려선 안 돼.

제2권에 계속

옮긴이 **전미연** 서울대학교 불어불문학과와 한국외국어대학교 통번역대학원 한불과를 졸업했다. 파리 제3대학 통번역대학원(ESIT) 번역 과정과 오타와 통번역대학원(STI) 번역학 박사 과정을 마쳤다. 현재 전문 번역가로 활동하며 한국외국어대학교 통번역대학원 겸임 교수로 재직 중이다. 옮긴 책으로는 베르나르 베르베르의 『죽음』, 『고양이』, 『잠』, 『파피용』, 『제3인류』(공역), 『만화 타나토노트』, 엠마뉘엘 카레르의 『리모노프』, 『나 아닌 다른 삶』, 『콧수염』, 『겨울 아이』, 카롤 마르티네즈의 『꿰맨 심장』, 아멜리 노통브의 『두려움과 떨림』, 『배고픔의 자서전』, 『이토록 아름다운 세 살』, 기욤 뮈소의 『당신, 거기 있어 줄래요?』, 『사랑하기 때문에』, 『그 후에』, 『천사의 부름』, 『종이 여자』, 발렝탕 뮈소의 『완벽한 계획』, 다비드 카라의 『새벽의 흔적』, 로맹 사르두의 『최후의 알리바이』, 『크리스마스 1초 전』, 『크리스마스를 구해 줘』, 알렉시 제니 외의 『22세기 세계』(공역) 등이 있다. 〈작은 철학자 시리즈〉를 비롯한 어린이책도 여러 권 번역했다.

기억 1

발행일	2020년 5월 30일 초판 1쇄
	2020년 6월 13일 초판 13쇄

지은이	베르나르 베르베르
옮긴이	전미연
발행인	홍지웅 · 홍예빈
발행처	주식회사 열린책들

경기도 파주시 문발로 253 파주출판도시
전화 031-955-4000 팩스 031-955-4004
www.openbooks.co.kr

ISBN 978-89-329-2033-7 04860
ISBN 978-89-329-2032-0 (세트)

이 도서의 국립중앙도서관 출판예정도서목록(CIP)은 서지정보유통지원시스템 홈페이지(http://seoji.nl.go.kr)와 국가자료공동목록시스템(http://www.nl.go.kr/kolisnet)에서 이용하실 수 있습니다.(CIP제어번호:CIP2020014143)